KB242985

김석진 新무협 판타지 소설

삼류무사

三流武士

一

삼류무사 1

김석진 新무협 판타지 장편 소설

초판 1쇄 찍은 날 § 2001년 11월 15일
초판 1쇄 펴낸 날 § 2001년 11월 25일

지은이 § 김석진
펴낸이 § 서경석

편집장 § 문혜영
편집책임 § 권민정
편집 § 박영주 · 김희정 · 장상수
마케팅 § 정필 · 강양원 · 김규진

펴낸곳 § 도서출판 청어람
등록번호 § 제1081-1-89호
등록일자 § 1999. 5. 31
어람번호 § 제1-0025호

주소 § 경기도 부천시 원미구 심곡1동 350-1 남성B/D 3F (우) 420-011
전화 § 032-656-4452   팩스 § 032-656-4453
E-mail § eoram99@chollian.net

ⓒ 김석진, 2001

값 7,500원

ISBN 89-5505-180-8 (SET)
ISBN 89-5505-181-6 04810

※ 파본은 본사나 구입하신 서점에서 교환하여 드립니다.
※ 저자와 협의하여 인지를 붙이지 않습니다

삼류무사

三流武士

김석진 新무협 판타지 소설

1

도서출판 청어람

◇◇ 목 차 ◇◇

　먼저 『삼류무사』는 공동 작품임을 밝혀둔다. 비록 김석진이란 인물이 구상하고 쓴 글임에는 틀림없지만 정서진이라는 후배의 재촉과 채찍질, 무엇보다 그의 타자가 없었다면―솔직히 아직도 자판을 못 외우고 있는 게 현실이다―삼류무사는 여러분들과 만나뵙지 못했을 것이다.

　고맙다, 정서진!

　명확히 어떤 글을 쓰려 했을 때 집히는 단상이란 게 대부분 지엽적일 수밖에 없다. 소설이란 존재하지 않는 어떤 사실을 만들어내는 작업이고 더 나아가 사실을 엮어가는 인물군과 그들이 속해 있고 숨 쉬는 세계를 창조해야 하기 때문이다.

　수없이 많은 착오와 교정 속에 겨우 소설의 틀을 잡게 되면 그때부터 또 괴로워지는 게 창조된 인물들의 개성과 일어나는 사건들과 그 세계의 유기적인 결합을 이뤄야 한다는 중압감과 그 속에서 '재미' 라는 부산물을 도출해야 하는 이중고에 처하고 노트 몇 장의 휴지통행은 그나마 기본이다.

　연중도 해보고 연잠도 해보고… 넷상에서 독자를 처음 뵈었기에 매일 연재하는 사명감은 써놓은 분량에 따라 때론 즐겁게, 때론 부담스럽게 다가오지만 어쨌든 내 글을 읽어주시는 독자 분들이 하나둘 늘어간다는 건 기쁜 일임에 분명하다.

　사람이란 참 단순한 존재다. 추천 하나에 하루 종일 입이 귀까지 벌어지는가 하면 좀 안 좋은 일이 있다고 며칠을 그런 독자들을 잊은 듯 글 자체를 무시하니 말이다.

　랑데부란 단어가 있다. 우주선의 도킹이 아니라 두 가지의 일이 하나로 결합되는 걸 말하는데 이거, 반드시 적용된다. 좋은 일 뒤에 좋은 일이 있거나 안 좋은 일, 또는 그 반대, 아니면 나쁜 일 뒤에 나쁜 일… 이런 식으로 말이다.

한번 겪어보면 곧 익숙해질 거라 생각되지만 무슨 일이든 순간순간이 소중하다는 게 내 지론이라서 그런지는 몰라도 작은 사건과 생각의 단편들은 하나하나 마음속에 남아서 때론 좋은 소재로, 때론 씁쓸한 기억으로 추억된다.

다른 건 필요없을지도… 어쨌든 글이란 걸 썼기에 여러 독자들과 만나게 되었고 질책이든 격려이든 그것이 관심인 이상 작가라는—아직도 이 말 무지 쑥쓰럽다—타이틀을 걸고 있다면 기쁘게 받아야 한다.

다시 한 번 말하지만 삼류무사는 공동의 작품이기에 장추삼 이외의 여러 인물들의 성격들도 애초의 의도와는 값이 달라졌다. 뭐, 그렇다고 그걸 후회해 본 적은 없지만.

시작이 반이라는데 내 입장에선 전혀 이해가 되질 않는다. 구만 리처럼 뻗은 앞길을 추삼이 녀석과 같이 걸어야 하는데, 에휴~ 한숨이 절로 나온다. 거기다. 하운과 북궁단야 등… 여러 캐릭터들도 하나하나 보듬어주어야 하고. 시간은 많다. 뭐, 삼류를 사랑해 주시는 많은 독자들이 계시고 그분들이 말없이 지켜주시는 공간이 있다면 충분히 고민하고 짜내어 삼류의 모든 인물들을 마침표까지 데려갈 것이다.

작가는 작품으로 말해야 한다. 글 이외에 어떠한 수단으로든 독자들과 자주 접해봤자 잘되야 변명이고 못 되면 자기 PR이다. 읽고 사랑받을 가치가 있다면 언젠가는 알아줄 테니까.

하고 싶은 말은 많았는데 정작 펜을 드니까 두서없이 혼자서 주절거린 것 같아 죄송스러운 마음을 금할 길 없다. 원래 멍석 깔아주면 헤매는 게 내 성격이다 보니…….

자식 같던 삼류가 이제 진정으로 강호에 출두한다. 내 손을 완전히 벗어나서 독자 제현의 손 에 쥐어지게 된다. 일견 흐뭇하고, 또한 불안한 것도 사실이다. 하지만 어쩌겠는가? 살은 시위에서 떠났고 작가는 바라보는 것밖에 없는 것을.

끝으로 이 글을 출판하게 해주신 사장님, 정 부장님, 장상수 씨 이하 모든 청어람 식구들에게 감사의 변을 보낸다.

아참! 이언상, 고맙다. 앞으로도 좋은 노래 있으면 지속적으로 녹음 부탁한다.

일도 많고 탈도 많았던 2001년 가을, 김석진.

◇　서장

읽히지 않은, 그러나 반드시 읽혔어야 했을…

읽히지 않은, 그러나 반드시 읽혔어야 했을…

…너란 놈은 바로 흥분할지 모르나 삼류(三流)라 함은 인체에 있어서 가장 유용한 공수의 수단인 권(拳), 장(掌), 각(脚)을 말함이고 또한 그 셋의 통제를 가능하게 된 사람이 삼류의 무인이란 말이다.

배움을 말할 때 기본의 충실함에 대해 아무리 말해도 부족함이 없으니 무인에 있어서 신체 활용의 효용성이란 설명조차 할 필요도 없다. 제 자신의 한 몸도 가누지 못하는 인물이 무슨 검법서(劍法書)니 어쩌니 떠든다는 건 걸음마를 시작한 아이에게 답설무흔을 요구하는 것과 무에 다르겠느냐.

너는 이제 스스로의 몸을 자신의 제어 하에 움직이게 되었음은 물론이고 더 나아가 녀의 손짓과 발짓에 따라 강호에 적잖은 풍운이 불게 될 것이다. 이 사부가 감히 단언컨대 고삐 풀린 네 녀석의 손을 감당할 자 현 무림에 얼마나 있을꼬. 채 서른 명도 안 될 것이다.

그렇다고 자만하지 마라. 강호란 보이는 것보다 보이지 않는 것이 더 위험하고,

드러난 곳보다 드러나지 않은 곳이 더 무섭기 때문이다. 하기사, 내가 이런 말을 아무리 써봐야 네 녀석에게 '늙은이의 넋두리' 이상의 의미로 다가서는 게 무리라는 걸 알고는 있지만…….

추삼아!

죽음을 목전에 둔 늙은 사부의 잔소리라 무시하지 말고 지금부터 하는 말을 반드시 기억해야 할 것이다.

강호 식견이 거의 없다시피 한 네가 보기에도 당금 무림의 평온기가 너무 오랫동안 지속되었음은 잘 알고 있을 것이다. 무림이 평온한 게 무에 잘못되었겠냐마는 이 평화 속에 감추어진 진실을 생각하면 그게 그렇게 단순하게 생각할 문제가 아니라는 거다.

역사란 언제나 도전과 응전이 있었고 그것을 통해서 미래를 향해 진보의 발걸음을 옮기는 것이 정한 이치이건만 현 무림의 상황은 과거와 달리 도전 세력 자체가 실종된 듯 보이지 않는 게 현실이다. 그만한 세력이 없으니까 그런 게 아니냐고? 그건 그렇지 않다. 일례로 태양광무존(太陽廣武尊)이라는 자를 살펴보면 그토록 가공할 무예를 지니고 있는 인물이 어느 날 갑자기 땅에서 불쑥 솟아나듯 나타날 수 있겠느냐? 또한 흉몽지겁(凶夢之劫)이라 불린 제2차 무림혈겁에 단 한 번 모습을 보였다는 한혈흑의존(汗血黑衣尊)이란 자는? 둘 모두 현 무림 최강자라는 절대오존(絶代五尊) 중 한자리씩을 차지하고 있건만 그들이 어디 출신인지, 또 무슨 무공을 사용하는지에 대해 속 시원하게 밝혀진 건 아무것도 없다. 장강의 뒷 물결이 앞 물결을 밀어내듯 신진고수가 갑자기 나타나는 건 무림에서 흔하디흔한 일이지만 이 둘은 단 한 번의 신위로 최강자의 반열에 오를 만큼 절대적인 무공을 가지고 있었다는 게 신진고수와의 차이이고 또한 그만큼 문제가 되는 거다. 흔한 말로 우연히 절세비급을 얻어 단숨에 천하제일을 바라보게 된 행운아들이라면 걱정할 바가 아니겠

으나 만약 그 뒤에… 이것은 어디까지나 하나의 예에 불과한 것이고 내가 걱정하는
건… 아니다, 그만두자. 알아봐야 근심이고 닥친다면 피할 수 없는 일이겠지. 그러
나 '어둠의 율법자'란 단어만큼은 반드시 기억해야 한다. 더 이상은 말해 봐야 무
엇하겠느냐.

　　이제 생을 마감하려니 오랫동안 보지 못한 사람들이 눈에 밟히는구나.
　　첫째 사제는 늘 나와 의견이 달라서 자주 싸우곤 했지. 지금도 어딘가에서 그만
의 독특한 무공관을 발전시키고 있을까?
　　둘째 사제, 나와 첫째의 중재역이 되었었고 둘의 무공관에 기꺼이 실험 대상이
되어주었던 착한 녀석, 지금도 힘들게 살고 있다고 하던데…….
　　말년이 되면 누구나 과거 회귀적으로 변하는가 보구나.
　　두 사제와 사부님을 모시고 달빛 아래서 침을 튀어가며 논쟁하던 때가 언제던가.
그때의 우리는 참으로 행복했었는데…….

　　아, 사부님!

◇ 제1장
언제나 삼류였다

언제나 삼류였다

"이런, 제길!"

세상에 이럴 수가 있는가! 장추삼(張秋三)의 표정은 인간의 것이 아니었다. 얼마나 크게 소리를 질렀으면 주위가 웅웅거리며 돌가루마저 떨어져 버리고 있겠는가?

'하, 그러면 그렇지. 나 같은 게 무슨 복이 있다고.'

털퍼덕 주저앉은 장추삼은 너무 기가 막히면 화조차도 나지 않는다는 것을 오늘 처음으로 알게 되었다. 어이가 없어서 맥아리가 다 풀리는데 화낼 기운이 어디에 남아 있겠는가.

"허허허……."

나이에 맞지 않는 공허한 웃음이 저절로 흘러나왔다.

'어차피 꼬인 인생이라지만 이런 식으로까지 꼬이는구나' 라고 생각해 봐도 지금의 경우는 말도 안 된다. 공자니, 맹자니, 그 잘났다던 삼

봉진인(三峰眞人)이 살아 돌아와도 당장에 멱살부터 움켜쥐고 싶었다. 가뜩이나 을씨년스러운 암굴(暗窟). 오 년이나 봐서 이제는 정겹기 조차한 이끼마저도 장추삼에게는 저주의 표적이 되었다.

"에잇! 에잇!"

닥치는 대로 이끼를 잡아 뽑던 그는 자신이 얼마나 한심스러운 짓거리를 하고 있다는 걸 아는데 그리 오랜 시간이 걸리지 않았다.

한 움큼.

손에 들린 이끼를 가만히 입 속에 집어넣고 우물거렸다.

'쓰다.'

맛이야 어떻든 지난 오 년 간 그를 먹여 살렸던 양식이건만 오늘만큼은 죽어도 못 먹겠다.

"카악~ 퉤!"

세상에…….

양양성에서 손꼽히는 음식점인 봉향루에서도 수석 숙수(熟手) 노칠이 '그날의 별식'을 올리면서 슬금슬금 눈치만 살피던 환상의 미식가!

뭐, 한 번도 돈을 내고 먹은 적은 없지만 어쨌든 미각에 관해서는 북경의 수석 주사들도 입을 쩍쩍 벌리며 감탄사를 연발할 만한 초특급 혓바닥을 오 년, 무려 오 년씩이나 이따위 풀이나 뜯어먹으며 혹사시켰거늘 살인적인 고행의 결과가 고작 이거란 말인가!

"이… 이… 엿 같은 영감탱이……!"

우두커니 솟아 있는 석비. 그곳에 새겨진 글씨를 보라!

축하한다! 너는 이제 삼류 무사(三流武士)가 되었다. 너란…….

뒤에 쓰여진 이러쿵저러쿵이 어찌 눈에 들어오겠는가?

머리 위로 별들이 빙글빙글 춤추고 있다.

씨앙!

날아가면서 양발차기로 석비(石碑)를 부숴 버렸다.

와르르…….

열받아 봐야 무엇하겠는가? 물은 이미 엎질러졌고 오 년이란 시간은 흘러가 버렸다. 그래서 이제 스물여덟이 되었다.

황금 같은 이십 대의 청춘은 다 날아가 버렸다. 양양성에서 최고로 잘 나가던 한량, 뒷거리 싸움의 천재 장추삼의 청춘은 돌아올 수 없는 곳으로 떠나갔다.

기껏 삼류 무사가 되기 위해…….

장추삼은 삼형제 중에서 막내였다. 왜 삼형제이고, 왜 막내였냐고는 알 수 없지만……. 첫째 동일(冬一)은 열아홉이라는 어린 나이에 전쟁터에 나가 오랑캐들과 싸움 한번 변변히 못해보고 전사했고, 둘째 하이(夏二)는 돈 벌어 오겠다는 말 한마디 남기고 십오 년 전에 집을 떠났다. 혼자 남겨진 장추삼에게 아버지는 늘 얘기했다.

"사나이는 강해야 한단다. 강하지 않으면 어디서고 대접받을 수 없는 것이 사나이란다."

아버지는 표사(標士)였다.

당연히 무인이라는 얘기고 수준은……

삼류(三流)였다.

부친이 속했던 청해복룡표국(淸海服龍標局)은 질 떨어지는 간판과는 다르게 호북(湖北)에서는 다섯 손가락 안에 드는 일류 표국이었고 장유열(張有熱) 수준의 표사는 길거리에 굴러다니는 개똥보다도 많았다. 그럼에도 불구하고 어린 장추삼은 항상 주머니가 넉넉하여 동네 아이들의 주전부리는 혼자서 책임져 주었다.

왜?

아버지가 용돈을 많이 주니까.

상식선에서 삼류 표사의 월봉으로 생계조차 유지하기 벅찬 것이 현실이건만 용하게도 장유열은 돈을 잘 벌었다. 뭐, 그렇다고 뒷주머니를 찬다던가 운송하던 표물의 일부를 흘려서 장물아비와 거래를 한다던가 하는 건 아니었다. 장유열은 그런 짓을 하기엔 너무 고지식했다. 그럼 어떻게 그가 돈을 잘 벌 수 있었을까? 표국에서 돈을 많이 줬다는 건데…….

그렇다!

장유열은 삼류의 무공을 가지고도 일류 표사들보다도 많은 돈을 받았다. 그 이유를 들여다보면…….

표물의 가액이 오백 냥의 값어치가 넘을 경우 수석 표사는 최소한 중소문파의 일대 제자 이상 가는 무인이 맡게 된다. 호위무사, 즉 표사들도 일류급을 선발하는 건 당연했고 짐꾼들까지도 이류 표사를 쓰기 마련이다. 선두의 표사는 금빛 깃발을 앞세우고 대열을 이끄는데 황금기의 의미는 '이거 건드리면 너 죽고 나 죽는다' 란 통지였다.

한 사십 년 전쯤에 얼빵한 녹림도 하나가 몽초산(夢草酸) 몇 통을 우연히 얻어 황금기 표물을 턴 일이 있었다. 당시 청해복룡표국주 이진붕(李振崩)이 목욕 중에 이 보고를 받고 운남의 대리석으로 만든 욕조를 산산조각 낸 뒤 욕실의 반 정도를 초토화시키고 귀가했던 표사 칠십사 명을 모조리 소환하고도 성에 안 차 그가 조금이라도 안면이 있었던 모든 무인들에게 대필로 도움을 청한다는 파발을 날렸다. 표국주의 서슬이 얼마나 시퍼렇던지 그가 약 한 시진가량을 길길이 날뛰는 동안 청해복룡표국의 집사이자 그의 사십 년 지기인 오충은 말을 못했었다.

'알몸' 이라는…….

곧 토벌대가 조직되었는데 이건 거의 전쟁 수준의 면면이었다. 무당의 속가 제자이자 운남에서는 죽은 자들도 벌떡 일어나 절을 한다는 사자배혼(死者拜魂) 유광지 정도는 아무것도 아니었다. 화산의 장로이자 이진붕의 사숙조뻘 되는 영혼검(靈魂劍) 좌신양이 나타났고, 대막에서 단 한 차례도 패하지 않았다는 마랑검(魔狼劍) 조민에다가, 그의 동생 귀면(鬼面) 조익도 모습을 보였고, 광동쾌도(廣東快刀) 섭소추에다, 무림십대고수 중 일 인이라던 호형권(虎形拳) 이철기의 가세는 녹림십팔채 전체와도 자웅을 결할 수 있는 진용이었으니까.

소식은 화살같이 녹림총표파자 지선악에게 전해졌고 혼절을 겨우 면한 지 표파자는 잽싸게 얼빵한 놈을 잡아와서 장문의 사죄 편지와 함께 놈을 양양의 청해복룡표국까지 압송시켰다. 그러고도 마음이 개운치 않아 한 식경 후에 곧바르 뒤쫓아갔는데 그것은 '그의 인생에 통틀어 참 잘한 일' 중의 하나였다.

일을 저지른 놈에다가 장문(長文)의 사죄 편지, 그리고 털린 표물의 열 배가 넘는 배상을 받았음에도 이진붕의 기분은 조금도 나아지지 않았다. 한번 떨어진 권위와 무림어서의 신용은 어떻게 만회한단 말인가. 이참에 단단히 맛을 보여줘야 한다는 이철기의 일갈에 파견된 녹림의 사자(使者)들이 아득히 멀어져 가는 정신을 가까스로 붙잡고 있을 무렵 헐레벌떡 지선악이 당도했다. 그래도 상대가 녹림의 총표파자이고 직접 찾아와 사죄를 표했으니까 이 정도로 끝났지, 지선악이 몸소 방문하지 않았다면 이후 녹림의 운명이 어떻게 됐을지는 아무도 모를 일이었다.

그 뒤부터 녹림도에서는 청해표국의 물건이라면 소 닭 보듯 하게 되었고 기타의 산적들도 황금기 표물이라면 언감생심 거들떠도 보지 않는 게 관례가 되었다. 그렇지만 모든 것엔 예외란 놈이 공존하는 법. 녹림도의 소위 '몽초산지사' 이후로 더욱 공고해진 황금기의 위용 덕에 이진붕은 잘 먹고 잘 살다가 맏이인 이효(李孝)에게 표국을 넘겨주고 은퇴를 했다. 아버지 덕에 일약 호북 갑부 중 하나로 부상한 이효였지만 그는 부친의 후광만으로 안분지족하는 쓰레기 2세들과는 차이가 있는 인물이었다.

일반 표물도 황금기와 같은 정성으로.

대전 현판에 그가 손수 쓴 편액(扁額)이 걸리고 청해표국의 신용은 황금기의 위용만큼이나 공고해졌으며, 그들의 위상은 어느새부턴가 검정오존(劍正五尊) 중 일 인이 아버지라는 이유만으로 표국 중 가장 위세를 떨치는 곽채삼의 통천표국(統天標局)을 압도하기에 이르렀다. 특급 위사 열 명, 일류 표사 마흔셋, 그리고 이, 삼류를 합쳐 백쉰다섯 명, 집사와 마부 등을 합한다면 식솔이 삼백을 헤아리는 대표국으로 발돋움하게 된 것이 지금부터 이십 년 전. 이효의 취임 후 단 육 년 만에 이루어낸 쾌거였다. 문제의 중양절이 온 것은 이효의 취임 후 팔 년째가 되던 지금부터 십팔 년 전의 일이다.

　말로 설명할 것 없이 중양절이라고 하면 최대의 명절로써 표국으로 치자면 최대의 성수기라고 할 수 있다. 그때도 예외는 아니어서 한 달 전부터 밀린 주문으로 모든 표사들이 밤을 낮으로 하고 행군하는 가운데 잠을 때우며 표물을 운송했고, 이효까지도 직접 나서서 한잔 술로써 표사들을 독려했다.

　호북성 지부대인이 중양절을 사흘 앞두고 급히 부탁한 표물이 문제였다. 받을 곳은 낙양성의 지부대인. 도저히 사흘 만에 당도할 거리가 아니었다. 물론 당연히 거부했어야 할 표물이었고 통천표국을 위시한 거대 표국들도 절레절레 고개를 저었으나 이효만은 달랐다.

　"필요한 곳에 우리의 손과 발이 있다!"

　표물을 맡으며 토해낸 이 표국주의 한마디는 젊은 표사들의 피를 끓게 하였고 그것이 계산적이었든 아니었든 간에 이번 표행만 완수해낸다면 호북에서 청해표국의 의치는 누구도 넘볼 수 없는 지고한 것이 된다는 생각을 갖게 했다.

　치밀한 작전이 세워졌다. 표물의 운송과 동시에 친분있는 모든 방파에 전서구를 날려 가장 상태가 좋은 말을 두어 필 준비해 줄 것을 요청하고 그와 동시에 표국 최고수 한 명과 지리를 가장 잘 아는 인물 하나를 선정한다. 지름길을 택한답시고 어줍잖게 '전에 이쪽으로 가면' 내지는 '아마 이 산을 넘으면'에 의존했다가 단 한 번이라도 낭패를 보면 이번 운송은 그것으로 끝장이었다.

　최고수의 선정은 의외로 간단했다. 표국주 이효가 직접 나섰으니까.

　다시 한 번 말하지만 이효는 부친의 후광이나 업고 흥청거리는 여타의 2세들과는 차원이 달랐다. 선대 표국주 이진붕의 엄한 가르침도 한 몫했지만 무엇보다 그 자신의 확고한 인생관이 있었고, 열정이 있었으며, 야망이 있었기 때문에 나이 십이 세에 가문의 독문도법인 파풍십이검의 요체를 깨달았으며 십육 세가 되던 해에 벌써 오성의 경지에 이르렀다.

약관이라는 칭호에 걸맞지 않게 이십의 나이에 청해표국에 열 명밖에 없는 표두의 반열에 올랐고 가주로 취임할 즈음인 작금, 스물일곱이라는 연륜까지 더한 그의 도법을 마주할 상대는 표국 내에서도 한두 명이 고작이었다.

어쨌든 표국주 본인이 직접 나섰다는 건 그만큼이나 이번 운송을 중요시한다는 것이고, 한걸음 더 나아가 청해표국의 사활을 건다는 의미로도 해석할 수 있으니 뒤따르는 인물 설정에 만전을 다하게 됨은 물론이었고 급하게 선정된 인물이 바로 장유열이었다.

장유열
나이: 사십이 세.
출신: 불명. 본인 말로는 산동 어디라고는 하는데 신빙성 없음.
내력: 내력이라고 불리울 만한 것이 없음.
가족: 부인과 사별하고 세 아들이 있었으나 지금은 막내아들과 살고 있음.
무공: 삼류, 특별한 것 없음.
기타: 녹림삼효 중 독안부 적소를 제압했다고 본인이 말하나 본 사람 없음.
말을 잘 다루며, 방랑벽 덕으로 지리 하나만큼은 빠삭함.

올라온 보고서에 내심 기막혔으나 어쩌겠는가 시간이 없는데. 보고

서를 구기며 이효의 낮은 중얼거림이 있었다.

"걸리는 게 있으면 모조리 베어버린다. 그게… 신(神)이라 해도. 장위사는 지리나 정확히 일러주면 돼!"

말이 씨가 되었을까, 그는 신을 벨 기회를 갖게 된다.

표행은 순조로웠다.

전서구들이 제 역할을 충실히 해준 덕에 각 문파와 세가들은 정말로 빼어난 말들을 준비해 주었고, 이효의 갈아타기 전략은 기막히게 들어맞았다. 신(神)을 만나기 전까지는…….

작은 계곡을 바라보며 이효는 터져 나오는 웃음을 참지 못했다.

"와하하핫. 됐다! 됐어! 수고했다, 말들아! 정말 수고 많았소, 장 위사. 짐만 풀면 내 최고의 기루에서 한 턱 내지. 하하! 오늘 밤은 허리 풀고 마음껏 마셔봅시다! 곽채상 이놈. 아버지 후광에 파묻혀 사는 번데기 같은 놈. 이 소식을 듣는다면 코가 석 자는 빠질 거다. 와하핫!"

정말로 이효는 기분이 좋았다. 아니, 날아갈 것 같았다. 계곡 하나만 넘으면 목적지 낙양성이고 그들에게는 아직도 세 시진이라는 많은 시간이 남아 있었다. 데리고 온 장우열은 전직이 의심스러울 정도로 요리조리 샛길을 안내했는데 그 정도면 관군의 추적쯤은 십 년도 넘게 따돌릴 것 같았다.

두어 번 꼬인 날파리들은 이효의 인상 한 번에 줄행랑을 놓았다. 그에게는 이번 운송이 표국 이외에 개인적 문제까지 숨어 있었기에 절박하고 다급한 마음이 그대로 얼굴에 드러났을 것이고 괜히 간죽거리던 산적들은 그들이 여태껏 상상도 하본 적이 없는 더러운 표정을 건식하게 되었던 것이다.

'곽채상 이노옴!'

웃는 와중에도 전의를 가다듬는 이효였다.

"어서 갑시다!"

계곡을 건너자 소로가 나왔다.

'이 길의 끝이 낙양성이다!'

장유열도 기분이 좋았다. 당연한 것이 삼 일 밤을 한숨도 못 잤는데 이제 잠자리가 보이지 않는가?

'술도 좋지만 일단은 잠이다!'

우연인지는 몰라도 둘은 서로를 바라보았다.

씨익—

한 번 웃고는 누가 뭐랄 것 없이 말고삐를 움켜쥐고 달리기 시작했다. 황진(黃塵)을 일으키며 신나게 달리던 말들이 갑자기 발광을 시작한 건 낙양성을 불과 몇 리 남겨두고 였다.

히히힝— 푸득— 푸득—

"왜, 왜 이래?"

"어? 어? 갑자기 이것들이 미쳤나?"

진정이 안 되는 마상에서 황급히 내려선 두 사람은 말을 안정시키려 고삐를 잡고 힘을 주었다.

'도대체 무슨 일이지?'

틀어잡은 고삐를 늦추지 않는 한 편 이효의 시선은 주위를 재빨리 훑어보았다. 혹시라도 뱀 따위나 맹금류가 근처에 있을까 해서였으나 어디에도 그런 위험 징후는 보이지 않았다. 있다면 바위에 걸터앉아 있는 노인 하나랄까? 머리가 새빨간 노인은 이쪽엔 아무런 관심도 없다는 듯 꾸벅꾸벅 졸고 있었다.

"할 수 없지. 장 위사, 말은 포기하기로 합시다."

명마 두 마리 값이면 웬만한 표물 한 번은 운송해야 되겠지만 지금은 그런 것이 문제가 아니었기에 이효는 날뛰는 말의 잔등에서 표물을 풀었다. 장유열이 표물을 등에 짊어지고 이효가 길을 서두르려는데 난데없는 음성이 들렸다.

"그냥 가려구?"

나지막하나 또렷이 귓가를 때리는 음성. 내공을 실었음이다. 그러나 어디에도 무림인은 없지 않은가?

'설마 저 늙은이가?'

장유열의 비릿한 조소. 그러나 눈을 돌려 이효를 바라보았을 때 그의 굳어진 얼굴에서 무언가 일이 틀어진 것을 알았다.

"고인의 청수를 방해했다면 용서해 주십시오. 갈 길이 급하여 미처 몰라뵈었습니다."

허리 숙여 깊숙이 포권하는 이효를 따라 엉거주춤 고개를 숙인 장유열은 도대체 저런 노인네에게 시간을 할애하는 표국주를 이해할 수 없었다.

'실수다, 아무리 마음이 느슨해졌기로서니 눈 앞에 있는 범을 몰라본 것 아닌가?'

노인은 그냥 촌노(村老)가 아니었다. 장유열은 느끼지 못하겠지만 이효 정도의 고수는 바로 알 수 있었다. 제발 아무 일 없이 낙양성을 밟길 바라는 이효에게 노인은 가타부타 아무런 말도 하지 않았다. 발작하려는 장유열을 눈짓으로 제지하고 이효는 다시 한 번 포권을 했다.

"저는 양양성에서 조그마한 표국을 맡고 있는 이효라고 합니다. 오늘의 결례는 반드시 사죄하겠으나 지금은 표물 운송이 급한지라 이만 물러갈까 하오니 언젠가 양양성에 들르실 기회가 있으시다면 저희 표국을 꼭 한 번 찾아주십시오. 버선발로 맞이하겠습니다.”

몸을 돌려 한 발을 딛으려는데 다시 그 음성이 들렸다.

“그건 그때고 지금은 지금이지.”

이만하면 최선의 사죄가 아닌가?

생트집을 잡고 있는 노인네가 얄미워서 두 사람이 적발노인을 휙 노려보았다.

“오호~ 이제는 한번 해보자는 거야?”

노인이 천천히 일어섰다.

‘뭔 놈의 덩치가 이렇게 좋은 거야?’

적발노인은 장유열보다 머리통 하나는 더 큰 것 같았다. 졸고 있을 땐 몰랐는데 허리를 펴자 팔뚝 하나도 장정 허벅지보다 굵어 보였다. 노인이 목을 좌우로 꺾으며 뼈 부딪치는 소리를 냈다.

“나한테 황사를 듬뿍 먹여줬으니 나 역시 네놈들에게 무언가 갚아야겠지. 젊은 친구, 부담 갖지 말고 이리로 오게.”

“아니, 이 노인네가 보자 보자 하니까……. 정말 혼나고 싶어?”

소리 지르는 장유열을 보며 적발노인은 하품이라도 하고 싶었다.

“야! 삼류, 넌 찌그러져 있어.”

“뭐야, 이 몸만 키운 늙다리가!”

이효도 끓어오르는 분노를 참고 있었다. 만약 그가 표국주가 아니라 일개 표사의 신분이라면 나이 많은 장유열보다 먼저 나섰을 것이다. 그래서 둘이 하는 양을 지켜보고 있었는데 문득 황당한 생각이 들었다.

‘에이, 설마…….’

잊어버리려고 해도 그 황당한 생각은 꼬리에 꼬리를 물었다.

'에이, 말도 안 돼!'

그런데 만약 그게 말이 된다면?

'이건 어떻게든 막아야 한다!'

정신이 아찔했지만 이효는 둘 사이에 급히 끼어들었다.

"무조건 저희의 잘못을 넓은 도량으로 헤아려 주십시오! 아직 무림에 익숙치 않았던 저의 불찰이었습니다. 적미천존(赤眉天尊) 노선배님!"

일순 찾아든 정적. 장유열은 우리 국주가 마음이 급하니까 살짝 맛이 갔나 하는 표정이었고 적발노인은 '어?' 하는 표정이었다. 억장이 무너지는 건 이효였다.

'제, 제기랄. 설마 했는데 맞잖아!'

장유열은 이효와 적발노인을 번갈아 쳐다보다가 갑자기 다리에 힘이 빠지며 풀썩 주저앉았다. 아무런 마음의 준비도 없이 적미천존을 만났다면 강호에 몸담은 이들 중 몇 명이나 두 발로 땅을 받치고 서 있겠는가? 현 무림 제일인자를 만나고 말이다.

강호인들은 서열을 좋아한다. 최소한 100위까지는 만들어놓아야 직성이 풀리는 그들인데 사실 한 번도 본 적 없는 인물들의 순서를 정하는 것이기 때문에 서로 간에 이견이 많은 것도 사실이다. 그래도 모두가 입을 모아서 올려놓은 찬란한 다섯 개의 이름이 있으니 그들이 바로 절대오존(絶代五尊)이었다.

절대오존도 다시 이강이중일약(二强二中一弱)으로 나뉘어지는데 가장 강하다는 두 명 중의 한 이름이 적미천존이다. 피처럼 붉은 머리,

붉은 눈썹, 팔 척 장신에 정사 어디에도 적을 두지 않는 방랑자. 순수한 실력만으로 비교한다면 현 무림맹주인 만승검존(萬勝劍尊)보다 위라고 일컬어지지만 무림맹에서는 애써 부인한다는 초절정 무인. 그야말로 신이 아닌가?

"그래, 나를 알았으니 어떠한 벌이라도 받을 준비가 되었겠군?"
노인의 냉엄한 눈길이 이효의 전신을 해부하려는 듯 내리꽂혔다.
절대오존이라니… 차라리 악신(惡神)을 만나는 게 낫지.
엉덩방아 상태에서 벌떡 일어선 장유열이 적미천존의 바짓가랑이를 붙들었다.
"어르신, 대인, 노기인! 죽을죄를 지었으나 저희는 정말로 급합니다요. 부디 넓은 마음으로 통촉해 주십시오. 예? 어르신?"
벌레 쫓듯 장유열을 털어낸 적미천존의 미소는 더없이 짙어졌다.
"자, 어떡할까? 네놈들 머리를 수박통 부수듯 깨버리는 건 너무 쉬우니까 재미없고, 여기서부터 태산까지 쉬지 않고 달리게 할까? 아니면 손톱 발톱 다 뽑고 나무에다 매놓을까?"
나가떨어진 장유열이 다시 한 번 매달렸으나 매몰차게 뿌리치는 적미천존의 다리짓에 또 나동그라지며 머리를 땅에 찧었다. 이효로는 안타까웠지만 아무것도 할 수 없었다. 목숨이 아까운 건 아니다. 참새도 죽을 땐 짹소리 한 번 낸다는데 제아무리 가공할 만한 적미천존이라도 손 한 번은 내밀고 싶었다. 문제는 목숨 두 개로 끝날 일이 아니라는 거다. 심기가 상한 적미천존이 청해표국에 난입이라도 한다면… 옛날 '몽초산지사' 때 모인 고수들이 고스란히 있더라도 어려울 것이다. 씨 몰살당할 게 뻔했다.

수하의 머리가 깨졌어도 말 한마디 할 수 없다!

이효의 두 눈에서 뜨거운 눈물이 흐르기 시작했다. 장부의 눈물은 뜨거웠다. 뜨거운 마음은 장유열에게로 이어졌다. 무슨 힘을 어디에서 얻었는지는 몰라도 장유열이 힘차게 일어서며 표물을 끌러 이효에게 넘겨주었다.

"국주님, 수하는 더 이상 국주님을 모실 수 없을 것 같습니다. 그러나 일개 삼류 위사를 위해 흘린 눈물은 고이 간직하겠습니다. 어서 가십시오, 표국의 생명은 신용입니다. 이 자리는 제가 어떻게 한번 해보겠습니다."

어리벙벙한 이효를 등지고 그는 당당하게 적미천존과 맞섰다.

"노선배님, 저는 죽음으로 이 자리를 사수해야겠습니다."

허리춤에서 검을 뽑아 들며 장유열이 다시 재촉했다.

"어서 가십시오! 그저 제 막내자식놈만 잊지 마시길!"

눈물을 흘리며 이효는 낙양성으로 내달았다. 제아무리 적미천존이라도 민간인이 대부분인 성내라면 맘대로 날뛰지는 못할 터였다.

'장 위사! 그대의 충정은 잊지 않으리라!'

뒤에서는 요란한 소리가 들렸다.

이효가 청해표국으로 돌아온 건 중양절이 무려 열하루나 지난 후였다. 운송에는 성공했으나 자신과 표국 때문에 한 사람을 희생시켰다는 죄책감이 발길을 더디게 하여 갈 때는 삼 일밖에 걸리지 않은 거리를—물론 비정상적인 속도였지만—무려 열흘이 넘게 된 것이다.

'장 위사의 아들이 이제 겨우 열 살이라던데… 뭐라고 얘기를 꺼내야 하나!'

침울한 생각 속에 어느새 양양성이었고 저 멀리 표국이 보였다. 원래 계획은 통천표국에 들러 실컷 거드름을 부리고 오는 것이었으나 지금 그의 발길은 장유열의 집으로 향하고 있었다.

장유열의 집엔 아무도 없었다. 장추삼은 청해표국에 있었다. 그리고… 장유열도 청해표국에 있었다.

도대체 이게 무슨 일인가 하여 이효가 사람들의 멱살을 잡고 물어본 결과 장유열은 청해표국 문밖에 버려져 있었다고 했다. 전신에 여기저기 자상이 난 걸로 보아 꽤 격렬한 전투를 치른 것 같았는데 표국 사람들을 보자마자, '국주께서는 임무를 마쳤을 것이오' 라고 쥐어짜듯 말하고는 혼절했다고 했다.

'그의 의기가 그분을 감동시켰나?'

간단한 응급 처치까지 되어 있었고, 무엇보다 거리를 생각해 볼 때 결론은 그것밖엔 없었다.

이번엔 사람들이 이 표국주에게 물어왔다. 기분이 좋아진 이효는 수수께끼라도 대듯 그들을 가로막았던 사람에 대해 말하지 않다가 꿈꾸는 듯한 표정으로 한마디 했다.

"적미천존."

사람들은 모두 웃었다. 이효의 아버지인 이진붕도 껄껄 웃었다. 그리고 곧 웃음소리는 잦아들었다. 한바탕 소란이 났음은 물론이었다. 이효는 하루에 두어 번씩 장유열이 가료하고 있는 의국을 방문했고 장유열은 청해표국의 자랑이 되었다.

신견용쟁(神見勇爭)!

　무림의 신을 만나고도 표국의 신용을 위해 온몸을 내던져 싸운 의인 (義人)! 당연한 귀결이겠지만 급료도 올랐다. ‘오른’ 정도가 아니라 청해표국의 특급 위사와 꼭 같은 돈을 받게 되었다. 그 누구도 장유열의 대우에 반박하지 않았다. 장유열은 신과 맞서 살아남은 인간이었기 때문이다.

　이것이 장추삼이 용돈을 많이 받게 된 이유였고 또한 ‘삼류’라는 말에 치를 떨게 된 계기였다. 처음에는 표국뿐 아니라 알 만한 사람은 누구나 장유열을 칭찬했고 장추삼의 어깨가 절로 으쓱해졌음은 당연했다. 풍족한 용돈과 멋있는 부친, 거기에다 청해표국 위사들과의 친분까지 더해지자 그의 위치는 친구들 가운데서 ‘천상천하 유아독존’ 바로 그것이었고 세상 물정을 모를 때까지는 마냥 행복했다.

　한 살, 두 살을 더 먹어가면서 장추삼이 더 이상 어린 아해가 아니었을 때 그는 사람들이 부친을 화제거리로 얘기할 때 무언가 이상한 느낌을 받곤 했다. 굳이 표현하자면 찜찜함, 깨끗이 목욕을 하고 수건으로 몸을 닦아보니 등은 미처 손도 대지 않았다는 걸 알았을 때의 기분이랄까?

　다행인지 불행인지 장추삼은 머리가 좋았고 얼마 후 그 ‘찜찜함’의 정체를 알았다. 신견용쟁, 신을 보고도 용감히 싸웠다는 것이니 더없이 자랑스러운 칭호일 수도 있으나 바꿔 말한다면 ‘겁대가리 상실’이 된다. 만약 적미천존이 열받았다면? 장유열은 일 초도 버티지 못했을 것이다. 일 초씩이나 쓸 일도 없었겠지만… 그럼 장유열이 살아 돌아온 이유는? 부정하고 싶었지만 그럴수록 장추삼의 머리를 짓눌러오는 단어… 동정(同情)!

부친이 고수였다면 사람들에게 신견용쟁이니 어쩌구 하는 칭호를 들었을까? 어디까지나 삼류의 무인이었기에, 그저 무모한 용기 하나에 사람들은 감탄한 거다. 사내란 힘이 있어야 한다고 늘 강조하던 부친은 역설적으로 힘이 없어서 출세한 것이다.

이때부터 장추삼은 망나니가 되었고 표국위사들에게 배운 몇 가지 권각술과 그의 탁월한 운동 신경이 더해져 나이 열일곱에 동네 건달들을 모조리 제압했고 열아홉엔 '칠공토혈(七空吐血)'이라는 무시무시한 별호를 얻게 되었다.

스물세 살 때의 '그 사건'만 없었다면 그는 어쩌면 양양성 뒷거리를 통일했을지도 몰랐다.

그리고 이제 오 년이 흘렀다.

암굴에서 보낸 오 년이 아깝다는 게 아니다. 그렇게 노력했는데… 삼류 무사가 되었다. 그토록 치를 떨던 삼류 무사가!

'어떻게 고향으로 돌아간단 말인가.'

말없는 이끼를 바라보는 장추삼의 눈망울에 지긋지긋했던 오 년의 세월이 맺혔다.

◇ 제2장
지청완(池靑玩)

지청완(池靑玩)

지청완은 정말 할 일이 많은 노인이었다. 구룡산(九龍山)을 지날 때 이상한 기운을 감지하지 않았다면 그는 벌써 사천에 당도해 있었을 것이다. 그것은 예사 땅울림이 아니었다. 산 전체가 울고 있었는데 지맥을 느껴본 결과 지진이나 화산의 폭발과는 아무런 상관이 없었고 암석을 캐는 작업 따위도 하고 있는 기미는 보이지 않았다.

"거 묘하네그려."

이것저것 참견하지 않는 성격이라고—남들이 들으면 기절할 거다—스스로 자부하는 지청완이지만 '자연의 신비'에 관해선 그도 달라진다.

'모든 것엔 근원이 있지.'

이런 곳에서 진동의 근원을 찾는 일은 제아무리 지청완이라도 쉽지만은 않은 일이라 이틀을 꼬박 소모해서 하나의 동굴 앞에 다다를 수 있었다. 협곡과 협곡 사이에 위치해 있어 육안으로 찾기란 불가능에 가까울 정도로 감춰져 있는 동굴은 구룡산의 성질상 꽤나 깊이 뚫려 있을 것 같았다. 그리고 이곳에서 끊임없는 진동이 울리고 있는 걸 보아 동굴 안에서 무슨 일이 있기는 있는 것 같은데 어쩐지 지청완은 들어가서는 안 될 것 같아 평평한 바위 하나를 골라 느긋한 자세로 잡아온 토끼를 굽기 시작했다.

진동의 소리는 점점 가까워져서 어느새 삼 장 앞으로 이르러 있었다. 무슨 일이 있는지는 모르지만 지청완에게 위해(危害)를 가할 것은 없을 것이고 그것보다 그의 본능은 재밌는 일이 벌어질 거라고 신호를 보내고 있다.

'느긋하게 토끼나 뜯으면서 관람하지 뭐.'

털 뽑은 토끼를 나뭇가지로 구울 때 나는 냄새는 환상적인 것이다. 때마침 불어온 미풍은 군불에 활력을 주었고 알맞게 토끼를 익혔으며 그 냄새마저 실어 날랐다.

쿵, 쾅, 우르릉―

갑자기 소리가 가까워졌고 급해졌다. 여유롭게 군불에 부채질을 하던 지청완은 흠칫 뒤를 돌아보았다.

꽝―!

동굴에서 삼 장쯤 위의 암벽이 산산조각이 나며 먼지와 자갈 따위가 흩날렸다.

'이크!'

그 와중에도 토끼를 보호하는 걸 잊지 않는 지청완 앞에 무언가가 서 있었다. 그건 거지꼴의 사내였다.

"쿵, 쿵, 웅?"

코를 실룩거리던 사내가 달려들자 지청완은 일단 몸을 빼며 우수에 공력을 운기했다.

"구, 구운 음식… 고기다!"

지청완 쪽은 돌아보지도 않고 사내는 토끼를 먹기 시작했는데 머리뼈만 빼고 모조리 씹어먹는 데 걸린 시간은 일 다경! 기분 좋게 트림까지 한 사내는 갑자기 안색이 변하더니 풀숲으로 갔다 오기를 반복했다. 그때까지 지청완은 국외자(局外者)였다.

"제길, 오 년 만에 들어간 기름기라고 속썩이는군. 아이고~ 배야."

'오 년 만에 들어간 기름기?'

다시 한 번 지청완의 왕성한 호기심이 발동했다. 이것저것 참견하지 않는 성격이라고 스스로 자부하는 지청완이지만 '인간의 신비'에 관해선 그도 달라진다.

"이보게, 소형제."

배를 쓰다듬던 거지 청년이 그를 슥 한번 돌아봤다.

"어?"

구운 토끼에 넋이 나가 있던 사내는 주위의 경물이 눈에 전혀 들어오지 않았었는데 설사를 세 번이나 하고서야 자신이 빌어먹을 동굴에서 벗어났다는 걸 알게 되었다. 감회에 젖을 사이도 없이 늙그수레한 음성을 접하고 고개를 돌리니 그곳엔 노인이 서 있었다.

'오 년 만에 처음으로 만난 사람이 영감이라니, 내 팔자는 어딜 가도 티가 나는구나.'

가만 보니 이 노인은 정말 웃겼다. 나이에 맞지 않게 산발한 머리는 약관의 청년들처럼 숱이 많았고 단 하나의 새치도 없었다.

"엥?"

근데 마냥 검지도 않았다. 줄기줄기 뭉탱이로 모여 있는 빨간 머리칼! 분명 물들인 걸 게다.

"푸헤헤헤헤!"

"뭐야, 이놈?"

거지 청년은 신기한 동물 보듯 자신을 빤히 주시하다 갑자기 뒤집어지면서 웃는 것 아닌가.

"이거 봐, 이봐, 젊은이!"

"켈켈켈켈."

지청완은 순간적으로 바보가 된 기분이었다. 미친놈하고 대화를 하려는 정상인이 바보가 아니고 뭔가.

'그냥 갈까?'

"이봐요, 노인, 어디 파(派)요?"

한참을 웃던 거지 청년이 불쑥 물어왔다.

'뭐, 노인? 이놈이 죽고 싶나.'

"대답을 못하는 걸 보니 알 만하군. 하지만 크게 창피해할 건 없소. 우리 동네에서도 전갈파의 두령 노릇을 오십 년이나 해먹고 있는 왕노삼 영감은 티를 낼려고 대머리에 빨간 전갈 문신을 새겨 넣고 다닌다오. 무언가 달라 보여야 부하들에게 위신이 서는 건 당연한 거지."

"전갈파? 문도는 몇이나 되나?"

"문도? 푸헤헷, 문도랄 게 뭐 있소. 동네 깡패 여남은 명 데리고 어깨에 힘주고 다니는 거지. 보아하니 노인도 꽤나 힘들게 사는 것 같은데 웬만하면 은퇴하는 게 나을 거요. 그래 봬도 왕할아범이 등 뒤에서 칼침을 두 번이나 맞았지 않겠소. 지금이야 노인도 힘주는 맛에 그러고 다니는지는 몰라도 뒤가 구린 일에는 반드시 대가가 따른다오. 머리에 들인 물도 빼시오. 손자가 장가들 나이도 지난 것 같구만."

'으으……'

강호 행보 삼십 년 동안 이런 개 같은 경우가 어디에 있었는가. 천하의 지청완더러 노인에다가 왕… 뭐라는 삼류 깡패 두목과 동류 취급을 하고 있다니!

"이… 건… 물… 들… 인… 거……."

분노를 억누르고 떠듬떠듬 말을 잇는 지청완의 의지는 놀라운 것이었으나 얌통머리없는 거지 놈이 싹둑 끊어버렸다.

"거 보쇼, 창피한 일을 뭐 하러 하고 다니오. 그리고 노인 같은 나이에 변명하는 건 썩 보기 안 좋소."

얼굴 팔리는 건 아나보지라며 궁시렁거리는 장추삼은 문득 놀라운 기세를 느꼈다. 뒷골목 사파 노인네라고 무시했는데 그 노려보는 기세는 가히 절정고수 수준이 넘었다.

'힉! 저 노인 보게. 한마디만 더했다간 불문곡직하고 달려들겠군. 옛말에 궁지에 몰린 쥐는 고양이도 문다더니.'

"아! 혹시 내가 먹은 토끼가 노인 거 맞소, 맞구려? 그럼 이러고 있어서야 안 되지, 냉큼 가서 몇 마리 잡아오리다."

스스로 묻고 답하고는 장추삼이 황급히 풀숲으로 몸을 날렸다. 너무 열을 받으면 머리로 피가 몰린다. 당연히 현기증이 나겠고 휘청하며 지청완은 커다란 바위를 손으로 짚었다.

화르르……

바위가 녹기 시작했다. 집공맥(集功脈)에 변화가 없는 걸로 보아 양강공력을 사용하지 않음인데도 순수한 본원진기로 몸 밖에 열기를 가하는 수법. 무인들은 이것을 삼매진화라고 하는데 일 갑자의 공력이 있어야 시전 가능하고 그래 봤자 종이나 태우는 정도이다. 공력이 높은 이는 드물게 나무도 태우고 절정 수준의 고수는 자갈을 연소시킨다고 했다.

사람 키만한 바위를 반쯤 녹이던 지청완이 문득 정신이 돌아왔는지 주위를 두리번거리다 아까 보아둔 평평한 바위에 걸터앉았다. 산새들은 마냥 즐겁게 지저귀는 평온한 오후, 그의 마음도 동했을까.

"저놈이 노루라도 잡아오면 용서해 줘버려?"

맷돼지 새끼와 화주 한 병을 보는 순간 지청완은 아까 일 같은 건 까맣게 잊었다. 거지 놈… 보기보다 수완이 있었으며 뻔뻔하고 교활함에 틀림없었다.

"꺼윽, 그래서 오 년을 날린 것 아니오, 빌어먹을."

거지의 말은 사실인 것 같았다. 멀쩡한 놈이 화주 한 잔에 맛이 가서 장장 반 시진을 미주알고주알 지껄이는 걸 보면 놈이 오 년 간 술과 고기를 먹지 못했다는 건 맞을 것이다. 그러나 다소 황당한 것이 사람이, 그것도 혈기왕성한 이십 대 청춘이 어떻게 이끼만 먹고 오 년을 버텨냈는지 알 도리가 없다.

"정말 이끼랑 물만 먹었단 말인가?"

"그 노인, 희한한 머리만큼이나 답답하네. 내가 오 년 만에 맷돼지 먹고 헛소리할 것 같소. 에잇, 늙으면 의심만 많아진다더니."

평소 같으면 벌써 발작했을 지청완이 요따위 싸가지 없는 말에 일일이 대꾸하며 말하는 건 어디까지나 '인간의 신비'를 밝혀보자는 특유의 호기심이 발동한 거다.

"아니, 그럼 자네는 느닷없이 나타난 노인의 단 한 마디가 어디가 그렇게 미더워서 쫄랑쫄랑 따라갔단 말인가. 세상 물정도 알 만큼 알았을 나이가 아니었나?"

장추삼이 검지손가락을 치켜들고 손목을 좌우로 까닥까닥 움직였다.

"아, 아, 모르는 말씀. 그 당시 우리 사부 영감의 용모와 목소리를 들었다면 누구라도 그냥 믿었을 거요. 화방에서 제일 멋들어지게 그린 신선도(神仙圖)를 잘라서 생명을 불어넣으면 그대로 우리 사부가 될 거요. 나도 남을 속이면 속였지 절대로 속지는 않을 거라고 자부했지만 우리 사부 영감은 아예 차원을 달리하는 사기꾼이었거든. 뛰는 놈 위에 나는 놈 있다는 옛말, 틀림없는 거요."

"근데 자네가 삼류란 걸 어떻게 아나? 누가 그런 소리를 하던가? 만난 사람도 없었을 텐데 어떻게 자신의 무공 수위를 짐작한다는 거야?"

이 대목에서 장추삼은 갈등했다.

'얘기해야 하나, 말아야 하나.'

지청완은 잘도 먹고 있었다. 말을 하는 연방 마시고 뜯어대는데 오 년 만에 음식을 접한 자기보다 더하면 더했지 조금도 뒤지지 않았다.

'그래, 영락없는 삼류 사파 노인네에게 이런 말 못할 것도 없지.'

"사실은……."

잠시 후, 지청완의 괴소가 터져 나왔다.

"크하하하, 그거 걸작일세, 크하하하!"

"웃지 마쇼, 얼마나 열받았는데. 내 그대로 석비를 박살 내서 망정이지 만약 끝까지 읽었다면 그 자리에서 화병으로 죽었을 거요."

평평한 돌을 침상 삼아 그대로 쓰러져 코를 고는 장추삼을 바라보는 지청완의 눈빛이 바뀌었다.

‘이놈은 다르다!’

신광이 일렁이는 기태는 삼류 사파 노인네의 그것이 아니었다.

‘이놈은 정말 특이한 인간형이다. 어쩌면 ‘인간의 신비’에 대한 나의 궁금증을 풀어줄 재미있는 놈이다. 크크크⋯⋯.’

그의 눈에서 번뜩이는 장난기, 일개 삼류 사파 노인네는 흉내조차 낼 수 없는 가공한 것이었다.

다음날부터 장추삼의 짜증이 시작되었음은 물론이다.

스스로 판단해서 똑소리나게 예의 바른 사람이 아니란 걸 알지만 그렇다고 해서 늙고 힘없는 영감탱이의 머리털을 뽑는 짓 따위는 하지 않는 이성의 소유자라고 생각했던 장추삼이었는데 지금은 그런 짓을 하고 싶어 견딜 수가 없을 지경이었다.

“이봐요, 노인. 나 같은 놈한테 뭘 얻겠다고 이러는 건지는 모르겠지만 난 말이오, 재수없기로 중원에서 으뜸 간다고요. 괜히 모난 놈 옆에 있다 정 맞지 말고 제발 좀 가시오, 예?”

“아니, 그게 무슨 소린가? 내가 어딜 왔다고 가라는 거야?”

‘정말 미치겠네.’

도대체가 상식이란 게 먹히지 않는 영감이다! 웬만큼 뚝심 있다고 자부하는 한량들이라고 해도 지금 장추삼의 눈과 온몸에서 발산되는 짜증성 살기를 접한다면 없는 꼬리라도 만들어서 내리고 줄행랑을 놓으련만 척 봐도 지방 사파의 대가리도 해먹기 벅차 보이는 이 영감탱이는 머리털 하나 까딱없지 않은가. 장추삼의 호흡이 거칠어졌다.

“저, 정말로⋯ 못, 알아듣는 거요, 아님 시, 시비 거는 거⋯ 요?”

열받으니까 말까지 더듬게 된다. 양양성 청빈로(淸貧路)였다면 갑자기 장추삼이 말을 못하고 버벅이는 낌새가 있을 때 그의 주위는 삽시간에 공동화(空洞化)가 되어 분위기 파악 못하고 어정거리던 똥개 따위가 때 아닌 복날을 만나곤 했다. 그랬다! 그런 시절이 있기는 분명 있었다.

세월이, 빌어먹을 동굴이 그 큰 아가리로 모든 걸 게걸스레 먹어치웠다. 뼈까지 말이다.

'내가 아무리 한심해졌다고 이딴 영감하고 뭐 하고 있는 거야.'

바짝 치켜올라 있던 어깨의 힘이 푹 빠졌다. 먹히지 않는 인상빨 가지고 끝까지 승부해 보는 건 바보짓이다. 그런 견지에서 이 영감은 인간이 아니라 구렁이임이 틀림없고 구렁이에게 인간이 위협적으로 보이긴 어렵다.

"후~우, 맘대로 하쇼."

'어?'

삼 일 만에 처음 듣는 맥아리 빠진 음성이 지청완의 입장에선 하나도 달갑지 않았다. 뜨끔하기조차 했다.

'아니, 이놈이 갑자기 비루먹은 강아지같이 왜 이래? 아그야, 넌 그래서는 안 된다. 한참 재미있는데 초를 쳐도 유분수지, 이제 막 삶의 즐거움을 만끽하고 있는 늙은이의 입장을 생각해서라도 너는 그래서는 안 된다.'

노인, 지청완은 도대체 뭐가 '그래서는 안 된다' 는 걸까? '즐거움을 만끽' 한다고 했는데 그것과 '초' 와 장추삼의 관계는?

터덜터덜 관도를 걷고 있는 장추삼의 뒤를 딱 반 장 거리로 뒤따르면서 지청완은 부지런히 잔머리를 굴렸다.

'어떻게 하지, 어떻게 하면 이놈이 부활하려나? 그것 참⋯⋯.'

그러나 지청완은 고민할 필요가 없었다.
두두두두⋯⋯.
둘의 뒤로 급히 사, 오 기의 말이 맹렬히 질주해 오며 기세만큼이나 많은 황진을 일으켰다.
"뭐야?"
지청완은 태연히 관도 옆의 풀숲으로 비켰지만 이래저래 속이 뒤집혀 있던 장추삼에게 공손한 양보는 어쩌면 무리였다. 관도 중앙에서 떡하니 버티고 있는 장추삼과 질주해 들어오는 네 마리의 말. 금방이라도 충돌할 것 같은 긴박감을 물씬 풍겼던 이 광경은 기수들이 말을 멈춤으로 끝났다.
"뭐야, 이놈!"
"어서 비키지 못해? 죽고 싶으면 산속으로 들어가서 목이나 메라고. 원, 별!"
"꺼져 임마, 칵 그냥!"
기수들은 등 뒤의 장검이 아니더라도 무사 냄새가 났고 관자놀이에 솟은 태양혈로 보아 그 방파에서 꽤나 행세하는 축에 속하는 인물들 같았다.
'뭐야? 흑월회(黑月會) 놈들 아냐?'
지청완은 흑월회를 잘 알고 있었다. 지청완이 아니더라도 흑월회의 이름은 무림밥을 먹는 이들이라면 한 번쯤은 들어봄직한 것이었다. 하남 땅에 소림과 아미라는 정파의 이름이 있다면 흑월회는 사파의 얼굴이자 그들의 세력이었고 현 무림의 십오 개 대파 중 사파로 한자리를 차지하는 당당한 이름이니까.

휘적휘적 귀를 파던 장추삼이 새끼손가락으로 귓밥을 톡 튕겨냈다.

"젠장 누군 왕년에 말 한번 안 타봤나, 뭣도 아닌 것들이 재기는."

"뭐야, 임마!"

일행 중 애꾸눈의 인물이 폭갈을 터뜨렸다.

"참으십시오, 나령주님. 이놈은 우리가 누군지 모르나 봅니다."

"그럼요, 저딴 애송이랑 실캉이를 하는 자체가 우리 대흑월회에 먹칠하는 겁니다."

사내들이 만류하자 애꾸눈의 사내가 헛기침을 연발했다.

"험, 험, 네놈이 몰라서 하는 행동 같아서 참겠는데 우리는 대흑월회의 무사들이다."

하고 자신만만한 표정으로 눈앞에 있는 촌뜨기의 얼굴을 살폈는데 녀석은 여전히 반쯤 감긴 눈으로 다른 쪽 귀를 파고 있는 것 아닌가.

"임마, 못 알아 들었느냐. 우리는……."

"알아, 알아. 까만달 모임이라며."

흑월회 외당소속 제팔령주 노둔적은 살다 보니 이런 놈도 다 있다는 걸 처음 알았다.

궁금하긴 지청완도 마찬가지였다.

'정말 흑월회를 모르는 거야?'

네 명의 기수들이 기가 막혀 서로를 쳐다보았다.

"이놈, 무림 정세에 관해선 아주 깡통 같은데?"

"저런 놈은 매가 약입니다. 몇 대 맞으면 정신차리겠지요."

그중 덩치가 큰 무사가 말에서 내렸다.

“이놈아! 본인은 대흑월회 외당 제팔령 휘하 거산이라는 분이다. 네 놈에게 몇 가지 훈계를 하려 하니 몸으로 잘 새겨듣도록 하여라.”

“죽이진 마라.”

노문적이 나지막한 말과 함께 거산은 장추삼의 앞에 우뚝 섰다.

“훈계를 어떻게 몸으로 받아? 그럼 당신은 나와 싸우자는 거야?”

“싸워? 흐흐… 그래, 싸우는 거 맞다. 맞는 건 한 명이겠지만.”

세 명의 무사들도 킬킬거리고 웃었다. 그리고.

뻑!

쿵!

“병신 같은 놈, 싸울 놈이 뭘 그리 지껄여?”

그들은 제대로 보지도 못했다.

‘이, 이런 병신 같은 곰 새끼, 저딴 삼류 자식의 주먹 한 방에 기절을 해? 넌 이따가 죽었다!’

노문적의 뱀 같은 눈이 두 무사에게 향했다.

“내참, 산이 형은 사람이 너무 좋아서 탈이야.”

“허깨비 같은 놈도 한 수쯤은 있는 게 무림이거든.”

두 명은 궁시렁거리며 말에서 내렸다.

“뭐야, 당신들도 나랑 싸우자는 거야?”

말아 쥔 오른 주먹에서 우드득 소리를 내며 왼편의 무사가 음소를 흘렸다.

“네놈이 감히 대흑월회 무사를 건드렸으니 팔다리 하나쯤은…….”

뻑!

쿵—!

“어~ 어?”

한 발짝 뒤로 엉겁결에 물러선 조삼은 이 광경이 믿기지 않았다.

"이, 이놈 감춰둔 재간이 있었구나, 말하는데 공격하는 치사한 놈!"

어이없다는 장추삼의 음성.

"당신들, 바보 아냐? 싸우는데 무슨 말이 필요해. 그건 그렇고 당신도 싸울 거야?"

"이놈, 넌 성한 몸으로 돌아가긴 틀렸어. 네놈의……."

휙—

아니나 다를까, 치사한 놈의 주먹이 날아왔다. 그러나 이미 놈의 행동 방식을 알고 있던 조삼이었기에 주먹의 범위에서 재빨리 벗어나기 위해 신형을 움직였다.

뻑!

쿵!

"이런 등신 같은 놈들!"

마상에 앉아 있는 노문적의 온몸이 파르르 떨렸다.

세 명이 널브러져 있는 가운데 서 있는 장추삼은 기분이 매우 안 좋았다.

"간만에 몸 한번 푸나 했더니 어디서 이런 약골들이 걸리냐. 역시 난 재수가 없어."

궁시렁거리던 장추삼의 시선이 기절해 있는 세 명을 떠나 슬며시 노문적에게 옮겨졌다.

"이봐, 애꾸! 지금 난 삼 일 굶은 뒤에 만두 한 조각 얻어먹은 기분이거든. 주위를 둘러봐도 성한 건 당신밖에 없으니 아무래도 당신이 내 기분을 풀어줘야겠어."

그렇지 않아도 나서려던 참이었거늘, 애꾸라니! 그러나 놈은 고수다. 치사한 주먹질이야 그렇다 치더라도 웬만한 권력에 쓰러질 만큼 약한 부하들이 아니었으니 그들은 단 한 방에 보내 버린 막주먹을 결코 무시해서는 안 된다.

하지만 한 가지 노문적이 간과한 것이 있다.

'히야, 신기한 놈이네? 보기보다 그럴싸하잖아? 상대와 자신의 거리를 순간적으로 줄이는 기술은 일품인데?'

그러면서 장추삼의 몸 움직임을 어디선가 본 것 같기에 대장급 되는 애꾸놈이 단 몇 합이라도 끌어줘서 그의 움직임을 관찰하게 되길 바라는 지청완은 어느새 척하니 가부좌를 틀고 턱을 괸 자신의 모습을 발견하게 되었다. 그사이 노문적은 장추삼 앞에서 칼까지 빼 든 상태였다.

"이놈아! 네놈이 손 본 바보들은 우리 대흑월회 중에서도 못난이들 중의 못난이들이다. 네놈은 너무 기고만장해할 것이 없단 말이다!"

"애꾸! 당신은 상대와 대화를 할 때 칼을 뽑는 습관이 있는가 보지? 그렇다면 칼을 집어넣어야 싸우는 건가?"

"이 죽일 놈이! 본인은 대흑월회 내당 제팔령주 노문적이다. 애… 가 아니란 말야!"

"애꾸! 당신이 노문적이든 애… 가 아니든지 간에 칼을 집어넣는 게 어때? 싸우려고 말에서 내린 거 아냐?"

"애꾸가 아니라니까!"

그들이 대치한 거리는 약 일 장가량, 노문적이 폭갈과 함께 허공으로 몸을 띄워 장추삼에게 육박해 들어왔다.

"좀 낫군."

태산압정식으로 내려오는 칼을 보며 장추삼이 중얼거렸다. 그리고 태연하게 노문적의 팔목을 잡으려 왼손을 불쑥 내밀었다.

'뭐야, 미친놈!'

노문적의 검법은 흑사외의 령주들이 익히는 음사검(淫蛇劍)이라는 것으로 비록 절정의 검식은 아니었지만 변초의 괴이함과 독랄함으로 강호에서 꽤 인정을 받고 있었다. 결코 맨손으로 검초의 변환을 뚫고 들어가 검을 쥔 상대의 손목을 잡을 정도로 만만한 검식이 아니었다. 과연 내려 베던 검초는 순간적으로 중극을 세 번 긋는 수비식의 변화를 보였고 이대로 손을 전진한다면 장추삼의 팔뚝은 몸통과 이별을 고해야 했다.

'팔을 빼는 순간 네놈의 머리통은… 헉!'

거짓말 같은 이동. 정면에 있던 장추삼이 노문적의 수비식이 채 펼쳐지기 전에 두 발을 한 번 엇갈리는 것만으로 사 분지 일 바퀴를 돌아 그의 옆으로 나란히 서게 되었다.

순간 관전하던 지청완의 눈이 반짝 빛났다.

"앗, 죽어라, 이놈!"

노문적이 황급히 검로를 틀려는 순간 그야말로 뱀처럼 영활하게 움직이던 장추삼의 왼손이 갑자기 위로 솟구쳤다.

"이, 이익!"

검수가 상대에게 팔목을 제압당하는 것만한 수치가 또 어디 있을까? 그러나 노문적의 몸은 장추삼에게로 완전히 틀어진 것도 아니고 정면도 아닌 어중간한 것이었고 그가 쏘아낸 검초도 전면(前面)이었기에 밑에서 위로 치고 올라오는 공서에 거의 무방비나 다름없었다.

"좋다! 두미접사(頭眉接蛇)!"

과연 흑월회의 령주로서 손색없는 초식의 변환, 노문적의 검이 전면에의 공격을 포기하며 풍차처럼 팽그르 원을 그렸다.

'어떠냐 이놈, 요건 몰랐지!'

뱀처럼 파고들던 장추삼의 손바닥이 쫙 갈라질 것에 고소를 머금은 노문적이었는데 어쩐지 감이 오지 않았다. 무언가를 썰 때 느껴지는 감촉이!

'어?'

장추삼의 왼손은 올라가려는 자세 그대로 딱 멈춰져 있었고 노문적의 시야를 꽉 채우는 어떤 얼굴. 밉살스런 표정이 뭘까 한다면 나오는 정답 같은 미소.

"재밌었어, 애꾸."

그때까지 아무것도 안 하던 오른손이 움직였다.

뻑!

쿵─

"……."

"……."

"그런 눈으로 보지 않아도 날파리 몇 놈 이긴 걸로 재지 않을 거요."

"내가 뭐랬나?"

"에잉, 어쩌다 삼류 측에도 못 끼는 바보들과 드잡이질이나 하고. 난 되는 게 없어."

"어디까지 가는 건가?"

"글쎄, 내가 왜 그런 걸 노인에게 일일이 말해야 하오?"

"무작정 걷는 건 따분하지 않나."

“무작정 걷지 않소! 노인이나 무작정 걷지.”

꺼병한 사인조에게 화풀이를 해서 조금 나아진 기분을 어김없이 박살 내는 노인네였다.

‘흑월회 놈들 아주아주 잘했어!’

지청완은 관계가 삼 일 전으로 개선된 것에 매우 만족했다.

“이 길을 따라가면 호북인데 자네 호북에 사나?”

“내참! 양양성이오, 양양성! 이제 됐소?”

“아, 양양성! 양양성 어디?”

“그렇게 할 일이 없소?”

아웅다웅하며 이른 곳이 어느새 호북이었다.

“아이고, 언제 여기까지 왔나? 말동무가 있으니까 그 먼길을 한걸음에 이른 것 같네그려.”

장추삼은 거지꼴에서 벗어나 있었다. 하남 성도에 이르자마자 같이 다니기 창피하다며 지청완이 인근 포목점으로 끌고 가서 청의무복을 억지로 한 벌 맞춰주었는데 생각보다 잘 어울려 입으로는 ‘같이 다니지 않으면 창피하지도 않을 거 아니오!’ 하면서도 썩이나 마음에 들어 했다. 옅은 청색이어서 때가 잘 타는 단점이 있지만.

‘다 왔구나. 후우~ 오기는 왔는데……’

“어이! 오 년 만에 실로 감격스러운 귀향이거늘 표정이 그게 뭔가. 나 같으면 펄쩍펄쩍 뛰겠구만.”

어깨를 툭 치며 지청완이 이죽거렸다.

“내가 기뻐 날뛸 처지가 아니란 건 노인도 잘 알고 있잖소. 아아―

뭐라고 얘기한다지?"

머리털을 쥐어뜯으며 쪼그려 앉는 장추삼이 지청완의 눈엔 재롱 부리는 손자의 옹알이와도 같았다.

예부터 호북은 하남과 사천을 끼고 있는 중원의 요지 중 하나였다. 북적이는 사람들, 그만큼 많은 여러 상점들과 음식점, 나그네의 객고를 유혹하는 청루(靑樓)와 홍루(紅樓).

시내로 들어서자 힘이 돌아오는 장추삼이었다.

'그래, 한 번의 창피함이 인간 장추삼을 어떻게 하겠냐. 버린 오 년이지만 체력만큼은 확실하게 다졌으니까 한 달을 일 년으로 노력한다면 만회하게 될 거야.'

"이제는 헤어질 때가 됐구나."

'윽!'

갑자기 온화한 미소를 짓는 지청완의 표정에 장추삼이 주춤 물러섰다.

"저, 전혀 안 어울려! 노인, 또 무슨 수작을 부리려고 이러는 거요?"

'끄응~'

이놈은 이쁘게 봐주기 어렵다고 새삼 느끼는 지청완이었다.

"애고, 관두자, 관둬! 그나저나 너, 또 쌈질이나 하면서 살 거냐?"

"남이사!"

한 대 쥐어박고 싶었지만 이 심통 맞은 놈이 무슨 짓을 할지 몰라 점잖은 말로 타이르려는데 이놈은 여전히 경계 어린 눈초리로 자신을 보고 있다.

"그래, 알았다, 알았어! 말 많고 심술궂은 노인네는 이만 꺼져 주마. 화무느은~ 시입일호옹~이오."

갑자기 몸을 홱 틀고 휘적휘적 걷는 노인네가 어쩐지 안쓰러웠다.
"인연이 있다면 또 봅시다."
"오냐!"

인연이 있다면!

◇ 제3장
장추삼 출동(出洞) 두 달 전:일양자(一陽子) 하운(河雲)

장추삼 출동(出洞) 두 달 전:일양자(一陽子) 하운(河雲)

　"휴우～"

　조소령(曹素玲)의 꽃봉오리 같은 입술이 벌어지며 저절로 한숨이 터져 나왔다. 길고 추웠던 겨울을 밀어내고 숨죽여 기다렸던 봄이 이형환위(異形換位)처럼 성큼 다가섰건만, 그에 흥겨워 새싹은 달리기하듯 앞다투어 고개를 내밀고 온갖 꽃송이들은 제멋에 겨운 듯 흐드러지게 만개했건만 그녀의 마음은 아직도 겨울의 그것이었다.

　쪼로롱— 쪼로롱—

　뜰에는 이름 모를 산새 두 다리가 서로를 희롱하며 하늘에서 자유롭게 날갯짓하고 있었다. 잘 정돈된 정원의 한켠엔 갈다 만 이랑과 호미가 놓여 있었다. 손때가 묻어 반질반질한 호미는 그녀의 칠 년을 의미하듯 또렷한 자국이 남아 있었고 호미와 벗한 세월은 지루하고 걱정스러웠으나 그래도 희망은 있었다.

매화각의 뒤켠에 위치해 있는 이 화원은 본시 자갈밭에 불과했었다. 칠 년 전 조소령이 검을 놓고 손수 돌을 골라낼 때도 이런 모습으로 변할 거라고는 아무도 예상하지 못했다. 연약한(?) 사저의 몸부림이 무엇을 의미하는지 알고 있었기에 처음 몇 달은 그녀의 사제들도 수련 시간이 끝나면 이런저런 잡일을 거들어주었다. 그러나 자신으로 인해 사제들의 시간이 허비되는 것이 싫었던 그녀는 곧 그들의 출입을 통제했고 사제들은 평소엔 관음과도 같은 미소를 짓고 있지만 한 번 화나면 지옥불도 찔끔한다고 하여 '염화경수(炎火驚手)' 라 불리는 자신의 사저를 거스를 수 없어서 안타까운 시선만을 던졌었는데 얼마 전부터는 너무도 아름다운 정원에 도취되어 이곳을 천성원(天聲園)이라고 칭하고는 곧잘 와서 쉬어가곤 했다.

'그래, 그때가 좋았지.'

별로 옛일도 아니었건만 그녀는 꽤나 오래전 추억을 더듬는 듯 아련한 상념에 빠져들었다.

작은 정자에 몸을 동그랗게 말고 오도마니 앉아 있는 그녀를 바라보는 두 쌍의 눈동자가 있었다.

"이젠 어떡해야 하오? 사저는 완전히 넋을 놨는데……."

"살 희망이 없겠지."

조금 앳된 목소리가 쏘아붙이듯 투덜거렸다.

"꼭 그런 식으로 말해야 합니까? 어째 삼 사형께서는 고거 쌤통이다 하는 것 같구려."

"글쎄, 쌤통인지 뭔지는 모르지만 내가 화가 나 있는 건 분명해. 물론 사저에게는 아니지. 잘 알면서 뭘 그리 집요하게 따지는 거야?"

똑 부러지는 말투, 조금의 빈틈도 허용치 않겠다는 의지를 엿볼 수 있었다.

"후~ 나 역시도 마음이 편한 건 아니오. 그렇지만 이렇게 가다간 대화산파(華山派)의 위치마저 흔들릴 것 같으니 어떡해야 할지 모르겠소."

삼 사형이라는 자가 피식 웃었다.

"이거 봐, 오 사제. 지금 상황이 좋지 않다는 건 누구나 다 알고 있어. 분명 정상은 아니지. 그래, 나빠. 다 맞는 말인데… 뭐? 대화산파의 위치가 흔들려? 이 사람이 지금 무슨 말을 하는 거야. 고작 이런 일로 비틀거릴 문파였으면 우리 문파가 어찌 육백 년 전통을 가졌겠나? 구파일방이 괜한 허명이라고 생각해?"

"그치만 이게 어디 '고작 이런 일'이오? 사부님의 탄식을 삼 사형은 듣지 못했단 말이오?"

사제의 반박에 그도 지그시 눈을 감았다.

'그래, 무언가 필요하긴 한데 그것을 모르겠어.'

갑자기 앉아 있던 조소령이 화들짝 놀라 일어섰다.

"어머! 대사형께 탕재를 올릴 시간이 지났나 봐!"

긴 머리를 나풀거리며 조소령이 정원에서 사라질 때까지 그들 사형제는 우두커니 서 있었다.

'어쩌다가 이렇게 됐지?'

화산파의 일대 제자 중 가장 나이가 어린 서문휘(西門輝)는 물끄러미 그의 사형을 바라보았다.

야심으로 똘똘 뭉쳐진 데다 바늘로 찔러도 피 한 방울 새어 나올 것 같지 않은 냉혈한이지만 삼 사형 화지악(華志岳)이 지금처럼 든든한 적은 없었다. 화지악도 나름대로의 생각에 골몰해 있었다.

'무언가 필요한데…….'

　조소령에게는 무척이나 꺼림칙스런 일이었지만 보혜원(保慧圓)으로 가기 위해선 어쩔 도리 없이 대연무장을 거쳐야 했다.

　웅혼(雄渾), 천위(天威), 상매(霜梅)의 세 전각을 감싸 안으며 봄 햇살에 넓게 펼쳐져 있는 대연무장의 위용은 무림이대검파라는 '대화산'에 걸맞는 훌륭한 것이었다. 그렇지만 이곳에서 수련을 하는 이들은 사, 오대 제자들이나 속가 제자일 수밖에 없는 것이 화산의 비전 절기인 이십사수매화검법(二十四手梅花劍法)이나 창궁우전검(蒼穹雨電劍)을 익힐 수 있는 이, 삼대 제자들이 동문들 앞에서 차근차근 검로와 보법을 밟아가며 수련한다면 그건 마치 '너희들도 익혀볼 텨?' 하는 것과 같은 꼴이 아닌가.

　드러난 절기가 비전일 수 없는 법. 지금도 연무장에서는 하늘을 찌르는 듯한 기합성과 더불어 매화 문양을 선명하게 아로새긴 무복을 입은 삼백여 명의 무인들이 땀을 흘리고 있었지만 그들의 매화 송이는 기껏해야 한 개, 드물게 두 개 정도가 최고였으니 이들의 신분을 짐작하는 건 어렵지 않았다.

　눈여겨볼 것은 스무 명 단위로 편재된 이들의 앞에서 직접 시범을 보이고 잘못된 검로(劍路)를 교정해 주고 있는 열다섯의 무사들과 그들과 약간 떨어져 냉엄한 표정으로 이들을 바라보고 있는 세 노인이다.

　지도 무사들은 우선 양쪽 태양혈이 불끈 솟아 있는 것으로 미루어 최소한 일 갑자 이상의 공력을 지니고 있었고 허리띠에 새겨진 매화의 숫자도 적은 이가 세 개였고 그중 한 여인은 다섯 개였으니 현재 화산파에 다섯 명밖에 없는 일대 제자 중 하나라는 것을 알 수 있었다.

그리고 세 노인. 착 가라앉은 눈빛에서 측량하기조차 어려운 내력을 몸에 갈무리하고 있다는 것을 보이는 기태와 허리띠에 새겨진 문양. 매화꽃이긴 한데 매우 크고 붉었다. 해바라기처럼 커다란 매화꽃도 꽃이려니와 그것을 관통한 검 한 자루가 자색으로 선명하게 수놓아져 있었다. 일반 제자들과 전혀 다른 문양을 허리에 매고 화산의 검식 수련을 엄한 사부처럼 내려다보고 있는 이 세 노인은 누구인가? 안면있는 지도 무사들의 포권을 받는 둥 마는 둥 급하게 발길을 옮기던 조소령도 이들 앞에선 어쩔 수 없이 걸음을 멈춰야만 했다.

"조소령이 세 분 사조님들을 뵙습니다."

세 명 중 키가 크고 깡마른 노인의 입이 조금 벌어졌다.

"그래, 요즘 네가 수고가 많구나. 하운에게 가는 길이냐?"

"예."

왼편의 통통한 노인의 눈살이 찌푸려졌다.

"에잉, 쯧쯧, 어쩌자고 이런 해괴한 일이 우리 화산파에 생겼단 말인고."

고개 숙인 조소령의 눈빛이 더 침울해졌다.

화산 삼장로, 달리 매화삼로(梅花三老)라 불리우는 화산의 정신적 기둥.

현 장문인 산화수(散花手) 구양승(九陽昇)의 사백이 되는 인물들로 셋의 나이를 합하면 화산 역사의 반이 된다하여 화산 문인들은 반백화선(半白花仙)이라고 높여 부른다. 처음 말을 건넨 키다리 노인이 이들 중 맏이인 즉선검인(則仙劍人)이고 통통한 노인이 그중 막내인 반선수

(半仙手) 계양(溪陽)이다. 그리고 아무 말 없이 차가운 검기를 풀풀 날리고 있는 인물은 화산 사상 가장 강한 세 명 중 현존하는 인물, 무림에서도 최고수를 일컫는 절대오존 중 한자리를 차지하는 화산의 자랑인 치무환검존(痴武幻劍尊) 백무량(白無亮)이었다.

백우량이 조소령 쪽은 보지도 않고 한마디 던졌다.
"그놈, 정신이 돌아온 것 같진 않나?"
조소령이 급히 고개를 들었다.
"정말이에요? 이사조님, 정말이에요?"
닦달하듯 재촉하는 조소령의 표정이 귀여웠던지 냉막하던 백무량의 얼굴에 고소의 빛이 있었다.
"정신은 아직 돌아온 건 아니지만 그 외의 다른 이상은 없기에 하는 소리다."
즉선검인이 말을 받았다.
"오히려 너무 건강해서 탈이지."
계양의 살찐 턱이 푸르르 떨렸다.
"혹시 깨어 있으면서 엄살 부리는 것 아니오?"
"아녜욧!"
실실 웃다가 맹렬한 제자의 반격을 받은 계양은 깜짝 놀란 소처럼 눈이 동그래졌다.
"그럴 리 없어요, 절대 그럴 리……."
조소령이 울기 시작하자 난처한 건 계양이었다. 사실 말이야 바른 말이지, 먼저 시작한 건 근엄한 척하는 두 사형들 아닌가?
"얘, 얘야… 노부는 그런 뜻이 아니라……."

우는 조소령을 달래면서 계양은 두 사형을 노려보는 걸 잊지 않았다.

"허허, 저 나이가 되도록 어린 제자나 울리고……."

"셋째는 수양에 아직 문제가 있는 것 같소."

이 무슨 귀신 씨나락 까먹는 소리인가?

어제 분명히 저 둘이 했던 말을 그저 자기는 입으로 옮긴 것 아닌가. 자신이 했던 말 '혹시 깨어 있으면서 엄살부리는 것 아니오'의 마지막 을 '~닌가'로 바꾸기만 하면 먼 산 보고 있는 대사형이 했던 말과 토 씨 하나 틀리지 않거늘.

'이런, 능구렁이 영감!'

때 아닌 소동에 연무는 일시 중단되었다. 평소에 말 한마디 없던 치 무환검존이 저렇게 말 많이 하는 것도 사, 오대 제자들은 처음 보는 것 이었고 그들과 스스럼없이 대화를 나누는 사람이 있다는 것에 놀랐고 그 사람은 여성이었으며 젊었고, 대단히 아름다웠다.

"우와, 저 여자 좀 봐!"

"야야, 끝내주는데? 완전히 선녀야, 선녀!"

조소령은 무복을 입고 있지 않았다.

"얼굴도 얼굴이지만 몸매 좀 봐!"

"화산에 저런 귀녀(貴女)가 숨어 있었다니… 사건이야, 사건!"

"삼장로님과 격의없는 걸 보니 뒷배경이 대단한가 본데?"

"큭! 나도 뒷배경이라면 밀릴 것 없지. 이참에 총각 시절을 졸업해 버려?"

'쥐, 쥐일 놈들!'

조소령의 어깨가 푸들푸들 떨렸다. 화산 내에서도 서열로 십팔 위,

일대 제자 중 두 번째인 자신을 입문한 지 오륙 년이 채 안 된 애송이들이 입에 담는단 말인가? 선녀? 거기까진 좋았다. 뭐, 몸매가 어쩌구 사건이 어째? 총각 운운한 놈은 콕 찍어 기억해 두었다.

'언제 날 잡으면 넌 그날이 명년 니 제삿밥 받는 날이야.'

아름다운 여성이 뭇 남성들의 선망의 시선을 받는 것은 당연한 일이다. 그렇지만 자신은 일대 제자 중 이 사저가 아닌가? 거기다 개중엔 군침을―세상에, 군침이라니!―흘리는 놈들까지 있으니 그녀의 칩거 생활 칠 년이 길었던 건 분명했다. 어찌 보면 잘못한 건 그녀였는지도 몰랐다. 서열이 드러나는 무복을 입은 것도 아니고 연무장에 칠 년 간 코빼기도 비치지 않다가 며칠 전부터 느닷없이 나타났기 때문에 새로 가입한 제자들이 그녀를 몰라보는 건 당연했다. 그리고 혈기방장한 청춘들이 미녀를 보고 침을 흘리는 건 더 더욱 당연한 것 아닌가? 하물며 절세미녀임에야!

안력 좋은 사대 제자 중 몇몇이 인시(寅時)만 되면 바람처럼 연무장을 가로질러 상매각으로 사라지는 그녀를 눈여겨보아 '인시의 비연(飛燕)' 이라고 부르며 어떻게 좀 해보려는 꿍심을 품고 있다는 걸 알았다면 조소령은 어떤 반응을 보였을까? 그나마 위안이 되는 건 사 사매(四師妹) 정혜란(丁慧蘭) 역시 하늘 같은 사저가 받는 모욕에 분개하여 수전증 걸린 주정뱅이처럼 손을 떨고 있다는 것이다.

'쥐, 쥐일 놈들!'

정혜란의 손이 부들부들 떨렸다. 그녀의 분노가 곱디고운 자신의 이 사저인 조소령을 냄새나는 입으로 마음껏 씹는 것에 기인한 건 절대 아니다. 자신이 이들에게 손수 검식을 지도한 게 벌써 이 개월여, 그동안 단 한 번이라도 추파 비슷한 눈길을 받아본 적이 없었거늘! 조소령이 이쁜 건 사실이다. 그래 봤자 자신과 비슷한 정도? 여자다운 자태가 가산점이 된다면 아주 약~간 더 이쁘다고 봐줄 것인데. 이놈들은 아예 넋이 나가서 펄펄 뛰고 있는 것 아닌가? 자신을 냉정하게 분석해 봐도 이 사저와는 비교도 안 되는 늘씬한 키에 이목구비 뚜렷한 얼굴, 화산에서 검공으로만 따지면 열 손가락에 드는 놀라운 무예, 호탕한 웃음, 말술… 이게 뭐야!

점점 남성화되는 장점이 나타나자 정혜란의 생각은 급히 중단되었다.

'어쨌든 이렇게 괜찮은 나를 무시해?'

정혜란은 분명 이뻤다. 그렇지단 그녀는 자신과 반 각 이상 대화를 한 남성은 누구나 그녀를 여자로 보지 않는다는 걸 몰랐다.

'쥐, 쥐… 쥑일 놈들!'

하운은 온몸이 미친 듯이 떨리는 걸 겨우겨우 눌러 참았다. 상매각 이층 약 내음 매캐한 보혜원의 창가는 연무장을 내려다보기에 썩 좋은 위치였다. 인시가 되어 꿈에도 그리는 이 사제가 긴 머리 찰랑거리며 달려오는 걸 보고 싶어서 창밖을 두리번거리고 있었는데 되지도 않는 놈들이 보석 같은 조소령에게 더러운 입질을 하고 있는 것 아닌가? 성질 같아선 당장 내려가 일렬로 집합시키고 매운맛을 보여주고 싶지만 현실은 그럴 수 없다는 것이다. 그는 가사 상태에 빠져 있는 것으로 되어 있으니까.

'어서 보혜원으로 와, 그 어린 잡놈들에게서 벗어나라구!'

눈은 시뻘겋게 충혈되었고 가슴은 천 갈래 만 갈래로 찢어지고 있었

다. 그러나 그가 할 수 있는 일이라고는 창틀을 부서져라 움켜쥐는 것
뿐이었다.

조소령이 직접 나서지 않아도 총각 운운했던 사대 제자(四代弟子) 이
연동은 지옥과도 같은 시간을 갖게 되었다. 선녀니 몸매니들도 모조리
죽어났다. 신나게 굴리고 있는 정혜란의 눈매는 백년 묵은 소나무라도
말려 죽일 것 같은 독기가 줄기줄기 뻗어나왔다. 조소령은 이 맛깔스
런 광경을 달콤히 음미하다가 탕재를 홀랑 태워 버렸다. 그래도 이연
동이 지르는 비명은 상쾌한 메아리였다.

역시 상매각으로 발걸음을 향하던 막내 서문휘는 이 소름 끼치는 광
경을 아주 우연히 보게 되었다. 그곳엔 그의 사저들은 없었다.
'으어어어……'
장정 두셋이 팔을 둘러도 모자랄 정도로 굵은 매화나무 뒤로 재빨리
신형을 날리며 터져 나오는 비명을 한 손으로 급히 틀어막은 서문휘는
방금 전 천상원에서 보았던 관음의 미소가 이런 식으로까지 일그러질
수 있다는 걸 처음 알았다.
'저, 저게 이 사저란 말이야?'
팔짱 끼고 짝다리 떡하니 짚은 자세부터 고결의 상징처럼 여겨왔던
이 사저와는 다르게 불량기를 물씬 풍기고 있는데 거기다 삐딱하게 틀
은 얼굴… 그 얼굴은!
'으어어어……!'
또 비명이 나올 것 같았다.
그런데, 그런데 말이다, 이 사저는 약과 중에 약과였다. 온몸에 있는

수분을 땀으로 모조리 빼내는 듯한 기합을 받고 있는 사, 오대 제자들 사이를 종횡무진 누비고 있는 사사저는 정말 인간이 아니었다.

"어쭈, 폼 좀 봐라? 땅에서 태 안 떼?"

"오? 지금 니가 개기냐? 그래, 할 때까지 해보자. 시간은 많지."

평소에도 여자 같지 않았었는데 이렇게 보니 아예 차원을 달리하는 무서움이 아닌가?

'여, 여자 나찰들이다!'

겨우겨우 참던 비명이었지만 정혜란이 칼등으로 이연동의 엉덩이를 사정없이 가격하는 순간 터져 버렸다.

"으아아악!"

순간 둘의 시선은 매화나무 뒤에 오들오들 떨고 있는 서문휘에게로 옮겨졌다.

"어마? 오 사제 왔네?"

"얘! 왜 그러고 있니?"

방실방실.

여자들이란 이렇게 사악해도 좋은 건가?

"아냐! 난 안 봤어! 아무것도 안 봤다구!"

서문휘의 인생에서 최고의 속도였을 거다. 상매각으로 몸을 날리면서도 누가 쫓아올까 싶어 머리를 감싸 쥐고 비명을 지르는 그였다. 이해할 수 없는 오 사제의 반응에 그녀들은 서로를 바라보고 어깨를 한 번 으쓱했다.

"참! 탕재 다 쫄았겠네!"

"뭐야, 벌써 점심 시간이잖아? 아아, 배고파. 밥이나 먹으러 가야겠군."

정말 사악한 사저지간이었다.

화산장문 구양승은 어떡해야 좋을지 몰랐다. 간밤에 들은 얘기대로라면 하운의 상태는 깨어나지 않는 것이 이해가 안 되리만큼 멀쩡한 것이라 했다. 힘차게 뛰고 있는 혈맥과 막힘없이 도인 되는 기의 흐름으로 볼 때 칠 년 전보다 건강해졌으면 건강해졌지 나쁜 것이 없었고 오장육부도 제자리에 멀쩡히 붙어서 역할을 충실히 수행하고 있거늘 왜 의식이 돌아오지 않는 건가? 농담처럼 스쳐 간 한마디가 계속 마음에 남았다.

"혹시 깨어 있으면서 엄살 부리는 것 아닌가?"

즉선검인의 말은 그저 무시해 버리기엔 어쩐지 찜찜한 여운이 남는 것이다. 평소에도 아무렇지도 않게 툭툭 던지는 말에 뼈를 담는 그였다. 계양의 진단도 일리가 있었다. 둔한 몸집과는 반대로 머리 회전이 빠르고 상황 판단을 정확히 한다는 계양이 내린 결론은 '자신이 감당하기 어려운 상황에 놓였을 때 받은 정신적인 충격으로 심적 외상(心的外傷)을 입어 도피적 가사 상태로 자기를 방어하는 형태'라는 다소 장황하고 어려운 것이었는데, 뚱뚱한 손을 흔들며 토해낸 그의 달변에 모두들 '우와!' 했었다.
'그래, 반불수 장로의 말씀이 가장 타당한 것 같아.'
그렇다면…
어떤 일이 있어서 의지견정한 하운을 그 지경으로 몰아넣을 수 있다는 건가? 누가 있어서 천하십대검식 중 한자리를 차지하는 창궁우전검을 육 성가량 터득한 그를 곤란하게 한다는 건가? 도대체 그 칠 년 동안 어떤 일이 있었던 것일까?

몇 년째 산문 밖을 벗어나 본 적 없는 하운에게 사천(四川)의 풍물도 구경시킬 겸 해서 당문(唐門)에 서찰 하나 심부름 시켰었거늘, 한 달이면 다시 보리라 생각하며 배웅도 해주지 않고 보냈던 강호행이거늘. 그 길이 칠 년 동안의 헤어짐이라고 누가 생각했겠는가?

가장 사랑했던 제자였기에 구양승의 지난 칠 년 간은 고행의 기간이었고 인내의 시간이었다. 처음엔 귀가가 너무 늦는다고 무던히도 신경질을 부렸었다. 애꿎은 다른 제자들만 죽어났었다. 시간이 지나면서 무언가 잘못된 걸 알게 되었그 화산 문하 속가 제자 전부에게 전서구로 대제자 하운의 실종을 알리고 행방을 수소문했으나 돌아오는 건 모른다는 말뿐이었다. 조급한 마음에 장문 신분이고 뭐고 직접 변복하고 나가 찾아보려 했지만 제자들의 만류에 어쩔 수 없이 포기하기도 했었다. 비가 오면 우의 걱정, 밥숟갈을 들으면 끼니 걱정, 잠을 청하면 자리 걱정, 아침에 일어나면 늘 뒷골이 땡겼었다. 그동안 꾼 악몽을 책으로 옮긴다면 다섯 수레 분은 족히 될 것이다.

이 제자 조소령은 아예 검을 놓고 괭이질을 시작했다. 말릴 힘도 없었다. 그 애틋한 마음을 어찌 모르랴? 그 녀석의 텅 빈 동공을 볼 때마다 자신이 무슨 큰 죄라도 진 것처럼 절로 발길을 돌렸었다. 자연히 화산은 초상집 분위기였고 저간 사정을 잘 모르는 신규 제자들만 전전긍긍 땅바닥만 긁어댔다. 그런데 마침내 그 아이가 돌아왔다. 무려 칠 년 만에!

그러나 그 아이는 가사 상태였다. 어찌어찌 산문까지는 왔는지 몰라도 지금껏 의식이 돌아오질 않는 것이었다. 혜광에 충만하던 눈동자는 굳게 닫힌 눈꺼풀 속으로 숨어버렸고 언제나 단아했던 얼굴은 상거지가 다 되어 추레하고 안쓰러웠다. 여섯 살 때부터 사사했기에 제자라기보다 자식과도 같던 구양승의 영원한 자랑거리가 이렇게 망가진 채로 돌아온 것이다.

'도대체 무슨 일이 있었던 거야? 도대체……'

밀납처럼 창백한 제자의 안색이 시리도록 가슴을 적신다.

드르륵―

"어머, 사부님! 소녀가 사부님을 뵈어요."

"으음, 소령이가 왔구나. 탕재를 먹을 시간인가 보지?"

조소령이 받쳐 들고 있는 사발에는 탕재가 당연히 담겨 있지 않았다.

"예, 아니, 오호호. 여태까지 쓴 탕약만 드셨었잖아요. 아무리 정신이 없다고 해도 뱃속까지 그럴까 해서 오늘은 특별히 잉어와 고려삼을 푹 고아 죽을 끓여봤어요."

탕재기까지 태워먹었다는 말은 절대 할 수 없었다.

"오, 그래? 역시 너밖에 없구나. 수고 많았다."

엄청 찔렸지만 잉어죽도 보신에는 좋다고 스스로 자위하며 그녀는 사발을 들고 조신하게 하운의 침상 한쪽에 걸터앉았다. 몰라보게 거칠어진 피부, 마른 논바닥같이 터진 입술, 정오의 양광을 받는 사형의 왜소한 모습에 조소령은 그만 고개를 돌리고 말았다.

"흑……"

"소령아……"

평소 같았으면 늙은 사부 앞에서 계집애가 어디 눈물을 보이느냐고 호통을 쳤겠지만 구양승은 눈물을 훔치는 제자를 그냥 바라만 보았다.

구양승도 울고 싶었다!

"소령아, 너까지 이러면 안 된다. 네가 힘을 내야 운아도 정신을 차릴 것이야."

"하지만 사부님, 이대로 사형꺼서 영영 일어서지 못하신다면……."

"그 무슨 방정맞은 소리!"

스스로도 놀랄 정도로 큰 소리를 낸 구양승이 조소령을 다독였다.

"입은 모든 화의 근원이니라. 마음을 정히 하고 성의를 다한다면 반드시 좋은 결과가 올 게야."

"그렇죠? 정말 그렇겠죠, 사부님?"

훌쩍이며 눈물을 소매로 훔친 조소령이 다짐받 듯 구양승의 얼굴을 바라보았다.

'그토록 어른스러웠던 아령이가 이럴 때도 다 있구나.'

"그럼, 어서 가져온 잉어죽이나 한술 먹이려므나."

의식이 없는 하운이 스스로 음식물을 섭취할 수는 없는 법. 조소령은 가는 옥수(玉手)로 그의 입을 조금 벌리고 잉어탕을 수저로 흘려 넣었다. 한 숟갈, 두 숟갈… 거기다 행여 입이 델세라 수저마다 조소령이 입김을 불어 식힌 후에 입 안으로 흘려 넣고 기도를 눌러 소화를 도왔기 때문에 잉어탕 한 그릇을 다 비우는데 무려 반 시진이 넘게 걸렸다. 그리고도 얼마 동안 두 사제는 누워 있는 하운을 바라보다 말없이 방문을 닫고 나갔다.

하운은 번쩍 두 눈을 떴다.

오늘에야 음식 비슷한 것을 처음 먹었다. 지난 삼 일 간 냄새가 지독한 탕재만 먹다 보니 뱃가죽이 등허리와 맞닿을 지경이었다. 눈만 감으면 휘황찬란한 산해진미가 펼쳐져 있었고 한참 왕성한 식욕을 자랑하는 나이인지라 지금이라도 구운 오리 한 마리 갖다 준다면 뼈까지 씹어 먹을 것 같다.

일 다경이면 가뿐하게 비워낼 잉어탕을 감질나게 한 시진이나 걸려 먹으니까 공복감은 더해만 갔다. 벌떡 일어나 사매의 손에서 사발 그릇을 냉큼 뺏어 홀홀 마시고 싶었다. 그러나 그럴 수는 없다.

이 세상 누구보다 존경하고 흠모하는 사부님이 침식도 거르면서 보잘것없는 자기 때문에 한숨과 눈물로 몸을 축내고 계시는 걸 알면서도 아무것도 할 수가 없다.

'돌아오는 게 아니었어.'

이 세상 누구보다 아끼고 사랑하는 사매가 못난 자기 때문에 마음고생으로 칠 년 간이나 수련을 중단했다는 걸 들었을 때는 머리 속이 텅 비어 아무 생각도 나지 않았다.

'차라리 죽어버릴걸.'

사부님의 인자한 미소 속에 화산의 장래를 책임질 미래의 영웅이었던 하운은 더 이상 화산제일의 후기지수가 아니었다. 문파의 무공을 일초반식도 펼치지 못하는 자가 무슨 일대 제자고 뭐가 대사형이란 말인가?

'이제 내 인생은 끝이야, 끝.'

저도 모르게 한줄기 눈물이 귓볼을 타고 흘렀다.

드르륵—

'이크!'

갑자기 들이닥친 조소령이 성큼성큼 하운에게 다가왔다.

"어마, 땀인가? 아냐, 이건 눈물이네! 어느 정도 차도가 있나 봐!"

호들갑스럽게 좋아하던 그녀가 주위를 재빨리 둘러보고는 두 볼 가득히 홍조를 띠며 가만히 하운에게 얼굴을 가져갔다.

‘어어어……’

조소령의 향긋한 체취와 달콤한 숨결이 얼굴 가득히 느껴지자 하운의 가슴은 두근 반 세근 반 띠었다.

놀랍게도 그녀는 가만히 혀를 내밀어 그의 눈물을 핥아주는 게 아닌가!

쿵쿵쿵—

눈을 감고 있어서 심장이 크게 뛰는 것으로 그쳤지, 눈을 뜨고 있었다면 하운의 심장은 기능을 상실했을 것이다.

“아이 몰라, 창피해서 어떡해?”

‘난 정신이 다 나갔다, 사매.’

“사형!”

침상 앞에 무릎 꿇고 앉은 조소령이 하운의 손을 꼭 잡았다.

“지면 안 돼요. 그까짓 삼마 따위에 꺾이는 사형 모습 보기 싫어요. 사형은 우리 화산의 대사형이잖아요. 그리고, 그리고……”

그녀의 고개가 푹 수그러졌다.

“사형은 소령의 모든 것이잖아요.”

‘사매!’

하마터면 하운은 격동에 겨워 벌떡 일어설 뻔했다. 조소령이 문을 닫고 나가는 순간 하운은 상체를 일으키며 잡힐 것 없는 허공을 움켜쥐었다.

‘사매!’

창궁우전검식을 사부에게 처음으로 사사받던 날 그의 마음속엔 아무도 모르는 비밀이 하나 싹텄다. 열여덟 해 가을에 품었던 청년의 꿈은 해가 가고 달이 바뀌며 새록새록 익어가 그의 나이 스물셋이 되던 칠 년 전엔 거의 열매가 익어가고 있었다.

'두 해 정도만 더 있었다면 됐는데…….'

그가 열 살 소동이었던 겨울에 치무환검존의 손을 꼭 잡고 화산의 문을 들어선 계집 아이는 날리는 눈만큼이나 희고 고왔다.

"이제 너에게도 동문사매가 생겼으니 말썽일랑은 그만 부리고 어른스럽게 몸가짐을 해야 한다."

백무량의 말은 귀에 하나도 들어오지 않았다. 그저 그 이쁜 아이와 같이 지낼 수 있다는 게 기뻤다. 하나부터 열까지 어린 사매의 손을 잡고 화산의 모든 것을 아는 양 떠들면서 경내를 돌아다녔지만 힘든 줄도 몰랐었다. 그러다 문득 일곱 살 난 여자 아이를 무려 두 시진이나 걷게 했다는 것에 깜짝 놀라 그녀를 쳐다보았을 때 어린 조소령이 말했다.

"사형은 장삼 하나만 입고 있으니까 춥겠다. 난 두꺼운 털옷을 입었으니까……."

그녀는 목에 둘렀던 너구리 목도리를 풀러 고사리 손으로 내밀었다.

"이거 두르세요."

그 순간 그녀는 하운의 전부가 되었다.

다음날부터 하운은 사부가 깨우러도 오지 않아도 되었고 조금 힘들면 내던지던 목검을 손에서 떨어뜨리지도 않았다. 자시(子時)만 되면 퍼져 잤었기에 열흘에 한 번 갈았던 기름등을 이틀에 한 번 갈 정도로 늦도록 책을 보았고 마음을 가라앉혔으며, 진중해지려고 노력했다. 열

넷에 사사받은 이십사수매화검법은 난해한 보법과 변화막측한 검로 때문에 대성하는 데 팔 년 이상이 소모되는 게 일반적이었지만 그의 불타는 집념은 그 기간을 단 사 년으로 단축하기에 이르렀고 드디어 일대 제자의 요건이라는 창궁우전검을 전수받던 날 스스로에게 맹세했다.

그래, 이제 시작이다! 창궁우전검을 팔성 이상 터득하는 날 그녀가 좋아하는 매화를 한아름 안고 멋드러지는 말로 청혼하리라!

스물셋에 육성의 경지에 도달했던 창궁검식이기에 오의(奧義)는 어느 정도 파악한 상태여서 일, 이 년 내로 팔성까지의 성취를 자신했었다. 그러나 동굴에서 보낸 칠 년이란 기간은 그에게 화산내공을 앗아갔고 창궁우전검을 앗아갔으며 그녀도 앗아갈 것이다.
'난, 난 끝났어! 사매, 난 어떡하면 좋지?'
그녀에게, 동문들에게, 사부님께 무슨 말을 해야 하나!
'난 칠 년 동안…….'
저주스러운 암굴이 눈앞에 아른거린다. 그는 마음속에서 발악처럼 부르짖었다.
'바보가 되었다고!'

◇　제4장
장추삼 출동 한 달 전:북궁단야(北宮丹也)

장추삼 출동 한 달 전:북궁단야(北宮丹也)

중원에서 가장 험준한 산을 꼽으라고 한다면 누구나가 오악을 말한다. 그러나 중원인들이 모르고 있는 사실 하나가 있다. 변방에서 오연히 자리하며 사람들의 손길을 거부하는 순백의 산이 있음을 그들은… 모른다. 사람이 모이는 곳이던 어디든지 있다는 개방의 거지들도 고개를 절레절레 흔들고, 길이 아닌 곳은 만들어서 간다는 표사들도 이곳을 지날 때면 시일이 걸리더라도 가급적이면 돌아서 간다는 천애의 오지.

천산(天山)!

사시사철 운무 속에 정상을 숨기고 보는 것만으로 모든 이를 압도해 버리는 절대기개세(絶代氣蓋勢)! 그리하여 무림을 등진 은자들이 찾는 보금자리 중 늘 일 순위를 굳게 지키고 있는, 희한한 천하제일지. 만약 이곳에서 사람이, 그것도 집단을 이루며 몇백 년 간 살고 있었다는 걸 알았다면 뭇사람들은 세 번은 놀라리라. 그러나 이건 엄연한 사실이었다. 등산을 좋아하는 이들도 발견하기 어려운 천산 제이봉의 호유림(弧遊林). 미로처럼 얽히고설킨 비탈에다 한 발 잘못 디디면 세상에 하직인사를 고해야 하는 절벽이 곳곳마다 산재해 있었고 무엇보다 행보를 방해하는 침엽수림들이 빽빽이 들어차 있어 여우나 놀 수 있다고 해서 그런 이름이 붙었다 한다.

호유림을 지나면 귀견곡(鬼見谷)이 나오는데 이름에서부터 사람이 다닐 곳이 못 된다는 걸 알겠지만 이곳을 열 발 이상 디뎌본 적 있는 사냥꾼들은 입을 모아 호유림은 그나마 다닐 만한 곳이라고 말한다.

귀견곡 끝에 있는 등천애(登天涯)! 난다 긴다는 사냥꾼들도 아직 밟아본 적 없는 천산의 미지. 그런데 나는 새도 떨어뜨려 인간의 발길을 차단하는 강풍이 등천애의 뒤쪽에는 전혀 불고 있지 않았다. 놀랍게도 등천애의 뒤쪽에는 너른 분지가 펼쳐져 있었고 눈발 한 점 없었으며 꽃과 나비가 날고 있었다. 이해할 수 없는 자연의 신비 속에 거대한 장원이 하나 있었다.

편액엔 용두봉비의 글씨체로 이렇게 적혀 있다.

적설산장(赤雪山莊).

*　　　*　　　*

북궁단야는 해야 할 일이 너무 많았다. 말이야 바른말이지, 그의 부친이 하는 일이라고는 소일거리가 대부분이었고 조금 남는 시간이라 봐야 산장 사람들에게 잔소리를 하거나 술 한잔하는 건데 그런 분이

자기에게 나태하다니! 할 수만 있다면 바퀴벌레의 손이라도 빌리고 싶은 게 자신이거늘.

집사 유 노인과 그날의 일과를 개략적으로 토의하고 주고받은 물건만 확인하는 데만 오전이 다 날아간다. 전표의 출납과 전날 결산은 점심을 먹으면서 하다 보니 점심 식사는 '먹는다' 기보다 '때운다' 가 맞을 것이다. 오후엔 산장의 제자들에게 무술 수업을 시키는 것 또한 빼먹어서는 안 되는 일과였고 틈이 나서 책 조금 보면 해가 진다.

저녁 식사, 아! 정말 싫은 시간이다. 하루 종일 장로들과 바둑과 토론으로 시간을 보내던 부친과 상을 마주해야 하는데 팅팅 놀고 있는 양반이라고 생각하면 큰일인 것이 무언가 잘못된 일이 있으면 북궁단야보다도 먼저 알고는 밥숟갈 들기 전부터 잔소리를 하기 시작해서 상을 물리고도 반 시진가량은 더 늘어놓는 것이다.

'비선(秘線)이 있어.'

증거라면 헤아리지 못할 정도로 많았다.

사 개월 전, 평소 사이가 좋지 않았던 비천당과 소영당의 두 무사가 말다툼 끝에 싸워서 비천당 무사가 크게 다친 일이 있었다. 북궁단야의 성품을 익히 알고 있던 양당의 당주들이 그 일을 불문에 부치고 유야무야 넘어가서 그는 전혀 몰랐었다.

그날 저녁, 북궁단야는 무려 두 시진 동안 부친인 북궁헌(北宮獻)에게 잔소리를 들었으며 나태하다는 소리를 다섯 번이나 들어야 했다. 귀신이 곡해도 세 번은 곡할 것이 당사자와 관계자가 함구했거늘 도대체 어디서 그 일이 새 나갔다는 건가. 이것 말고도 열거하려면 입이 아플 만큼 많은 일이 있었고 그로서는 부친의 천리안에 혀를 내두를 수밖에 달리 어찌할 바를 몰랐다.

'분명 비선이 있다. 도대체 누구인가?

얍삽하게 엉덩이나 흔들면서 궁내의 대소사를 이곳저곳에서 엿듣고 자신이 미는 후궁들에게 쪼르르 달려가서 미주알고주알 고변하는 황궁의 수염 없는 작자들과는 차원이 다른 조직을 부친은 거느리고 있을 것이다. 말로는 세가의 일에서 완전히 손을 놓고 전권을 위임했다고는 하지만 돌아가는 정황으로 보면 완전한 수렴청정 아닌가?

'차라리 전면에 나서시는 게 낫지!'

그는 무공을 아주 좋아하고 검이라면 자다가도 벌떡 일어난다. 하지만 아직 검로의 끝을 보지 못했다! 하물며 무도의 끝은 생각조차 해본 적 없는 먼 이야기다. 북궁단야는 가신들과 머리를 맞대고 세가의 육성책이나 산반을 두드리고, 후진들에게 무술 지도를 하기엔 너무 젊었다. 마지못해서, 하늘 같은 부친이 시킨 일이니까 울며 겨자먹기 식으로 맡고 있는 대행가주직… 원한 적도 없고 바라지도 않았었는데. 오늘은 또 무슨 일이 있어 부친의 호출이란 말인가?

이르게 아침을 끝내고 유 노인과 언제나처럼 그날의 일과를 검토하고 있었는데 느닷없이 점심이나 함께 들자는 부친의 전갈이 왔다. 취심헌(翠心軒)에서.

"연화전(蓮花殿)이 아니라 취심헌이라고 하셨는가?"

되묻는 북궁단야의 섬뜩한 안광에 기가 질린 비천당의 무사가 힘겹게 고개를 끄덕이자 집사 유호심의 안색도 덩달아 굳어졌다.

'단순히 식사를 하시려면 평소처럼 장로들과 소일하시는 연화전에서 만나자고 하셨을 텐데, 굳이 대전의 취심헌을 지명하신 걸 보면 가주께서 소가주에게 무언가 할 말이 있다는 거고. 그 할 말이라는 건……'

‘잔소리일 게 뻔하다.’

오전의 정례 회의는 개판이 되었다. 건성으로 이것저것 설명하는 유호심이나 ‘도대체 뭘까, 내가 모르는 어떤 일이 또 있었나?’ 하고 깨질 건덕지에 대해 고심하는 북궁단야나 생각은 콩밭에 갔고, 보고서 따위는 있으나마나한 종이 쪼가리로 전락했다. 어떻게 지나갔는지도 모르게 오전이 가고 유 집사의 동정 어린 눈빛 배웅을 받으며 북궁단야가 내키지 않는 발을 질질 끌며 추심헌으로 향했다.

“오! 어서 오시게, 소가주.”

언제부터인가 북궁헌은 아들에게 말을 높였다. 가주 직을 대행하고 있는 북궁단야에게 힘을 실어주는 의미도 있었고 성년이 지난 아들의 책임감을 일깨워 주려는 의도도 작용했다. 무엇보다 자신의 아버지도 북궁헌이 스물셋 되던 해부터 평다를 했었기 때문에 따라하는 것도 있었다. 여느 무림세가와는 다른 민주적이고도 자유로운 가풍! 북궁헌이 추구하는 세가 운영 방침이었고 그의 독자도 기쁘게 생각할 것이다. 취심헌으로 올라오는 아들의 가벼운 발걸음이 무엇보다도 이것을 증명해 주는 살아 있는 증거가 아니겠는가?

“소자가 아버님을 뵙습니다.”

“그래, 요즘은 어떠신가? 세가의 일이 영민한 소가주의 손을 타니까 전과는 다르게 잘 돌아가는 것 같네그려, 헛헛.”

환하게 맞이하는 북궁헌에게 그의 하나밖에 없는 아들은 포권으로 화답했다.

“다 아버님이 염려해 주신 덕입니다.”

이 얼마나 헌양한 모습인가!

어느새 자신보다 훌쩍 커버린 아들을 올려다보며 그의 얼굴은 웃음이 그칠 줄을 몰랐다.

"앉으시게, 음식이 다 식겠어."

식탁은 정갈하면서도 맛갈진 몇 가지의 음식으로 이루어져 있었다.

북궁헌 자신이 미식가였지만 사치도 싫어하는지라 좋아하는 몇 가지의 음식만 있다면 그것으로 만족해하는 터였고 북궁단야는 아무거나 가리지 않고 잘 먹는 덕에 적설산장의 요리사들은 가주 부자의 입맛보다 까다로운 몇몇 당주들의 식성 때문에 골머리를 앓는 경우가 더 많았다.

"빙궁에서 며칠 전에 한루주(寒淚酒) 몇 병을 보내지 않았겠나. 내 오늘 소가주와 더불어 흥취를 논하려 아껴두었지."

"하오나 아버님, 아직은 시간이……."

손을 들어 북궁단야를 제지한 북궁헌이 하얀색의 호리병 마개를 뽑고 향기를 음미했다.

"흐음, 과연 북해에서만 난다는 한매실(寒梅實) 특유의 향취로고. 소가주도 처음 맛보는 걸 게야. 자, 한 잔 따라보시게."

취심헌은 말만 번지르르한 곳이 아니었다. 얕은 산을 깎아 비탈에서 흐르는 물줄기를 대어 인공 폭포를 만들고 그 밑으로 자리한 연못에서는 팔뚝만한 크기의 잉어들이 포말(泡沫)과 춤을 추듯 펄쩍펄쩍 뛰어오른다. 연못가로 잘 자란 들풀과 이름 모를 꽃들이 바람을 받아 살랑살랑 고개짓하고 취한 듯 이끌려온 나비와 벌이며 잠자리 따위가 한적한 정자 위를 넘나드니 이곳이 바로 취심헌인 것이다.

이런 곳에서 마시는 술 한잔을 무엇에 비할까마는 그건 어디까지나 일반적인 경우에의 얘기고 북궁단야는 한잔 술을 넘기면서 한 번의 조바심을 삼키고 있었다.

　"제자들은 어떤가? 수련은 충실히 하고 있겠지?"
　"세당의 당주들이 전심전력으로 가르치고 있는 바, 최선의 노력을 다하고 있습니다."
　"흐음!"
　이런저런 덕담이 오가고 떨어지는 폭포처럼 술잔이 비워져 갔다. 맑은 한루주 두어 병에 취흥이 도도해진 북궁헌이 손에 쥐고 있던 섭선을 폼나게 폈다.
　쫘악─
　'큭!'
　안주 한 절음을 조심스레 입 안으로 가져가던 북궁단야는 하마터면 사레 들릴 뻔했다. 식사나 술을 하던 부친이 부채를 편다는 것은 바야흐로 본론으로 들어가겠다는 의사 표시였고 본론이라고 하면…….
　"소가주!"
　"옛!"
　어느 때보다 기합 든 목소리, 한 치라도 방심한다면 어떤 결과를 초래할지 모른다.
　"자네를 보니 문득 당년의 내 고습이 겹쳐지는군그려."
　이제부터 시작이다…….
　"그래, 내 나이가 스물셋이었어. 소가주보다 무려 일곱 살이나 어렸던 때였지. 그래, 그때가 문득 기억나는구먼."
　뭐가 '문득' 이란 말인가?

언제나, 항상, 반드시, 늘, 꼭 자신에게 무언가 할 말이 있을 때면 토씨 하나 틀리지 않고 시작되는 부친의 이야기 중 서론 부분이거늘!

자다가도 느닷없이 외워보라고 한다면 한 자도 놓치지 않고 읊을 수 있는 북궁단야였다. 그의 아미에서 굵은 땀방울이 하나 맺혔다.

"당시는 혼란스러웠어. 지금 같은 평화는 꿈조차 꿀 수 없었지. 오죽하면 무림봉문을 선언했던 우리 적설산장이 나섰겠는가. 정말 혼란스러웠었어. 암, 혼란스러웠지."

연신 고개를 주억거리며 슬쩍 북궁단야를 바라보는 폼이 '니네 세대는 뭘 모르지' 라는 우월감이 가득 찬, 그야말로 전형적인 북궁헌만의 고유 자세였다.

'그 다음은요, 그 다음 말입니다.'

"그래, 나 역시 삼당주와 휘하 열 명씩으로 총 서른세 명을 데리고 강호행을 나섰지. 그리고 한 인물을 만난 거야."

꿀꺽—

침 한 번 삼킨 북궁단야가 부끄러움도 망각하고 부친의 입술을 간절한 표정으로 바라보았다.

"전중무언(田中無言)이라고 했지, 그 동영 놈 말이야……."

꽈꽈꽝—!

천국과 나락의 사잇길에서 나락으로 떨어지는 순간이었다.

전중무언이면 취중무언(醉中無言)하라!

적설산장에서 비전의 절기보다 아껴오는 금과옥조의 한마디. 당금의 가주 북궁헌은 호인이었다. 아랫사람 헤아릴 줄도 알았고, 거만하지도 않으며, 무엇보다 치사하지 않았다. 못된 가주 밑에선 그나마 밥술이라도 얻어먹지만 치사한 가주 밑에선 더러워서 못 버티는 법이다. 그러나 사람이 다 좋을 수는 없는 법. 북궁헌은 잔소리가 심했다. 그냥 잔소리가 아니라 아예 사람의 피를 뽀작뽀작 말려 죽일 정도로 그의 잔소리는 가공한 것이었다. 오죽하면 '건언신공(乾言神功)'이라고 칭하며 이백여 식솔들이 공포에 떨까?

그들이 '공' 자를 칭하는 더는 그럴듯한 이유가 있었다. 놀랍게도 건언신공은 '기수식(起手式)'이 있다. 그것도 구결이 있는. 구결은 전중무언이란 말로 시작되는데 이 이름이 나왔을 때 그 이후의 잔소리에 토를 달면 그날은 가주와 동이 트는 하늘을 볼 각오를 해야만 한다.

유 집사도 건언신공의 대표적 희생자 중 한 명으로 수(數)에 관해선 늘 자부심이 있던 그에게 한번은 북궁헌이 요즘 재정이 문제가 있다고 한데 발끈하여 억울하다고 항변했었다. 그는 가주의 기수식마저 잊어버렸었고 그 대가는 혹독한 것이었다. 물론 역기수식도 있다. 그것 역시 한 사람의 이름으로 그것이 가주의 입에 오르면 자리는 봄바람이 불며 듣기 싫어도 북궁헌의 시조 한자락은 꼭 경청해야 한다.

'끄, 끝장이다!'

바람은 산산조각 났고 희망은 부서졌다. 최선의 방어는 침묵뿐, 선택의 여지가 없다. 북궁헌의 얘기는 고 좁쌀만한 동영 칼잽이를 박살 내준 것까지 흐르고 있었다.

"놈들을 모조리 베고 나서 내 끌을 보니 피로 푹 젖어 있더군, 살인귀처럼 말이야. 입고 있던 옷이 백의였다는 걸 처음 보지 않은 사람은 아무도 믿지 않았을 게야."

그 뒤 중원맹의 깃발을 들고 나타난 백여 명의 인물들이 혼비백산하여 달아나고 어쩌구…….

긴 기수식이 끝났다.

"그런데……."

심판의 시간이다.

"설이 말일세……."

'그거였구나!'

갑자기 뒷골이 지그시 땡기기 시작했다.

북궁설(北宮雪), 방년 이십오 세, 자신의 하나밖에 없는 여동생, 지랄 맞은 성격, 노가주와 두 원로를 제외하고 아무도 건드리지 못하는 치외법권, 그리고 교활!

여동생의 자료들이 아프게 떠오른다.

"말씀하시지요."

"말씀하시라?"

말부터 꼬이는 부친이다.

"그래, 동생이 집 나간 지 일 년이 지났는데 오라비라는 작자는 술이나 홀짝거리며 한다는 소리가 뭐? 말씀하시라?"

북궁단야의 눈에 헤어나기 어려운 거미줄의 환영이 떠올랐다.

"소자가 불민하여……."

누가 술 먹고 싶다고 했나?

아프게 가슴에 묻는 북궁단야였다.

"부울민? 그거 좋은 소릴세. 음, 좋군! 동생은 어디서 식은 밥 한 덩이도 못 먹고 굶주림에 허덕이고 있을지도 모르는데 오라비라는 작자는 삼시 세 끼 고기 반찬을 챙겨 먹으면서 그저 불민만 찾으면 되니 참 편리하구먼."

설이가 배를 곯는다?

평소의 분위기였다면 냉막한 북궁단야의 얼굴에 오랜만에 파안대소가 어렸을 것이다. 하기야 모르는 일이다. 전 중원에 대기근이 발생하여 자금성의 황제마저 먹을 끝식이 없는 경우라면 또 말이다. 자식 걱정하는 부모라지만 부친은 설이를 몰라도 너무 모르고 있다.

'녀석은 단 한 끼라도 제 입맛에 안 맞는 음식을 먹는다면 그 즉시 광증이 도져서 마을 하나는 쑥대밭으로 만들 녀석이라구요.'

그 뒤로 자식에 대한 애틋한 그리움과 편지 한 장 달랑 남기고 강호로 유랑을 떠난 딸애의 원망과 동생 하나 건사하지 못해서 집을 뛰쳐나가게 만든 오라비에 대한 책망과—이 부분에서 북궁단야는 너무 억울했기에 감히 술 한 잔을 했다—이것들이 불씨가 되어 그토록 듣기 싫은 '나태함'으로 귀결되는 부친의 설교성 잔소리를 무려 두 시진이 넘게 감수해야 했던 북궁단야는 종내 파김치가 되어 잠깐 졸다가 '감히'란 부제와 더불어 반 시진의 추가 잔스리를 듣게 되었다.

끝나지 않는 축제는 없다던가?

어떻게 지나갔는지조차 모를 정도로 정신없는 시간이 흐르고 겨우 분이 풀린 북궁헌이 기절할 만한 말을 했다.

"설이는 양양성에서 돌아다닌다고 하던데……."

"예?"

놀라 고개를 쳐들었지만 부친은 떨어지는 폭포 쪽으로 몸을 돌리고 있었다. 어떤 표정으로 무슨 생각을 하는지 보이기 싫다는 듯.

"내일 강호로 나가야겠네. 어디 있는지 모르면 할 수 없으되 알고 있으면서 가만있을 수야 없지."

"강호행 말씀이십니까?"

이럴 수도 있구나!

전부터 꿈꿔왔던 일이 묘한 계기로 이루어질 줄이야.

"그리 알고 오늘은 푹 쉬도록."

한마디 덩그라니 남기고 북궁헌이 취심헌에서 나갈 때 문득 북궁단야는 마음이 답답해졌다. 오늘 바라본 부친의 뒷모습은 그 어느 때보다도 옅어서 등 뒤의 저녁놀에게 흡수라도 될 것 같은 위태감을 느껴서일까?

봄바람을 못 이겨 개나리가 팽이처럼 회전하며 지상으로 거처를 옮기는 이른 아침. 간단한 행장을 꾸린 북궁단야는 단 세 사람의 배웅을 받았다. 그저 울고만 있는 유 집사와 자식의 앞이라 헛기침만 연신 해대는 북궁헌, 그리고 노인. 장대한 체구와 어울리지 않는 미소로 북궁단야의 장도를 축복해 주고 있는 매부리코의 노인.

적설산장의 전대가주 북궁노백(北宮老伯)은 북궁헌의 지금 상태를 아주 잘 알기에 굳이 말을 걸거나 하지는 않았다. 북궁헌은 연로한 부친 앞이었지만 차갑고 냉정하여 사람들과 쉽게 어울리지 못하는 자식에의 걱정 때문에 답답한 마음을 헛기침으로 대신했다. 나이 서른이 되도록 일관된 성격인 것을 지금 뭐라고 한대서 고쳐질 리 없으니까 그나마 치밀한 성격과 무예로 위안을 삼을 수밖에. 북궁헌이 말잔등에 짐을 싣는 아들을 바라보았다.

"요즘 격무에 시달리느라 무공 수련은 멀리한 걸로 아는데……."

말이 끝나기 전에 그는 볼 수 있었다. 떨어지는 개나리가 꼭 같은 크기로 스물네 등분되는 모습을.

'으이구, 녀석. 퉁명스럽기는.'

"이제 가거라!"

"예, 할아버님! 그럼, 아버님! 소자 다녀오겠습니다. 유 집사, 내가 없더라도 잘 부탁합니다."

한 점이 되었다가 이내 없어진 북궁단야를 두 노인과 한 중년인의 따뜻한 시선이 지켜주고 있었다.

"강한 척해도 강호초출이니 걱정이 앞섭니다."

"이보게, 가주. 난 아까 웃음을 참느라고 아주 혼났었네. 이제야 웃을 수 있겠군. 허허허."

"……?"

"자네가 안절부절못하는 모습을 보니 옛 생각이 절로 나더군. 이십 년 전이던가? 가주가 강호초행에 나섰을 때가."

"……."

"어쩌면 그렇게 똑같았는지… 부모 마음이란 건 한 가지인가 보네."

"녀석이 성격적으로 문제가 좀 있어서……."

"내가 보기엔 그나마 가주의 초행보단 훨 나은걸? 솔직히 말해 그 당시 가주는 걸어다니는 시한 폭탄 같았지. 일단 아니다 싶으면 눈에 보이는 게 없었는데도 용케 난관들을 극복했으니."

"그때는 서른셋의 산장 식구가 도와주었지만 녀석은 혼자입니다."

"그럼 단야와 당년의 가주를 비교하면 어떤가? 불이 물을 범하지 못하니 성격 면으로 단야가 낫고 구공으로도 당년의 가주보다 위라고 보는데.”

“그래도…….”

“허, 그 사람, 걱정도 팔자구먼. 당금 무림에서 단야 또래의 아이들 중에 그 아이를 위협할 인물이 있다면 내 아끼는 머리털을 모조리 뽑겠네. 됐나?”

“…….”

북궁노백은 대머리였다.

◇ 제5장
귀향(歸鄕)

귀향(歸鄕)

뭐, 눈물겨운 부자 상봉을 기대한 건 아니었지만 장추삼이 마당으로 들어섰을 때 장유열이 보인 반응은 오 년 만에 귀가한 그의 아들을 멀뚱히 바라보다가 밥은 먹었느냐고 물은 게 전부였다. 그래서 장추삼은 집에 돌아왔다는 걸 절실히 느꼈다.

"예? 아직도 일을 나가신다고요?"
"그럼 어떡하냐, 표국주께서 놓아주시질 않는데. 어쨌든 다녀오마."
장유열은 환갑이 벌써 지난 나이였다. 오 년 만에 뵌 부친의 머리는 더 이상 검지 않았고 예전의 으렁우렁한 목소리도 많이 잦아들어 있었다.
'세월이 이만큼이나 흘렀구나.'
아침밥을 챙겨 먹고 방구석에서 빈둥거리던 장추삼이 청빈로로 나갈 결심을 한 건 오시가 한참 지나서였다. 세상에 비밀이란 없는 법이고 발 없는 말이 천리를 간다는데 그의 귀향 소식이 청빈로의 옛 친구들에게 알려지는 건 시간문제일 테고 마냥 숨어 다니는 것도 장추삼의 성격상 맞지 않았다.

'풍물 구경 다녀왔다고 하지 뭐.'

슬렁슬렁 뒷짐 지고 인가를 벗어나자 익숙한 냄새가 그의 후각을 두드렸다.

'오! 봉황루에서 오늘은 웅장(熊掌)이 별식으로 올라왔구나. 노칠(盧七) 아저씨는 오 년이 지났는데도 새로운 걸 개발하지 못했나 보군.'

시끌벅적. 웅성웅성.

양양성에서 먹고 놀자판으로 가장 알아주는 거리, 하루에 소비되는 은자를 모두 합하면 네 식구가 평생은 놀아도 떵떵거리며 살 수 있는 돈이 오간다는 거리, 그리고 장추삼이 활보하던 거리, 바로 청빈로였다. 오늘도 어김없이 무수히 많은 사람들이 오고 또 가고 있었다.

"가만있어 보자, 어디부터 가볼까? 금성(金城)이? 대보(大寶)? 명산(名山)이? 그래, 대보한테 가봐야겠다."

장추삼의 발길이 멎은 곳은 청빈로에서도 꽤 커다란 포목점이었다.

'만상포목(萬象布木)'이라는 간판이 걸려 있는 포목점은 장사가 잘 되는 편이었는지 오후가 지난 시간인데도 대여섯의 사람들이 물건 값을 흥정하고 있었다. 그의 옛 친구 하대보도 보였는데 점원에게 이것저것 지시하고 손님과 얘기하는 폼이 완연히 점주의 냄새를 풍겼다.

'녀석, 그렇게도 도망 다니더니 끝내는 가업을 이었구나.'

"이 색상에서 옅은 색으로 말이죠? 예, 잠시만 기다려 주십쇼."

하대보가 장추삼의 앞으로 왔다.

“손님, 죄송하지만 옆으로 비켜… 어?”

씨익.

흰 이가 드러날 정도로 장추삼이 웃었다.

“오랜만이야, 대보.”

“아… 추삼? 추삼이 맞아?”

“이젠 포목점주 일이 딱 잡혔다. 근사한데?”

“야, 이놈. 추삼아!”

하대보가 덥석 장추삼의 손을 잡았다.

“무심한 놈아, 뭐 한다고 오 년씩이나 연락을 끊고 살았어? 아냐, 이
럴 게 아니지. 야, 대경아!”

하대보의 동생 하대경이 헐레벌떡 뛰어왔다.

“예, 형님. 무슨 일이세요?”

“여기 봐라, 누가 왔는지.”

하대경이 깜짝 놀라 급히 고개를 숙였다.

“삼가(三哥), 삼가가 돌아오셨군요!”

“대경이도 잘 있었구나. 말썽 많은 네 형을 돕느라고 수고가 많다.”

“예끼, 이 친구야. 말썽이 많다니. 어엿한 청빈로 제일의 포목점주
하대보 어른에게 그게 무슨 망발이야.”

모두들 왁자지껄 웃었다.

“대경아, 나는 추삼이와 재회주라도 한잔해야겠으니 오늘은 천상 네
가 수고해야겠다.”

“걱정 마세요, 형님. 그리고 삼가…….”

“응?”

여전히 웃는 낯으로 장추삼이 반문했다.

“아주 돌아오신 거지요?”

“물론이지. 내가 갈 곳이 어디 있겠느냐. 근데 그건 왜?”

“저기…….”

하대보가 동생을 노려보았다.

“대경! 무슨 말을 하려는 거냐? 쓸데없는 소리 말고 손님에게 가봐.”

“예, 형님.”

“자, 자, 가세! 오늘은 아주 삐뚤어지도록 마셔보는 거야. 추삼이 넌 벌주가 삼십 배로도 부족하다구.”

떠밀 듯 포목점에서 장추삼을 데리고 나온 하대보의 표정이 어딘가 굳어 있었다. 장추삼의 예리한 안목은 손님과 흥정하는 일방 그들의 뒤를, 정확하게 자신을 힐끔거리는 하대경의 음영진 눈망울을 놓치지 않았다.

‘차차 알게 되겠지.’

봉황루는 때 이른 술꾼들이 들이닥쳐 갑자기 시끄러워졌다. 장추삼과 하대보가 죽엽청 한 병을 비울 무렵 연락받고 달려온 배금성과 조명산이 허겁지겁 뛰어왔고 요란한 인사가 건배로 이어졌다.

“그래, 풍물 기행이나 한답시고 오 년 간 형님들에게 연락 한 번 안 했단 말이야? 이런 나쁜 친구, 추삼이 넌 오늘 술독에 빠질 줄 알아라.”

대장간을 운영하고 있는 배금성이 큰 소리로 장추삼을 나무랐다.

“어디, 얼마나 대단한 걸 보고 오셨나 얘기 좀 들어야겠다. 뭐가 그렇게 볼 것이 많더냐? 너 혹시 경사(京師)에서 여자 구경이나 실컷 하고 온 거 아냐?”

“크하하핫!”

“능히 그럴 친구지! 장색마가 어딜 가?”

푸근하구나!

친구들의 가식없는 대접과 웃음에 오 년의 고행이 모두 보상받는 것 같다. 무엇보다 고마운 것은 한때 뒷골목에서 주먹질이나 하고 다니던 무뢰배 친구들이 어엿한 사회의 동량들이 되어 맡은 바 일을 성실히 하고 있다는 거다. 작은 고서점을 이어받은 조명산의 냉소가 뒤따랐다.

“그럴 주제나 되면 좋게? 내가 보기엔 엉뚱한 진세(陣勢) 같은 데 갇혀서 죽을 똥 싸다가 어찌어찌 생문(生門)을 찾아 나왔을 확률이 높다!”

“캇캇캇캇.”

“말 되네, 장무식에게 딱 어울리는 일이지.”

장추삼은 웃을 수 없었다. 절반은 맞는 얘기라 가슴이 뜨끔했다.

‘명산이 이놈은 가끔가다 예리할 때가 있다니까!’

“이 친구들아, 호칭 좀 통일해 줬으면 고맙겠다. 장색마에 장무식에… 또 뭐가 남았나?”

“다 맞는 소리구만.”

“저 녀석은 진실을 외면하는 버릇이 있었지. 오 년이 지났는데도 변한 구석이 없어요. 임마, 사람이 오 년씩이나 흘렀으면 발전이 있어야지, 발전이. 어째 너란 놈은 변한 게 없냐.”

조명산이 하대보를 옹호했다.

또다시 장추삼의 가슴은 뜨끔했지만 어떻게든 웃으려고 노력했다.

“고서점이라는 거, 원래 파리 날리는 가게 아니냐. 그리고 말이야 바른 말이지, 우리 중에서 명산이 니가 글줄깨나 읽었다지만 고문이나 상형 문자 뭐 그런 것까지 섭렵하진 않았을 텐데, 도대체 무슨 조화냐?"

"거기엔 다 사연이 있지."

커다란 덩치만큼 큰 목소리로 배금성이 끼어들었다.

"명산이네 아버지가 하시던 고서점 알지? 거기로 일 년 전에 웬 손님이 찾아왔거든……."

그 손님은 매우 준수했다고 한다. 그것에 대해 세 놈이 일심으로 맞장구치는 걸로 보아 대단한 미남임에 틀림없을 터였다. 조명산의 부친은 며칠째 독감으로 앓아누워 있었고 아는 거라야 기초 지식밖에 없는 조명산이 자리나 지키자는 심정으로 계산대에 앉아 있었는데 그 미남이 들어왔다. 뭘 찾는지 몰라도 눈부신 미남은 듣도 보도 못한 괴문양의 서적들을 이리저리 뒤적이고 있었고 호기심 어린 조명산의 시선도 곧 권태로 바뀌어 꾸벅꾸벅 졸고 있었다. 얼마나 시간이 흘렀을까. 누군가 어깨를 흔들어서 늘어지게 하품을 하고서 감기는 눈을 억지로 치떴을 때 그는 기립해야 했다.

'그, 금적노야(金積老也)!'

강시처럼 빼빼 말랐지만 온몸에 비단을 친친 감고 금수를 넣은 단화를 신고 있는 노인. 피우는 곰방대까지 순금으로 만들었다는 호북 삼대갑부 중 한 명. 육 개월에 한 번 정도 들르지만 그 한차례의 방문으로 조명산네 고서점의 일 년 매출을 책임져 주는 고서 수집광! 젊어서 못 배운 게 한이 되어서 그런다나 어쩐다나, 하여튼 금적노야의 책에 대한 열정은 대단한 것이었고 그 덕에 조명산의 식구들은 넉넉한 생활을 해왔던 것이다. 즉, 초특급 고객이라는 얘긴데…….

“자네는 누군가?”

금적노야의 쥐눈이 반짝 빛을 발했다.

“아, 안녕하십니까. 저는 아들입니다.”

너무 당황해서 말도 안 되는 말이 입에서 튀어나왔지만 조명산으로는 그런 것이 중요한 게 아니었다.

‘큰일이다. 내가 아는 건 기껏해야 송대까지의 서적들이 고작인데 이 늙은이가 찾는 종류는 고문자 죽간들이니……’

보통의 경우라면 가친께서 병환 중이시니 다음번에 방문에 주십사 하고 청하면 될 터였다. 하지만 그렇게 금적노야에게 말한다면, 그날로 변덕 심한 갑부 늙은이는 조명산네 고서점에 발을 뚝 끊을 것이다. 졸부들의 기본 성격이겠지만 금적노야의 과시욕과 거만함은 달로 설명하기조차 어려운 경지라서 일개 고서점 주인의 감기 따위로 자신이 발길을 돌린다는 건 용납될 수 없는 것이고 세상에 널린 게 고서점이니까. 조명산의 당황이 마음에 든 금적노야가 제 딴에 웃는다고 웃었다.

“키키, 너무 어려워하지 말게나. 보아하니 조기선의 아들인 것 같은데 나와 너의 부친은 벌써 십 년이나 거래를 해왔기 때문에 이제는 남 같지 않다. 그러니 너도 긴장을 풀고 내가 원하는 책만 찾아주면 된다.”

금적노야라면 장추삼도 잘 알고 있던 터였다. 장추삼의 호주머니를 적미천존이 채워준 격이라면 조명산의 군자금은 금적노야에게서 나온다는 건 유명한 얘기였으니까.

"그럼, 어디……."

금적노야는 데리고 온 사람들에게서 종이 한 장을 받아 들었다.

"음, 우선 은황기를 찾아다오. 가만있자… 용선출랑, 미종신지, 비반 십팔사략, 만산기……. 적고 있나?"

"예, 예."

절로 식은땀이 났다.

'제길, 한 번도 들어본 적 없는 책이나 죽간들이잖아!'

"…마지막으로 비류선보까지다. 있는 대로 가져와라. 오늘은 조기 선의 아들과 처음으로 거래를 트는 날이니 가격은 평시에 두 배로 쳐 주지."

'하나도 안 고맙다, 늙은아!'

잠에 취한 사람처럼 비틀비틀 서고로 향하는 조명산의 뒤로 만적노 야가 재촉을 했다.

"시간이 없으니 반 시진 내로 찾아다오."

불러준 종류는 오십 권이 넘었는데 그가 서고를 일각이나 뒤졌지만 찾아낸 건 하나도 없었다.

'어쩐다지? 아버지, 죄송합니다. 불초소자는…….'

절망의 끝을 헤매고 있는 조명산에게 느닷없이 빛이 내렸다.

"형장, 실례가 안 되다면 본인이 돕고 싶소만."

그건 복음이었다.

눈부신 미남은 얼굴뿐만이 아니라 지식도 대단함이 틀림없었다. 정확히 반 시진 만에 그가 찾아낸 고서는 무려 사십팔 종, 금적노야가 원했던 것들 중에 단 두 권이 빠진 것이다.

"호오, 자네는 부친보다도 낫구만. 조기선은 원했던 것 중에 절반을 채우기도 어려웠는데!"

금적노야는 흡족한 기분으로 돌아갔고 조명산은 구세주와도 같은 미남에게 상다리가 휘어지도록 한턱을 냈다.

"역대 시인들의 고사를 찾는 여행 중이였구려, 어쩐지 갑골문 같은 걸 보신다고 했소."

"생각보다 뜬구름 잡는 일인 것 같습니다. 당·송 시대의 작품들은 어떻게 접할 수 있었는데 전국 시대로 올라가면 원하는 책을 구하기 어려워지니……."

"그럼, 이런 건 어떻소. 우리 서점은 그래도 일대에서 고서가 많기로 꽤나 유명하고 한 달에 한 번은 책이 들어오니 서생께서 우리 서점의 책과 죽간을 정리해 주시오. 물론 급료는 섭섭지 않게 드리리다. 어렵게 이곳저곳 떠돌지 않고 책을 찾을 수 있으니 형장도 좋고, 능력있는 점원을 두게 되어 걱정을 덜게 되니 나도 좋고."

잠시 생각하던 미서생이 건배를 청했다.

"실례가 되지 않는다면……."

"야! 추삼, 표정이 왜 그래?"

"응, 으응……."

자신의 세계에 빠져 있던 장추삼이 황급히 고개를 들었다.

"잠깐 딴생각했다. 들을 건 다 들었어. 명산이 넌 그럼 아주 놀고 먹겠구나?"

"무슨 말을! 나도 요즘 굉장히 바쁘다구."

"바빠? 니가? 뭐가? 일은 전부 꽃미남이 한다며."

이죽거리는 장추삼을 외면하며 술을 시키는 조명산의 표정은 당당했다.

“네가 몰라서 하는 소린데 내 일과가 얼마나 빠듯한지 알기나 하냐? 아침에 일어나서 서점 주위를 깨끗하게 비질하고, 책장을 걸레로 반들반들하게 닦지, 우리 우건(雨巾) 공자에게 점심밥 차려주고 다시 마루에 걸레질하지, 먼지 털지…….”

“뭐야? 순전히 점원이 하는 일 아냐, 주인하고 점원하고 완전히 바뀌었잖아?”

“매상만 많이 오르면 돼!”

“엥? 너, 이젠 완전 장사꾼 다 됐다?”

장추삼이 놀라서 묻자 하대보가 엄숙히 고개를 끄덕였다.

“암, 그 옛날 양양성 청빈로를 주름잡던 쾌남아 유성권(流星拳) 조명산 같은 건 일 년 전에 이별을 고했다구, 저놈은.”

“크응~ 사돈 남 말 마라. 제놈은 값나가는 비단 한 포 더 팔려고 돼지 같은 아줌씨들한테 살살거리면서… 어디 점잖은 서점주에게 잔말이야!”

조명산이 코가 떨어져 나갈 정도로 콧방귀를 뀌자 그때까지 술만 먹던 배금성이 빙그레 웃었다.

“자, 자, 누워서 침뱉기들은 그만 하고 술이나 들자고.”

“그 말이 정답일세. 건배!”

봉황루의 수석 주방장 노칠이 하마 같은 몸을 뒤뚱이며 몇 가지 요리를 내려놨다.

“자, 이건 미운 정 고운 정에다가 이자 붙은 정까지 든 추삼이 녀석 귀향을 모른 척만 할 수 없는 불쌍한 늙은이가 내는 거니까, 마음껏 들라구!”

장추삼의 두 눈이 휘둥그레졌다.

"아이고, 노칠 아저씨가 오 년 안 본 새에 노망이 났나 보네그려. 시키지도 않은 기특한 일까지 다하그 말이우."

"개 같은 혓바닥은 여전하구나! 입 놀릴 시간 있으면 나도 한 잔 줘봐."

"엥, 주방은 어쩌고 초저녁부터 퍼마실려고 해요?"

조명산이 자기 잔을 노칠에게 건넸다.

"너는 몰랐겠지만 노칠 아저씨는 이제 고문(顧問)이라고, 고믄. 무슨 말이냐 하면 감독만 하면 된다 이거지."

"고오문?"

장추삼이 킬킬거렸다.

"고오문?"

"그래, 임마, 고문. 객쩍은 소리 말고. 추삼아!"

갑자기 진지해진 노칠이었기에 장추삼도 마냥 킬킬거릴 수간 없었다.

"무게 잡지 마쇼. 왜 그래요?"

"너, 완전히 돌아온 거지? 또다시 떠나거나 그러는 건 아니지?"

이상했다, 하대경에게 몇 시진 전에 들었던 말을 똑같이 노칠에게 듣는다는 건. 지금의 자리도 장추삼에에겐 의아하기 마찬가지였다. 처음엔 그저 반갑고 기꺼워서 돌랐는데 세 명의 친구가 만든 이 자리는 전의 그것과는 어딘지 모르게 달랐다. 삶에 찌든 중산층 상인으로의 변신이라 그러겠거니 하고 생각해 봐도 의문 부호가 여전히 남는다. 지나치게 과장된 분위기, 즐거워서 나오는 웃음이 아니라 그저 웃기 위해 웃으려는 모습은 분명 예전의 그들이 아니었고 함께 했던 쾌

활함도 아니다. 장추삼의 시선이 그를 향하고 있던 하대보에게로 옮겨졌다.

"이봐, 대보. 난 노칠 아저씨에게 대경이와 꼭 같은 말을 듣게 되는 게 우연은 아니라고 생각해. 넌 알고 있지. 도대체 무슨 말을 하고 싶은 거야?"

노칠 등의 안색이 침중해졌다.

"이봐, 추삼이. 자네가 확실히 청빈로로 돌아왔다고 생각해서 하는 말인데……."

노칠의 말은 일단의 사내들이 들이닥침으로 중간에서 끊겼다.

"아, 피곤하다, 피곤해! 뭐야, 이것들아, 뭘 봐!"

"주문 안 받아? 얼레, 저기서 술 마시고 있는 건 주방돌이 칠노(七老)가 아닌가? 어이, 칠노, 어서 이리 와!"

여섯 명의 인물들은 도대체가 안하무인이었다. 음식 솜씨가 좋기로 양양성에서도 손꼽히는 봉황루였기에 저녁 시간이 아니었는데도 탁자는 서너 개만이 비어 있는 형편이었는데 식사와 술을 즐기던 손님들이 서둘러 계산을 마치고 나갔다.

"이봐, 칠노! 늙어서 가는귀까지 먹은 거야? 장 대형께서 부르시는 소리가 들리지 않아?"

어리벙벙한 순간이었다.

봉황루가 언제부터 저런 무뢰한들이 설치도록 방임되었던가?

"노칠 아저씨, 이게 대체 무슨 일입니까? 대보! 명산!"

그들은 맥없이 고개를 떨구고만 있었다.

'뭐야? 이 녀석들은 또 왜 이러고 있는 거야?

장추삼이 친구들과 어울리며 껄렁거리고 다니기는 했지만 청빈로에서 그들을 밉게 보는 상인들이 없었던 건 순전히 그들의 행동 때문이었다. 특별히 계율 따위로 정해놓은 건 아니었지만 누구에게도 돈을 뜯거나 하지 않았고 상가 내에서는 절대로 싸움을 하지 않았다. 술을 먹어도 반드시 계산을 하려고 했으며 또 그만한 돈도 있었다. 봉황루를 비롯한 청빈로의 음식점들이 장추삼 패거리에게 돈을 받지 않은 건 그만한 이유가 있었다. 그들이 어깨에 힘을 주고 다니고 난 후 청빈로에서 깽판을 부리거나 무전취식을 하는 인물들이 눈에 띄게 준 건 장추삼 패거리들의 덕이었으니까. 몇 푼 안 되는 술값에 비한다면 그들이 잡아주는 치안 효과가 훨씬 득이 컸음이고 당시 봉황루의 수석 숙수였던 노칠은 또 다른 이유로 장추삼을 귀빈 대접했었다.

신의 혓바닥!

일개 뒷골목 깡패로는 아까울 정도로 놀라운 미각을 가지고 있는 장추삼은 노칠의 음식을 가장 완벽히 품평해 주는 인물이었고 '장안에서 가장 요리 잘하는 '봉황루의 비결 중 하나가 되었다.

이모저모로 장추삼들을 반겼던 청빈로였고 그건 지금도 변하지 않았을 거라 생각했던 장추삼이었다.

'대보! 명산! 어떻게 니들이 이런 모습을……'

일단 싸움판이 벌어지면 장추삼보다 먼저 달려들던 그들이었다. 몇 년 동안 쉬었다곤 하더라도 저딴 무뢰배들에게 싸워보기도 전에 기가 죽을 그들이 아니었는데.

"그 영감, 귀가 아주 먹었나 보군. 이 장 나으리가 움직이게 만들다니."

콧김을 뿜으며 흑의대한이 저벅저벅 걸어왔다. 이미 탁자는 텅텅 비어 있었고 낯선 점소이들 몇몇이 기둥 뒤로 숨어서 벌벌 떨고만 있었다.

"오! 만상포목의 하 점주도 나왔구먼. 이게 또 누군가, 고신서점(古新書店)의 조 점주! 모두 알 만한 얼굴들 아닌가?"

청한 이도 없었는데 흑의대한은 자연스레 자리를 잡고 앉았다.

"오! 누구 생일인가 보네? 상다리 안 휘어졌나 봐라."

뒤에서 거들먹거리던 다섯의 인물들이 켈켈거리고 웃었다.

"도대체 누구의 경사스런 날일꼬? 칠노? 하 점주? 조 점주?"

손가락으로 하나하나 가리키며 멋대로 떠들던 흑의대한이 장추삼의 차례에서 딱 멎었다.

"어라! 이 친구는 처음 보는 얼굴인데! 누가 이 친구 좀 누가 소개시켜야겠소……. 하 점주!"

"아, 예."

흑의대한이 흉물스럽게 웃었다.

"오늘따라 귀들이 꽉 막혀 있나, 말이 말 같지 않아? 응?"

하대보의 이마에서 식은땀이 흘렀다.

'아이고, 추삼이 녀석이 이쯤되면 가만있지 않을 텐데.'

"예, 이 친구는 저희들의 죽마고우인……."

"장추삼이라고 하오."

장추삼이 치고 나왔다. 흑의대한은 이 돌발 상황에 적잖게 당황한 듯 빤히 장추삼을 쳐다만 보고 있었고 노칠들의 안색은 푸르죽죽하게 변해갔다.

'이놈이…….'

흑의대한, 장경욱(張梗旭)이 보기에도 종씨(宗氏)인 놈은 만만하게 봐서 안 될 것 같다는 걸 무인 특유의 직감으로 알았다.

"허허, 장 소협이셨구려. 본인은 월영전대의 제삼전주인 장경욱이라고 하오."

장추삼도 따라 웃었다.

"원래 장 대형이셨군요."

'뭐라고?'

장경욱은 기가 막힐 노릇이었다. 대가 센 놈으로 보이기에 소속과 직위를 말해 주며 그 부분의 발음을 강하게 해주었거늘 이놈이 들은 건 자신의 이름 석 자란 말인가? 애초에 통성명하려던 계획은 아니었었다. 그렇다고 하늘을 뒤덮을 만한 절대고수의 신기 따윈 느껴지지 않는데 월영전대의 이름을 무시한다는 건 무림인이 아니거나 미친놈임에 틀없다.

"헤헤, 장 전주님. 이 친구는 오 년 간이나 세외를 다녀와서 현 무림 정세는 까막눈 수준이랍니다. 이 점 양지하시고 오해없기를 바랍니다. 헤헤헤."

'세외라… 그곳보다 훨씬 지독한 곳이었다면 대보, 자네는 믿겠나?'

흑의대한이 금세 그럼 그렇지 하는 얼굴이 되었다.

"오 년 만의 귀향이라? 그럼 굉장히 특별한 주석이었는데 내가 방해를 했군 그래. 실례가 많았소, 여러분."

장경욱이 의자에서 일어서며 다시 한 번 장추삼을 쳐다보았다.

"재밌게들 노시오, 그리고 장 소협!"

'……?'

말없이 그의 얼굴을 바라보는 장추삼에게 장경욱은 특유의 흉물스러운 미소를 지어주었다.

"조만간 우리가 또 만날 것 같은데 안 그렇소?"

“글쎄요.”

지지 않고 장추삼이 웃어주었다.

잠시 동안의 정적. 그 순간 조명산은 탁자 밑에 으스러져라고 꽉 움켜쥔 장추삼의 오른 주먹을 보았다.

‘아, 추삼아……’

노칠에게 오늘은 운이 좋았다는 등 운운거리고 그들이 봉황루를 떠날 때까지도 장추삼의 오른손은 여전한 모습으로 굽어서 간간이 떨렸다. 요리는 식었고 그나마 지탱하던 분위기도 산산이 깨졌다. 반쯤 숨을 들이키고 있는 대장장이 배금성만이 떨어져 나와 있는 그림의 한 부분처럼 침울한 세 명과 연결되고 있지 않았다. 반대쪽의 음영이 가볍게 떨렸다.

“우습지, 추삼. 마음껏 비웃어주게. 못난 거 아니까 욕을 해도 괜찮아.”

“그렇게 아무 말 없이 있는 건 너답지 않아!”

하대보와 조명산이 쥐어짜듯 입을 열었다. 친구 앞에서, 그것도 오 년 만에 재회한 죽마고우의 면전에서 당한 수치라 둘의 가슴이 어떨 거라는 건 자명했다. 아니나 다를까, 장추삼이 벌떡 일어섰다.

“에잇, 기분 잡쳤다. 대보, 비단 판 돈으로 술값 좀 계산해야겠다. 그리고 명산! 꽃미남 이용해서 책 판 돈으로 이차나 사라! 노칠 아저씨랑은 오늘 그만 마셔야겠어요. 또 들를게요.”

어정쩡하게 서 있는 하대보들을 이끌고 장추삼이 봉황루를 나가자 그때까지 참고 있던 노칠의 한숨이 터졌다.

“노, 노 고문님, 지금 나간 찢어진 눈이 전설의 칠공토혈 장추삼이에요? 보기엔 그냥 청년이던데.”

"월영전 고수들하고 눈싸움이라니! 그 말씀이 과언은 아닌가 봐요."

내내 숨어 있다 뛰쳐나온 점소이들의 호들갑 따윈 노칠에게 들리지도 않았다.

'유람이라… 추삼이는 그런 게 아닐 게야. 예전의 칠공토혈 같은 싸움패였다면 대번에 꼬리를 말 상황이었는데 눈길 한번 피하지 않았다는 건… 모르겠어. 지난 오 년이 추삼이에게 어떤 시간이었는지.'

2차에서 장추삼은 봉황루에서 벌어졌던 사건에 관해 한마디의 언급도 하지 않았다. 기가 죽어 있던 하대보들도 장추삼의 음정, 가사, 관객을 완전히 무시한 시가 한 수어 보내는 비난으로 기운들을 차렸고 전과 고기를 구워 파는 윤 파파의 노점 객잔은 그들의 세상이 되었다.

금세 머물던 땅거미가 힘을 잃고 어둠이 별들을 앞세워 청빈로를 덮치자 이에 반기를 들기라도 하듯 형형색색의 유등들이 각 상점과 유곽을 수놓았다. 이때부터가 진정으로 양양 명물 청빈로가 잠에서 깨어나는 시간이다. 어디서 몰려왔는지 모르게 갑자기 불어난 사람들이 청빈로의 이곳저곳을 기웃거리고 온갖 양념으로 단장한 요리를 든 점소이들이 발길이 바빠지는 시간. 으후 내내 낮잠과 죽패로 시간을 때우던 부스스한 몰골의 여인네들이 소림의 방장이라도 파계시킬 만한 분장을 하고 특별한 목적지 없는 취객들의 발길을 잡아채는 시간. 돈과 탐욕과 색과 허무가 뒤섞여 종내는 여운조차 남지 않는 청빈로에서 윤 파파의 노상 객잔은 매우 특별한 모습으로 이십 년이 넘게 자리를 지키고 있다.

이곳엔 세 가지가 없다.

객잔이라지만 이름이 없고 노상이기 때문에 벽이 없으며 시중을 드는 이가 한 명도 없다. 그래서 윤 파파가 나무판자 위에서 만들어주는 음식을 손님이 직접 가져다 먹어야 하며 술 역시도 커다란 항아리에서 알아서 퍼가야 한다. 없는 게 있으면 있는 게 있는 법.

이곳엔 또 세 가지가 있다.

동전 이 문이라는 값이 믿어지지 않을 정도로 두툼하고 내용물이 실한 파전이 있으며 윤 파파의 조악한 나무판자 조리실 뒤로 양양성을 굽어보는 아름드리 은행나무가 있고 마지막으로 진술함이 있다. 말로 설명하기 어려운 개념이지만 풀어서 얘기하자면 일반적으로 사람들은 두세 개의 탈을 가지고 다니며 필요에 따라 그때그때 바꿔 쓴다. 나이가 들면 들수록 탈의 개수와 쓰는 횟수도 늘어 어느 게 맨 얼굴이고 어느 게 탈인지 모르게 될 때면 그는 인생에 닳고 깎여 이름 이외에는 아무런 특징이 없는 사람이 된다. 물론 그로서는 자신이 어떤 모습이었고 무슨 희망이 있었는지를 잊은 지 오래되어 기억조차 못하고 있겠지만.

만약 그런 사람들이 윤 파파의 노상 객잔에 우연히 들를 기회가 있고 때마침 술을 한잔하고 싶다면 그들로는 인생에 있어서 꽤 근사한 시간을 가지는 기회가 될 것이다. 딱히 표현하기 어렵지만 윤 파파의 객잔에서 한 시진 가량 앉아 있게 되면 그들이 가지고 있던 울분과 답답함을 목청껏 풀게 되고 술이 몇 동이 더 비워졌을 때 잃어버린 게 채워지는 느낌을 받는다고 한다. 그래서인지는 몰라도 장추삼 패거리의 최종 귀착지 역시 늘 이곳 윤 파파의 객잔이었고 아주 많은 사연이 깃든 장소였다.

"거 돼지 목 좀 그만 따구 진짜 돼지나 가져가!"

"파파, 우리는 그런 거 시킨 적이 없는데요?"

"이놈이, 어른이 가져가라면 가져갈 것이지 무슨 놈의 잔말이 그리 많은 게야. 에잉~ 요즘 것들은……."

퉁명스러움 속에 피어 있는 윤 파파의 온정이 정겹다. 아무렇게나 던진 쟁반에는 넘칠 정도로 가득 담긴 돼지 사태살이 있었고 장추삼이 특히 좋아했던 머리고기도 보였다.

"잘 먹을게요, 파파."

"네놈 얼굴 안 봐서 속이 다 편했는데 오늘부턴 꿈자리가 다 뒤숭숭하게 됐으니 말년에 이게 무슨 업인지… 아, 임마 얼릉 가서 술이나 처먹어, 사내놈이 눈웃음은."

쟁반을 든 장추삼이 개선장군처럼 의기양양하게 걸어왔다.

"캇캇, 나의 귀향을 이리도 열렬히 환영할 줄 알았다면 진작에 걸어치우고 오는 건데 말이야!"

"걸어치워? 뭘?"

또 한 번 뜨끔했던 장추삼이었으나 어지간히 들어간 술의 영향으로 안색 하나 바뀌지 않았다.

"말이 그렇다는 얘기다. 그리고 명산이 너, 따지지 좀 마라, 응?"

"맞다, 맞다. 오늘 같은 날 아니면 언제 저 노랭이 파파의 수육을 공짜로 먹어보겠냐. 이게 다 추삼이 덕……."

휙—

딱!

"하가(何哥), 오늘 네놈이 본 파파에게 죽으려고 환장을 했구나. 추삼이 놈 왔다고 네놈 눈에 콩깍지라도 썬 게야?"

"아이고, 아파. 귀도 밝네그려. 에잉? 아녜요, 아녜요, 잘못했어요, 파파!"

날아온 국자에 잔소리를 하려던 하대보가 윤 파파의 손이 촘촘히 꽂혀 있는 칼집 쪽으로 가자 기겁을 했다. 주위에 앉아 있던 모든 이들이 실소를 머금었고 바보가 된 하대보도 웃었다. 장추삼도 웃고 조명산도 웃었다. 몇 순배의 술이 더 돌고 몇 동이의 술이 더 날라왔는지 모르지만 벌겋게 상기된 친구들의 얼굴은 오늘이 아니면 영원히 웃을 일이 없을 것 같이 마구 찌그러져 있었다.

"자, 자, 오늘은 이만 찢어지자구. 나 같은 백수야 상관없지만 네놈들은 어엿한 사장님들이 아닌가? 점주가 농땡이 부리면 밑의 직원들이 맥아리 빠지는 건 당연하다구."

술이 전혀 취하지 않은 장추삼이었지만 친구들을 생각한다면 일어나야만 했다.

"무슨 소리! 우리는 이제부터 시작이다. 네놈의 풍물 기행도 듣지 않고 이대로 집에 가자는 거냐? 추삼, 너 약해졌다!"

"대보 말이 맞다. 전에는 삼 일을 줄창 마시기만 해도 멀쩡하던 놈이 겨우 세 시진 동안 마셨다고 꼬리를 마는 게 말이나 되냔 말이다. 이거 오 년이란 시간이 사람을 아주 버려놨네?"

'이 친구들아, 세 시진이면 거의 반나절이라구.'

고소를 머금으며 장추삼이 손뼉을 쳤다.

"그래, 그래, 내가 유람을 다닌 관계로 술이 좀 약해졌다. 사실 오늘만 날이 아니잖냐?"

그의 시선이 헤롱거리는 하대보와 조명산에게 이르렀다.

"시간은 많아. 앞으로 청빈도도 골머리 좀 썩을걸?"

　의아해하는 여섯 개의 눈동자는 장추삼의 입술이 비틀리는 걸 미처
보지 못했다.

　피부로 느끼게 될 거야. 장추삼이 돌아왔다는 걸 말이다…….

◇ 제6장
표사가 되다

포사가 되다

"뭐 해먹고 살 참이냐?"

집으로 돌아온 지 사흘이 지난 아침, 장유열이 추삼에게 물었다. 분명 어투로 보아서는 물음임에 틀림없었지만 그 속에 담긴 뜻이 그리 간단치 않음을 직감한 장추삼은 재빨리 무릎을 꿇었다.

"네 친구 놈들 말이다. 대보, 명산이 그런 애들 말하는 거야. 과거에는 쌈질이나 하고 다녔는지 몰라도 지금 봐라. 어엿한 사회인들이 됐거늘 네 녀석은 아직까지 달라진 게 하나도 없질 않느냐."

장유열은 낮게 한숨을 쉬었다.

"내 요 며칠은 여독이라도 풀라고 아무 말 안 했다. 그리고 네가 지난 오 년 간 무얼 했든 묻지 않을 거다… 이놈아!"

그의 목소리가 갑자기 커져서 장추삼이 흠칫 놀랐다.

"내가 살면 얼마나 살겠느냐. 내 생전까지야 네 녀석이 건달패로 빈

둥거려도 어떻게 밥술이나 먹여줄 순 있지만 아비는 영원히 사는 게
아니야.”
　곰방대에 연초를 채우는 부친의 모습에 장추삼의 눈앞이 흐려졌다.
겉으로야 별로 변한 게 없지만 아들이기에 느껴지는 게 있다. 장유열
은 놀랄 만큼 약해져 있었다. 예전에 양양성 일대의 전설로 남은 ‘신견
용쟁’ 장유열이 나이가 듦에 따라 늙고 힘없는 노인이 된 것이다.
　“아직도 련련(蓮蓮)이를 못 잊은 건 아니겠지?”

　련련. 장추삼의 첫사랑이자 아픔의 이름.

　멀쩡한 집과 친구를 뒤로하고 무작정 집을 나서게 했던 원인 제공
자. 말은 하지 않았지만 어떻게 하든 일류 반열에 서는 무림고수가 되
지 않으면 고향으로 돌아오지 않으리라고 다짐했었는데…….
　‘고작 삼류 무사가 되었다.’
　고개가 절로 떨궈진다. 아들의 행동을 지금껏 사련(邪戀)에서 벗어
나지 못한 걸로 판단한 장유열이 부드럽게 말했다.
　“인생은 정해라고 했다. 네가 처음으로 사랑했던 상대이니만큼 단시
일 내로 잊는다는 건 무리가 있겠지. 그렇다고 사내놈이 과거지사에
매달려 자신의 앞길을 등한시하는 것처럼 못난 것은 없다.”
　“예.”
　잊을 만큼은 잊었노라고 말하려다가 장추삼은 이내 그만두었다.
　“그럼 됐다. 어서 세수를 하거라. 아비와 갈 곳이 있다.”
　“갈 곳이라니요?”
　“언제까지 방구들 신세를 질 참이냐! 그래도 표국주께서 네 녀석을

이쁘게 보아서 망정이지.”

“이숙(李淑)을 말씀하시는 겁니까?”

“이제는 이숙이라고 부르면 안 된다. 너도 청해표국의 식구가 되는 이상 과거의 일은 모두 접고 깍듯하게 표국주로 모셔야 한다.”

“잠깐, 잠깐만요!”

부친의 밀어붙이기를 익히 알고는 있었지만 이게 뭔가. 일고의 가치도 없다는 장유열의 표정을 보니 청해표국주 이효와 그는 장추삼과 상관없이 밀약을 맺었다는 걸 강하게 암시했다. 뭐, ‘아들놈이 돌아왔는데……’, ‘아! 추삼이 말이군요’ 로 시작해서 ‘아직까지 백수랍니다. 하~’, ‘아니, 그런 일이!’ 로 운을 떼운 뒤 ‘내 생전에 걱정이 없지만, 눈을 감으면……’, ‘이럴 게 아니라 추삼이를 우리 표국에서 일하게 하지요’ 하고 얘기가 된 후 ‘표국주의 은혜에……’, ‘추삼이는 빠릿빠릿하고 총명하니 우리 표국이 더 다행이지요’ 라는 공치사로 말을 맺는 모습이 장추삼의 눈에 휙 스쳐 갔다. 이효의 마지막 말을 빼면 그건 바로 어제 점심 시간에 벌어졌던 실화이기도 하다.

“저는 표사가 되리라고 생각해 본 적이 없었습니다.”

애써 침착하게 장추삼이 말을 꺼냈지만 헛된 몸부림이었다.

“태어날 때부터 표사 하려는 생각을 가진 이가 누가 있겠느냐. 그리고 지금 네 처지에 찬밥 더운밥을 가리려고 한다면 소가 웃겠다. 쟁자수로 써줘도 감지덕지 해야 할 판에 딴소리는…….”

“아무리 그래도 소자에게도 의견이란 게 있는데…….”

“의견? 그런 네가 대보의 포목점에서 지분 냄새 풍기는 여인네들의 비위나 살살 맞추며 옷감을 팔 수 있다고 보느냐?”

장추삼의 고개가 살래살래 흔들렸다.

"그럼 스스로가 잘 알겠다만 네가 가지고 있는 알량한 문장으로 명산이가 한다는 전문 고서점에서 할 일이 있을 성싶으냐?"

청소라면 모를까, 어쩔 수 없이 또 한 번 고개를 흔드는 장추삼이었다.

"더운 거 싫어하는 네가 금성이의 대장간에서 풀무질하는 것도 그렇겠고… 할 일이 없지 않느냐?"

"그래도 제가 한번 찾아 보…….."

"일 없다! 어서 씻어라!"

문 닫고 나간 부친의 자리에서 찬바람만이 휭 하고 불었다.

"오, 추삼이구나! 부친께 얘기들었다. 한번 열심히 해봐!"

'아아, 지겹다.'

벌써 여덟 번째 비슷한 문장의 인사를 듣자 장추삼은 짜증이 왈칵 일었으나 한 걸음 앞의 부친 때문에 꿀 먹은 벙어리처럼 터덜터덜 걸었다. 장유열이 또 한 명의 표사와 인사를 하고 '오! 추삼이구나' 란 말이 나올 때 그의 생각은 아예 딴 데로 가 있었다.

아침을 준비하는 청해표국은 여느 때처럼 활기가 넘쳐 있었다. 부탁 받은 물건을 조목조목 확인하며 바쁘게 돌아다니는 사무관들과 수석 표두의 선창에 따라 '손발이 필요한 곳에 우리가 있다!' 고 고래고래 소리를 지르고 있는 일반 표사들, 미처 식사를 하지 못한 이들을 위해 마련하는 주방의 향긋한 밥 내음. 장유열의 옆에서 시체처럼 어기적거리는 놈 하나만 제외하면 청해표국이 왜 호북제일의 표국인지 익히 알게 되는 순간이었다.

"어떠냐, 이것이야말로 살아 숨 쉬는 사나이들의 세계가 아니더냐!

부탁받은 물건을 단순히 목적지까지 인도하는 게 표국의 전부라고 생각한다면 그들은 오늘부터 당장 생각을 고쳐먹어야 한다. 뛰어난 무공을 가지고 있으면서도 표국의 신용에 관한 일이 아니라면 어지간한 일에 성을 내지 않는 사람들이 바로 표사들이란 말이다. 음, 진정한 사내라고 할 수 있지. 저기 봐라, 저기. 빨간 요대를 차고 있는 사람 말이다. 비록 험상궂게 생겼지만 저 친구가 누군지 아느냐? 삼 년 전에 사파 최고 골치덩이라는 오살 중 미영살객을 일도양단한 무당의 속가 제자 주철인이다. 십이대 수석 표두 중 한 명이지. 그리고……."

흠칫.

등 뒤에서 엄청난 기운이 느껴져 장유열이 하던 말을 끊고 뒤를 돌아보았다. 시체의 부활! 장추삼의 두 눈은 화광이 일렁이듯 번쩍거리고 있었다.

'아차, 련련이와 혼인한 녀석이 무당의 속가 제자 출신이었지. 추삼이에게 무당 얘기를 하는 게 아니었는데.'

"어서 가자."

뿌리라도 박힌 듯 움직이지 않는 장추삼을 억지로 끌고 가며 장유열이 탄식했다.

"행여 무당파의 속가 고수와 시비 같은 건 하지 마라. 네놈의 알량한 권각술 가지고는 그들 중 최하급 표사도 감당하기 어렵다는 걸 잘 알고 있을 테니 순간의 기분으로 개망신당하지 말라는 거다."

청해표국은 호북에 있었고 호북의 이대거파인 무당과 아미의 영향을 받는 건 당연한 일이었다. 수석 표두의 비율로 따져도 무당 출신 넷, 아미 출신 셋이고 그 다음으로 청해표국에 영향력을 행사하는 점창파 출신이 세 명이다. 그 비율은 일반 표사로 가면 극심해져서 낭인 출신을 제외하고 문파라는 그늘에 있는 자의 사 분지 삼이 무당과 아미, 그리고 점창 출신이다. 낭인무사들은 그 특성상 홀로 있기를 좋아하고 남의 간섭을 싫어해 그들끼리 뭉쳐서 어떤 세력화를 이루기가 어렵기 때문에 숫적으로는 꽤 큰 비중을 차지하고 있으나 청해표국의 입김은 이들 세 문파 출신들이 좌지우지하는 형편이었고 그중에서도 무당의 영향력은 단연 최고였다.

지리적으로도 호북의 균현에 위치해 청해표국과 인접해 있고 전대 국주 이진붕의 사백이 무당의 장로였었는 데다 무엇보다 그들이 가지고 있는 무공 실력이 워낙 출중한 데 있다.

자세히 들여다보면 실력있는 속가 제자들이 약속이라도 한 듯 청해표국의 문을 두드리고 있다는 것을 알게 되는데 지리적으로 가깝다는 이유도 있겠지만 호북의 최대 표국을 자신들의 통제 하에 두겠다는 무당의 윗선들의 의지가 작용했음을 미루어 짐작하게 된다.

자연 무당 출신들은 오만해졌고 행동거지도 방자한 면이 없지 않았으나 다른 이들은 어떻게 할 생각을 이내 포기하게 된다. 한 명 한 명의 실력도 실력이려니와 무당 출신 중 단 한 명이라도 다칠 경우에 개떼처럼 몰려오는 그들의 단결력에 질려 버리게 되는 것이다.

이런 사정을 잘 알고 있는 장유열이기에 처음부터 아들이 딴생각을 못하게 못을 박은 것이다. 연무장이자 광장으로 쓰이는 공터 뒤로 표국주의 집무실인 복룡전이 나온다. 이효의 검박한 성품에 따라 복룡전은 이십 년이 넘게 그 모습 그대로 아무런 장식 없이 서 있었다. 현판을 떼어낸다면 일반 표사들의 숙소와도 별로 다를 게 없었다.

“오, 추삼이구나! 무엇을 한다고 오 년 간이나 이 숙부에게 연락 한 번 하지 않았느냐?”

다행히 이효는 좀 다르게 서두를 꺼냈다.

이효가 가지고 있는 장유열에 대한 생각은 남다른 것이었다. 그의 의기가 아니었다면 어찌 청해표국이 통천표국을 눌렀겠으며 그보다 여지껏 살아 있었겠는가? 어찌 민경추(閔卿秋)란 호북제일미를 아내로 맞았겠는가, 밉살스럽고 얍삽한 곽채삼을 제치고 말이다.

당시 민씨세가는 곤란한 입장이었다. 사람됨으로도 그렇고 자신의 딸이 기운 쪽도 단연 이효였으나 동시에 매파를 보낸 통천표국을 무시하기는 어려웠다. 망나니보다도 못한 곽채삼에게 자신의 딸을 준다는 걸 생각하면 치가 떨리는 일이었지만 호북에서 장사를 하려면 통천표국의 반감을 사서는 안 되는 것이어서 민씨세가도 한숨, 저간의 사정을 들은 이효도 한숨이었다.

그때 양양성주의 불가능에 가까운 표물 운송 건이 들어왔고 우여곡절 끝에 일을 처리했다. 인심(人心)이라는 게 얼마나 치사한 것인지 겪어본 사람이라면 잘 알겠지만 겨우 서열 오위권이던 청해표국의 위상이 무섭게 치솟았음은 물론이고 이효와 장유열의 일화는 일세의 미담이 되어 양양성에서 모르는 이가 없을 지경이었다.

적미천존이라는 이름이 가진 의미는 그만큼이나 거대한 것이었다. 반색을 한 건 민씨세가였다. 호북의 분위기를 밀어붙여 결혼을 발표하자 온 성의 사람들은 미녀와 영웅의 만남이라며 반색을 했고 속이 쓰렸지만 통천표국에서도 선물을 보내왔다. 이 모든 걸 가능하게 해준 사람, 아니, 은인! 장유열이 아닌가?

둘이 있을 때 이효가 장유열에게 형님의 예를 취한다는 걸 알 만한 사람은 다 아는 일이다.

"별고 없으셨어요, 이숙!"
"이놈아! 이젠 숙부님이 아니다. 표국주님이야, 표국주님!"
"허허, 그냥 두시구려. 추삼이가 아직 일을 시작하지 않았잖습니까? 그렇지, 추삼아?"
부모가 이쁘면 자식도 이쁜 법이다. 이효에게 장추삼은 그저 이쁜 조카였다. 그가 망나니짓을 하든 쌈질을 하든. 그 조카가 자신 밑에서 일을 한다는 건 더 좋은 일이다. 어쨌든 지금은 공석, 자신의 면접관의 신분이다.
"허험, 장 표두는 그만 나가보시오. 추삼에게 몇 마디 물어볼 게 있으니."
"그럼."
포권을 하고 물러가는 장유열을 흐뭇한 미소로 이효가 배웅했다.
"그래, 집 떠난 오 년 간 무얼 했느냐, 아! 아직 서 있었구나. 어서 자리에 앉아라."
좌정하는 장추삼을 각지 낀 손으로 턱을 받치고 있던 이효가 제지했다.
"잠깐!"
엉거주춤한 상태에서 장추삼이 무릎을 다시 폈다.
"예? 왜 그러세요?"
"아, 아니다. 내가 무얼 잘못… 어쨌든 앉거라."
잠시 고개를 갸웃거린 이효가 너털웃음을 터뜨렸다.

"허허허, 이 숙부도 요즘은 나이를 먹어서인지 영 시원찮구나. 어땠느냐, 듣기로는 강호 유람을 다녔다고 하던데."

"그렇죠 뭐."

"어딜 다녔느냐?"

"사천하고 섬서… 뭐, 그런 곳입니다."

"무얼 보았느냐?"

웃지 않고 부드럽지도 않은 이효의 물음. 장추삼은 그가 왜 이러는지 알 도리가 없었다.

"그, 그냥 동정호… 아, 예, 동정호는 정말 넓더군요! 그 풍광하며……."

"너, 정말 사천 땅을 밟기나 한 거냐?"

"예?"

이효가 묘하게 웃었다.

"난 몰랐다. 우리 추삼이가 이렇게 바지런한 걸 말이다. 유랑을 다녔다는데 그런 와중에도 체력 단련을 게을리 하지 않은 듯싶구나."

"무슨 말씀이신지……."

역시 이숙은 만만치 않아… 속으로 느끼며 장추삼이 전혀 모르겠다는 표정으로 말을 받았다. 장추삼의 표정을 가만히 살펴보던 이효가 다시 너털웃음을 터뜨렸다.

"허허허, 오랜만에 너를 보니 괜히 농지거리가 생각났다. 어쨌든 여기서 일을 하기로 했다는데… 쟁자수나 마부 같은 건 싫을 테고, 뭘 하고 싶으냐?"

"화끈한 거요!"

주저없이 장추삼이 대답했다.

"뭐?"

"화끈한 일 말입니다. 기왕 남의 물건 날라다 주는 일을 하게 된 거라면 발발거리며 문이나 두드리는 통인 같은 건 하기 싫거든요."

눈을 감은 이효가 두어 번 뇌까렸다.

"화끈한 거라, 화끈한 일… 추삼아!"

"예!"

전에 없이 딱딱해진 이효가 자리에서 일어섰다.

"네가 말한 일은 위험이 뒤따르는 걸 알고 있는 거냐?"

"예!"

힐끔 장추삼을 본 이효가 고개를 돌려 커다란 표구를 응시했다. 거기엔 '실물이란 없다' 라고 자신이 쓴 글씨가 꿈틀대며 숨 쉬고 있었다.

"죽을 수도 있다. 알고 있느냐?"

"그런 일이 있기는 있나 봐요?"

"묻는 말에나 대답해라! 죽을 수도 있다는 걸 아느냔 말이다."

처음 보는 이효의 단호한 모습이었으나 장추삼도 꿇릴 게 없었다.

"예!"

이효의 낮은 침음성만이 장내에 존재하는 소리였다. 잠깐 동안 생각을 정리한 이효가 결심한 듯 고개를 끄덕였다.

"좋다. 네 뜻이 그러하다면……. 밖에 강 집사 있는가?"

문이 열리며 장추삼과도 안면이 있는 강수(姜修)가 들어왔다.

"이 녀석을 집법당주 철무웅에게 데려가게. 추삼아, 따라가거라."

"예… 어?"

일어서던 장추삼이 갑자기 비틀했다. 다리가 물 먹은 솜처럼 축 처진 것이다.

'긴장했나, 다리가 풀리다니?'

끙! 하고 힘을 주자 하체가 자유로워졌다.

"가시죠!"

호기롭게 장추삼이 앞장서자 강수가 황급히 뒤따랐다.

성명: 장추삼

출신: 호북 양양성 갈현

사문: 그런 거 없음

무공: 그런 거 없음. 간단한 권각술 몇 개 알고 있음

가족: '신견용쟁' 장유열의 막내아들

비고: 여자에게 차이고 홧김에 오 년 간 가출. 강호 유람에서 돌아왔다고 하는데 밝혀진 것 없고 관심 가질 사항도 아님

특기: 싸움. 번화가인 청빈로에서 '칠공토혈'로 불리며 뒷골목을 평정, 동물적 감각과 운동 신경은 높이 살 만함

집법당주 철무웅은 이 기가 막힌 보고서와 눈앞의 인물에게서 어떤 행동을 취해야 좋은 행동을 취했다는 소리를 들을지 몰랐다. 눈에 뜨이는 사항이라곤 신견용쟁의 아들이라는 것과 특기 사항에 등재된 동물적 감각이니 운동 신경 정도가 다인데 그런 걸 다 합쳐 봐야 높게 쳐 줘서 삼류라는 얘기 아닌가?

한 가지가 더 특이하기는 하다. 표국 내의 정보 조직인 비룡담(飛龍潭)에서 별기한 사항인데 '무당과 알력 소지가 다분함'이라니! 기도 안 차는 얘기지만 이런 놈을 표극주는 '실(失)·회(回)·조(組)'에 넣

으란다! 비록 삼 년밖에 안 되는 설립 기간이지만 청해표국의 삼대 자랑 중 하나인 실주회수조(失珠回收組)에 말이다. 인상을 있는 대로 긁다가 철무웅이 물었다.

"실주회수조에 대해 들어본 적이 있나?"

"실주… 뭐요? 음… 들어본 적 없소. 이숙께선 희한한 걸 다 만드셨군."

"표국주께 이숙이라니! 앞으로 그런 호칭은 용납할 수 없다!"

철무웅이 고리눈을 뜨는 데도 장추삼은 처음 표정 그대로 따분한 얼굴이었다.

'이래서 월급쟁이는 싫다니까! 뭘 그렇게 꼬박꼬박 따지는 거야. 맡은 일이나 잘하면 되지, 호칭은 무슨……'

"정말 무공은 모르나?"

"싸움은 좀 하오."

이해할 수 없다. 정말 이해하기 어려운 일이다. 신견용쟁과 표국주와의 관계를 잘 알고 있는 철무웅이기에 그의 백수 아들이 표국에 취직하러 온 것에 대해 별반 감정이 없었다. 공신에겐 그에 합당하는 대우를 받을 자격이 있는 것이고 아들의 취직 정도의 편의야 봐주는 게 도리일 것이다. 그렇게 이해했기에 채물관 정도의 편하고 보수가 센 보직을 주겠거니 했는데 느닷없이 실주회수조 발령이라니!

"후우~ 내가 보건대 무언가 착오가 있었던 것 같다. 국주께서 다른 이의 이름을 잘못 올렸거나 보직에 관한 사무 착오가 있었나 보다. 잠시 기다려라."

집무실에서 나갔던 철무웅이 일 다경 후에 넋 나간 표정으로 비틀비틀 걸어왔다.

“뭐랍디까?”

“이건, 이건 아냐! 뭐가 잘못됐겠지…….”

한참을 혼자 웅얼거리던 철무웅이 정색을 하고 장추삼을 쳐다보았다.

“이것 보게, 장추삼. 표국주께선 자네를 사지로 몰아넣고 계시네. 무슨 이유로 그분의 심기가 상했는지 모르지만 어서 가서 사죄를 드리게.”

“글쎄요.”

“이 친구야! 실주회수조는 그냥 표사들하고는 다르단 말이야. 언제나 생명을 걸고 하는 일이라구. 생명 수당이 본봉보다 많은 곳이라구. 무슨 말인지 알겠나?”

“끝내주는군!”

휘파람까지 부는 장추삼이었다.

“나를 위해 존재한다고 봐도 되겠는 조직인걸!”

머리까지 다 아파오는 철무웅이 겨우 마지막 말을 했다.

“실·회·조의 인원치고 일류 아닌 자가 없단 말이다! 자네가 과연 며칠이나 생명을 부지하겠는가!”

“다시 한 번 말하지만 난 싸움을 잘하오.”

기지개를 켜는 장추삼을 더 두고 볼 만큼 철무웅은 인내력이 좋지 않았다.

“갈동(葛童)!”

“옛!”

꺼지듯 한 남자가 나타났다.

“이 넋 나간 친구를 십삼조 대기전으로 데려다 줘!”

깡마른 사내, 갈동이 의아해했다.

"거긴 실회조의…….".

"신입이다. 국주 추천이야!"

십삼조 대기전으로 가는 동안 장추삼은 집법당 소속의 갈동에게서 실회조에 관한 여러 가지 얘기를 들었다. 표국주 이외의 어떤 명령 체계도 없다는 것이 우선 마음에 들었고 출전은 바로 싸움이라는 것도 마음에 들었다. 무엇보다 마음에 든 건 보수였다. 본봉에다 생명 수당까지 합하면 거의 십이표두들만큼은 챙긴다는 게 장추삼의 입장에선 매우 기분 좋은 일이었다.

"그렇지만…….".

갈동도 신견용쟁의 아들이 염려되었는지 한마디 해주었다.

"결원율 역시 표국 최고라는 걸 알아야 하오. 이년 전 무투계열(武鬪系列)의 녀석들과 혈전 중에 당시 무당 최고 속가 제자라던 구궁검 최위가 한 팔을 잃고 나서는 그 잘난 무당 출신들도 실·회·조로 가기를 꺼린다오."

아주 마음에 드는 말 아닌가!

건물엔 현판도 없었다. 누가 해놨는지 모르지만 대청의 기둥에 '十三' 이라고 칼로 긁어놓은 것이 전부였고 일반 대기실과 동떨어져 있는 관계로 고즈넉하기까지 했다. 이것이 청해복룡표국 최고의 전투 조직 실주회수조의 대기전이었다.

'빌어먹을 동굴에 비하면 왕궁이구만.'

그런 건 알겠지만 이곳은 이상하다. 분명히 이상하다. 무사들의 휴

식은 대개 소란스러운 법이다. 사람 수가 적다고는 하지만 조금의 기척도 없다는 건 이상하다. 갈동의 말에 의하면 세 명의 인원이 한 조가 되어 이틀 전에 자리를 비웠다고 하니까 네 명은 이 건물 내에서 숨 쉬고 있다는 건데.

'할 일이 없어서 모두 자기라도 하나?'

삐그덕―

딴에는 조용히 문을 연다고 했는데, 그 즉시 장추삼에게 여덟 개의 눈동자가 쏟아졌다. 개중엔 몸을 일으키는 자도 있었다.

"출동 명령 같은 거 아니오."

의아한 반응. 그렇다면 여긴 사람이 올 일이 없잖아라는 듯한 표정들.

'아예 담을 쌓고 사는군, 담을 쌓고 살아.'

"나도 오늘부로 이곳 소속이 되었소. 잘 부탁하오."

네 쌍의 눈동자는 곧 제각기의 방향으로 흩어졌다.

아니, 자기소개들도 안 하나 하고 생각했지만 원래부터 그런 사람들이란 걸 알고 있었기에 금세 포기했다. 대기전의 내부는 중앙을 통로로 양 옆에 나무로 만든 침상들과 관물함이 늘어서 있었다. 침상의 수는 열여덟 개. 안쪽에 아홉 개씩이 있었으니 실·회·조가 본러 열 여덟의 인원으로 태동되었음을 알게 해주었고 아울러 수북이 쌓인 빈 침대들은 신입 지원자가 한동안 없었다는 걸 보여주는 증거였다.

남이 무시할 때 굳이 친하려 노력하는 성격도 아니었고 무엇보다 간섭받기 싫어하는 장추삼에게 이곳은 거의 이상적인 분위기였다. 아쉬운 건 맨 구석의 두 침상은 이미 주인이 있다는 것이었다.

'에이… 어? 저런 명당이 티어 있어?'

안쪽에서 세 번째의 침상, 그것은 두 개밖에 없는 창과 인접해 있어서 통풍이 잘되고 침상 자체가 새 것인 양 윤기마저 흘렀다.

'웬일이야, 나에게도 재수가 돌아오려나?'

관물대 위에 육이라고 쓰인 오른쪽 세 번째 침상으로 성큼성큼 걸음을 옮긴 장추삼은 다시 한 번 감탄했다.

"이해가 안 가는군. 이건 거의 새 거 아냐? 초짜가 이런 데를 차지해도 되는지 모르겠네?"

벌렁 드러눕고 모자란 아침잠이나 청해보려던 장추삼은 문득 몇 쌍의 시선이 그를 주시하는 걸 느꼈다. 임자가 있나 해서 관물대를 열어 보았지만 텅텅, 침상 밑까지 뒤져 봐도 나오는 건 먼지뿐인데…….

'아니, 들어올 땐 파리 보듯 하다가 갑자기 웬 관심이람? 신경 끄쇼, 신경 꺼. 나는 잠이나 잘려니까.'

'남이야.' 하며 무시하고 드러눕는데 그 소리가 들렸다.

"이번은 며칠 갈까?"

걸걸한 목소리.

"한 달 이내 정도로 봐요, 난."

앳된 목소리.

"그래? 쭉 찢어진 눈에 한 달은 추가하고 싶은데?"

다시 걸걸한 음성, 다분한 장난기가 있었다.

'뭐야, 이 사람들도 말은 하고 사는군.'

"그럼 내기 성립이네요? 평소처럼 은자 두 냥 어때요? 설마 고 아저씨가 내기에 발을 빼는 건 아니겠죠?"

앳된 음성이 무슨 내기로 걸걸한 음성을 살살 꼬드기고 있었는데 눈을 감은 장추삼이 나설 건 아닌 듯싶었다. 하지만 내기라면 소시적부터 즐겼고 승률 또한 타의 추종을 불허했던 장추삼에게 그들의 대화는 매우 흥미로운 것이었고 자연히 대화 내용에 신경이 쓰였다.

"내기 거리로는 그야말로 극상첨환데 저 친구에 대해 아는 게 하나도 없다는 게 좀 그래. 남의 이목 신경 안 쓰고 자리부터 차지하는 걸 보면 강심장이란 건 알겠는데, 육호 관물대는 간 큰 거 가지고 어찌 해볼 만한 자리가 아니거든."

너무 궁금해서 살짝 실눈을 뜨고 보니 호랑이 가죽으로 옷을 해 입은 사십 대의 장한과 조카뻘로 보이는 약관 문턱에 선 젊은이가 턱까지 괴고 소곤거리고 있었다.

'젠장, 무슨 내기길래 저렇게 심각해. 덩치도 곰만한 양반이 좀스럽기는. 쯧쯧.'

은자 두 냥이라면 적은 액수가 아니다. 그렇지만 자신보다 어린 녀석이 깐죽거리며 약을 올린다면 이십 냥이라도 거는 게 장추삼이다.

"에? 고담(高擔) 아저씨답지 않게 그런 약한 모습이 뭐예요. 불확실성의 시대에 최소한의 조건으로 유추가 엇갈리는 미래를 예측하는, 인간이 만들어낸 언어 예술의 극치가 내기라고 말씀하신 게 엊그제 같은데 벌써 잊어버리고 조건 타령이세요?"

'불확실성, 유추, 언어예술의 극치, 도대체 뭔 말이야?'

생각보다 저 중년은 굉장히 똑똑할지도 모른다고 장추삼은 생각했다.

뭔 말인지 모르겠는 건 고담도 마찬가지였지만 여기서 죽어 들어갈 순 없었다. 요즘 한동안 저 꼬맹이와 술을 자주 펐는데 나이가 들었는지 중간중간 기억이 끊기곤 했었는데 '두주불사의 호한'을 자처하는 그로서 끊긴 시간을 부정해야만 하고… 또 아는가? 맛이 갈 정도로 취한 상태에서 자신이 그런 유식하고 지적인 말을 했을지?

"어허험! 내, 내가 그런 말을 하기는 했지. 하기는 했는데… 에잇, 좋다! 걸어, 두 냥!"

'그런 말을 하긴 언제 그런 말을 했다구.'

단사민(段思旼)은 쾌재를 부르고 싶었으나 그랬다간 굴러 들어온 은 자 두 냥은 물론 '산동의 맷돼지'라는 고담의 발광을 보게 될까 봐 겨우 눌러 참았다. 뜸만 들이면 받을 수 있는 밥상을 순간의 기분으로 걸어찰 만큼 바보는 아니니까.

"그래요! 그래야지 싸나이 고담이지요. 일구이언?"

"이부지자! 사민, 넌 따논 당상이란 표정인데 세상은 그렇게 만만한 게 아니야. 이런 말이 나와서 하는 건데 내가 네 나이 때……."

뭘 주제로 했는지 몰라도 내기는 쌍방 간의 원만한 합의 하에 체결된 것 같았고 희희낙락해하는 젊은이에게 호피 중년이 자신의 내기 인생에 관해 설파하는 것 같아서 장추삼도 신경을 끊으려 했다. 그 말만 듣지 않았다면.

"…해서 확실했다고 생각했는데 이놈이 갑자기 캑 죽어버리더라고. 빌빌거리던 집닭이 산닭을 이길 줄 누가 알았겠냐?"

"무슨 말씀인지 잘 알겠는데요, 결과를 보면 알 문제니까 지금 왈가왈부할 건 없잖아요."

"어이구, 두 달을 언제 기다려. 내가 괜한 내기를 했지."

"하기야, 저도 '육호 관물대의 저주'만 아니었다면 사람 목숨 갖고 내기 같은 건 안 했을 텐데… 실회조가 사람 많이 버려논 것 같죠?"

'육호 관물대?'

고개를 들어 자신의 관물대 번호를 보았다.

육(六)!

‘가만?’

이번에는 며칠을 버틸까라는 건 처음 온 얼굴이라는 것이고 바꿔 말해 신입, 쭉 찢어진 눈에 대하 자신은 여전히 아니라고 생각하지만 아주 극소수의 사람들 입에서 그런 소리가 나온다는 건 그렇게도 보일지도 모른다는 거다. 무엇보다 육호 관물대! 의심없는 증거다. 즉, 장추삼을 두고 호피 중년과 애송이가 내기를 걸었다는 건데, 내기의 내용이 ‘얼마나 버틸까와 사람 목숨 가지고’를 결합해 보면 그냥 나온다.

‘이… 이……!’

상체를 곧추세운 장추삼이 둘을 노려보았다. 잡아먹을 듯이!

“들었나 본데요?”

“응? 자는 줄 알았는데?”

이렇게 뻔뻔한 인간들이 어디 있을까! 그런데 막상 화를 내려고 해도 뚜렷한 명분이 없질 않은가. 장추삼 개인을 욕한 것도 아니고 그렇다고 피해를 끼친 건 없다. 무슨 소리! 눈 가지고 인신 공격을 했고 수면 방해 소음도 있잖아! 멀쩡한 병신 되기 쉽다.

“기분 나쁜가 봐요.”

“음, 찢어진 눈에 핏발까지 세우니까 아주 장난이 아닌데.”

자기들 딴엔 소곤거린다는 모양인데 다 들린다!

장추삼의 표정이 거의 아수라화되어 가고 있을 때 그것이 시비라면 고담은 꺼리길 게 없었다. 상대에 대한 동정심이라는 건 좀 있었지만.

‘아, 그놈 인상 한번 드럽네.’

신참이란 건 처음 막사―군 생활을 한 오 년 했던 고담에게 대기전은 막사 같은 의미다―로 들어서면 당연히 쭈뼛거리면서 눈치를 보아야 한다. 적당하게 굳은 안면과 얼빵해 토이는 눈빛이 아니더라도 최소한의 당황 정도는 필수라는 게 그의 지론이었거늘 오늘 들어온 신참은 달라도 너무 달랐다. 군대와 다른 표사 직이고 그중에서 타격대의 역할을 담당하는 실회조라고는 하나 어쨌든 사람 사는 곳에서 이방인이 느끼는 소외감의 무게는 남다른 것인데도 말이다.

'그렇다고 경천동지의 기세를 흘리는 것도 아니잖아?'

벌떡.

그놈이 일어섰다. 고담과 단사민의 눈빛이 허공에서 얽히며 격렬한 불꽃을 일으켰다.

그렇다! 버르장머리없는 신참에게 매보다 귀한 보약은 없다. 성큼성큼 그자가 다가올 때 어리지만 그건 나이뿐인 단사민의 입가에 희미한 조소가 맺히는 걸 고담은 보았다.

그리고 단사민의 입가가 얼어붙듯 굳는 것도.

"그 내기… 나도 낍시다. 옛수 두 냥!"

짤랑.

찜찜하다. 몹시 찜찜하다. 한여름 날 세 시진을 육체 노동하고 등목도 하지 않은 채 이불을 덮고 자도 이보다 찜찜하진 않으리라.

"핫핫핫핫!"

어쩐지 맥빠진 웃음을 흘리는 장추삼을 바라보며 단사민은 생각보다 이자의 성격이 그리 나쁠 것 같지는 않을지도 모른다는 생각을 했다.

"그런 알량한 미신을 믿고 두 냥을 날리는 형씨들을 보니 안타까워 웃었소. 핫핫핫……!"

물은 사람은 아무도 없었다!

"미신이라? 글쎄요, 미신이라는 건 어디까지나 존재하지 않는 현상에 관해 맹목적으로 믿는 걸 말하는 건데 나랑 고 아저씨가 한 내기는 실증된 반복 현상의 발생 시기에 관한 의견 차이였다구요."

어떻게든 벗어나 보려 발버둥친 건데 매정하고 냉정한 꼬마는 장추삼의 마음을 전혀 헤아려 주지 않았다.

'그럼 그렇지. 하~ 내 주제에 재수는 무슨……'

처음부터 너무 잘 풀려서 이상하다고 생각은 했다. 가진 거라곤 뒷골목의 이력이 전부인 자신을 청해표국 최고의 무투조직인 실회조로 보내준 이효가 그랬고 꼴 보기 싫은 무당 것들이 없다는 것도 그랬다. 실회조원들의 철저한 개인주의까지! 이만하면, 이 정도로 잘 나갈 땐 조심을 했어야 했다. 최고 명당 관물대가 비어 있으면 그만한 사연이 있을 거라고 미루어 짐작했어야 옳았다. 무공 높은 고수들이라고 깨끗하고 볕 잘 드는 침상을 마다할 이유는 없다는 걸 염두했어야 했다.

"이상하기도 하지. 육호 침상의 인물들이 전부가 강했다는 건 아니지만 최소한 적위(赤緯)나 맹사계(孟四季) 정도의 인물들은 그렇게 죽기엔 아깝고도 어이가 없는 일이었거든."

사냥꾼 출신이라는 고담이 턱을 문지르며 고개를 갸웃거리자 장추삼은 한 발 더 현실적인 세계로 자신이 들어섰다는 걸 알았다. 이 둘의 대화는 내기라는 저차원적인 도박 세계를 잊고 육호 관물대의 저주라는 심령 현상으로 몰입해 있었다.

"맞아요. 마조(魔爪) 적위라고 하면 섬서에서 조법으로 오위권에 든다는 고수로 알려졌었는데 첫 출장에서 별 볼일 없는 악가채 놈들의 손에 목숨을 잃은 건 풀리지 않는 불가사의 중 하나죠."

"그때 같이 있던 당 소저의 말을 빌리면 선봉을 맡은 조위가 지면을 박차고 나가는 순간 나뭇가지에 있던 새집을 건드려서 떨어지는 새알을 받다가 칼에 찔렸다고 하더군."

"마조 적위가 조류를 끔찍이 아꼈다는 건 다 알고 있는 일이지만 너무 어처구니없는 일이었지요. 하기야 무당십검 중 일 인이라던 삼룡검객(三龍劍客) 맹사계 대협의 죽음은 더 어처구니없었죠."

"아아, 정말 안타까운 일이었지. 별 볼일 없는 삼류 녀석이 던진 나한전이 돌풍에 휘말려 어기회선(御氣回旋)의 수법으로 정수리에 꽂힐 걸 그 누가 상상이나 했겠나."

"거들먹거리는 무당 패거리 중에서 그나마 인간적인 사람이었는데… 검로도 제대로 밟고 있던 분이었고. 무엇보다 검 한 자루에 사십 평생을 일로매진한 분이 암기 나부랭이에 맥없이 생을 접은 걸 보면 보통 사람의 시각에서 도저히 믿지 못할 괴사지요."

저렇게 호흡이 잘 맞을 수 있을까? 이인연수합격을 한다면 천하제일 고수도 두렵지 않겠고 재담꾼으로 나선다면 기루의 변설자들이 모조리 쪽박 찰 일이다. 한 명이 고수하고 다른 이가 노래를 부른다면 명창은 따논 당상일 거다.

마구마구 피어나는 장추삼의 불안감을 한껏 증폭시키려는 듯 고담과 단사민의 얘기는 그야말로 점입가경, 육호 침상을 쓰는 이가 적미천존이라도 절대 삼 개월을 버티지 못할 거란 확신마저 들게 했다. 그러나 장추삼은 장추삼! 조마도, 삼룡검객도, 그리고 죽어나간 수많은 실회조의 전대 육호 침상 사용자도 아니다.

"쿵!"

두 중청(中靑)이 놀랄 정도로 큰 콧방귀를 뀐 장추삼이 느물거렸다.

"그건 어디까지나 그들이 약해서라구. 목숨을 걸고 임하는 대전, 그것도 다수 결전은 생각지도 못했던 돌발 상황이 얼마든지 발생하는 걸 염두해야 하는데 본인이 주의 의무를 망각한 상태에서 벌어진 가변 변수조차 예측하지 못하고 당했다면 그게 뭐가 섬서조법 오위고 뭐가 무당십검이야. 개가 웃겠다."

마지막에 고개까지 모로 꼬고 침 한 번 퉤! 뱉는 것으로 장추삼의 얘기가 끝나자 고담과 단사민의 눈은 왕방울만큼 커졌다.

'흐흐, 사기꾼 사부가 했던 말인데 요럴 때는 쓸 만하군. 그 외에 대부분이 버릴 거지만.'

단사민의 목젖이 꿀꺽 울렸다.

'와, 대단한 연출력이다. 분명히 다 맞는 말인데 뭔가 사기 같은 느낌이 드는 건 왜 일까?

"어쨌든."

기세를 탔다고 여긴 장추삼이 거만한 얼굴로 두 중청을 내려다보았다.

"난 실회조가 전부 죽더라드 살아남을 거요. 내기로는 육십 일만 살아남으면 되겠지만 장가도 돗 가고 죽기엔 너무 괜찮은 얼굴이 아니오?"

넉 냥 벌었다, 킬킬거리고 장추삼이 실회조 대기전을 벗어날 때까지 고담과 단사민은 아무 말도 할 수 없었다.

"지금 무슨 일 있었던 것 같은데……."

단사민이 벌렁 누으며 대답했다.

"몰라요."

큰소리치고 나오기는 했지만 그건 어디까지나 허세다. 세상에 누가 있어 그런 소리를 듣고 기분 좋을 리가 있겠나.

“제기랄……."

세상은 불공평하다. 아주아주 더럽게 돌아간다. 하고많은 자리 중에서 어떻게 육호였고 하고많은 사람 중에서 하필 자기라는 건가. 전각이 마주 보이는 바위에 걸터앉고 보니 해가 벌써 중천이다. 밥도 먹지 못하고 끌려왔기에 점심 시간이 그리울 만도 하건만 순간적으로 부린 허세가 배불렀는지 밥 생각도 없는 터였다.

“믿지 않겠지만……."

고개를 뒤로 죽 젖히고 장추삼이 말을 꺼냈는데 산새 몇 마리와 퉁명스런 전각이 청자(聽者)들의 전부였으니 그가 장님이 아닌 다음에야 독백이 틀림없을 터였다.

“내 부친께선 적미천존과 시비가 붙고서도 목숨을 건진 사람이었소. 무공? 삼류요, 삼류. 말이 안 된다고 생각하시오? 어떻게 그럴 수 있느냐는 거요? 그건 나도 모르오. 우리 마을 뿐 아니라 양양성 일대에서 삼류의 인물이 그렇게 추앙받는 일은 처음일 거요, 그것도 죽지 않았다는 이유로. 어릴 때야 모두가 추켜주니까, 돈을 많이 받으니까 그냥 좋았었소. 근데 알고 보니 우습더군. 칼밥을 먹는 이로서 상대의 동정으로 한 목숨 부지한 것도 구차스런 일일 텐데, 결과적으로 그것 때문에 팔자가 달라진 거요. 부친이야 어땠는지 몰라도 나는 정말 창피했었소. 그래서 생각했지……."

아련한 세월을 쫓는가, 장추삼의 시선은 닿을 수 없는 먼 허공으로 향해 있었다. 그런데 독백이라고 부르기엔 알 수 없는 말투다. 입에서 터져 나오니까 대화체이겠지만 그의 어법은 누구인가를 옆에 두고 넋두리를 늘어놓는 형태가 아닌가?

“죽어도 무공 따윈 익히지 않겠다고, 만약이지만 피치 못해 익히더라도 최소한 적미천존을 제압하는 무공을 배우리라고. 말이 안 된다고? 아, 물론이오. 최소한 적미천존을 제압할 무공이라니, 최소한……."

양손으로 바위를 짚고 미친 듯이 웃었다. 목젖이 다 드러날 정도로 고개를 젖히고서 나이 스물여덟 살의 젊은이에게 어울리지 않는 우울함을 가졌지만 알 만한 사람은 없으니까 맘껏 웃었다.

"후우~ 그렇소. 자연스레 삐뚤어지다 보니 어쩌다 싸움질, 다음엔 패싸움, 맞기 싫어 때리니까 이기고 이겨 어느 순간에 나보다 쌈 잘하는 놈들이 없더군. 부친께 엄청 흔났지만 그때는 이미 통제 불능이었소."

우스웠다.

신견용쟁의 아들은 왜 꼭 '속' 신견용쟁이어야 하느냔 말이다. 주위의 모든 이들이 자신을 견자(犬子)라고 부르는 걸 도저히 이해하지 못했고 받아들일 필요도 없다고 생각했다.

"풋! 모두들 내가 여자한테 차여서 집을 떠났다고들 하지만, 정적이라고 소문난 무당파의 속가 제자에 대한 열등감이 가출의 원인이라고 하지만, 그 일은 단지 내 인생의 계기에 불과했었소."

여기저기 흩어져 있던 조각구름이 뭉쳐 몽실한 얼굴 하나를 자아냈다. 눈이 크고 볼이 귀여운 여인네 하나.

망상을 떨치려는 듯 눈을 감은 장추삼이 낮은 휘파람을 만들어냈다.

"무당, 소림… 벽도 높더군. 화산에 청성… 아미파 같은 여자들로 이루어진 문파 외엔 거의 다 갔었지만 전낭의 무게와 소개장의 유무로 가입이 결정되는 걸 알았을 때의 기분은 말로 표현조차 하기 어려웠소."

무엇이 우스운지도 몰랐다. 그저 키득키득 쉰 바람처럼 허파 뚫린 소리가 입 안을 꽉 채우고 부피를 감당 못해 밖으로 터져 나왔다.

"사부… 말하기 싫은 사기꾼 노인에게 속아서 오 년 간 동굴 생활을 했었소. 이끼만 먹으면서 사람이 오 년 간 연명할 수 있다는 걸 내 몸으로 체험하며 인간의 생명력이란 경탄스러우리만치 질긴 거라는 걸 알았지. 쿡쿡."

쉰 바람 소리는 목 없는 메아리가 되었다.

"그리고 알았소."

잠깐 뜸을 들이고 장추삼이 정말 하기 싫었던, 그리고 가장 하고 싶었던 한마디를 뱉었다.

"내가… 삼류 무사가 되었다는 걸 말이오."

부스럭.

전각에서 흙먼지가 떨어져 내렸다. 지은 지 오래된 것이라 보수가 필요한 상태인가 보다.

"웃으시오, 젠장. 마음껏 비웃어도 좋은데 제발 남에게 입방아는 찧지 마시오."

부친의 손에 끌려와서 재수 옴 붙은 걸 티라도 내듯 관물대를 차지했다는 얘기를 일 다경에 걸쳐 이은 그가 느닷없이 벌떡 일어섰다.

"여름도 아닌데 볕이 제법 따가운걸?"

양광을 받아내는 그의 얼굴도 봄 햇살만큼은 아니지만 적당한 여유로움을 되찾고 있었다.

"어쨌든 재미없는 신세타령을 끝까지 들어줘서 고맙소. 노인은 그저 뚱뚱한 게 아니라 마음도 넉넉한 것이 틀림없으니 본인의 체형에 그리 열등감을 가질 건 없소. 그렇지만 무병장수가 꿈이라면 적당한 운동으로 지방을 줄이는 것도 괜찮으리라고 보오."

투두두둑─

전각에서 아까보다 조금 더 많은 양의 흙먼지가 떨어졌다. 확실히 이곳은 보수가 필요한가 보다.

"어? 화났소? 그런 뜻이 아니었는데… 좋소. 노인의 기분을 상하게 하려는 건 아니었으므로 내가 인심 한번 쓰리다. 앞으로 노인이 어떤 부탁을 하든지 내 한 번은 들어주겠소. 그리고 그곳은 기녀들의 탈의실도 아니고 재물이 숨겨져 있는 창고도 아니니까 노인 같은 사람이 관심 가질 건 아무것도 없는데 뭐 하러 그런 힘든 자세로 매달려 있는 거요? 하긴 뭐, 내가 상관할 일은 아니지만, 인연이 있으면 또 봅시다."

손을 한번 흔들고 휘적휘적 장츠삼이 사라졌을 때 전각에서 또 무언가가 떨어져 내렸다.

흙먼지가 아닌 실체감. 사람이었다. 아무것도 없었는데 난데없이 나타난 것같이 뚱뚱한 노인 하나가 지면에 내려선 것이다.

"허, 노부더러 대놓고 뚱뚱하다고 하는 녀석이 있다니!"

계양이었다.

◇ **제7장**
우건

우건

기분이 꿀꿀할 땐 술이 최고다. 남성들의 영원한 연인이자 결혼한 여인에게 일생의 숙적이라고 불리는 술은 인류가 발명해 낸 축복이자 저주이기도 하다.

아침, 저녁, 심지어는 잠자리까지도 꼭 둘이 마실 때는 서로의 마음 깊은 곳까지 보여주는 촉매저로 제 몸을 아낌없이 바치고 셋 이상의 자리에선 자칫 산만해지는 분위기를 붙여주는 아교와도 같다. 조사(弔事)가 있을 때면 눈물만큼 진한 향기로 아픈 이의 가슴을 보듬어 안고 경사(敬事)에서는 그 능력을 십이분 발휘하여 축하하는 이나 축복받는 이의 마음을 하나로 엮어주니 이보다 아름다우며 이보다 질긴 끈이 어디 있으랴!

하나 앞서의 얘기는 모두 적당한 정도의 음주 상태에서 받는 축복이고 그것이 도를 넘어서게 되면 문제는 달라진다. 일개인의 파멸은 물론 한 가정, 세가, 나아가서 국가의 반석마저도 스스로는 움직이지도 못하는 술의 과용에 따라 흔들리니 어찌 경계하지 않고 어찌 두려워하지 않으랴? 금강수라신을 익혀 도검이 불침하는 외공을 지닌 자라 하더라도 술독에 절어 몇 년을 보내면 저잣거리의 불량배가 날린 일 수에도 내상을 입게 되고 불괴연혼을 이루어 만독이 두렵지 않은 자라도 하릴없이 술창고만 헤매고 다닌다면 얼마 안 가 이삼 일 지난 음식 따위를 먹고는 식중독에 걸려 의원을 찾게 되니 무형지독이라도 이보다 두려울까?

다행히 장추삼은 술을 즐기나 과하지 않고 술자리를 좋아하는 만큼 주정부리는 사람을 싫어했다. 꼴불견인 남자 중에 일 순위를 꼽으라면 단연 주정 부리는 사내이리라.

"주문 먼저 하겠어?"

"예, 오늘은 저 혼자 마실 거니까요."

"혼자라구?"

노칠은 믿을 수 없다는 표정으로 장추삼을 쳐다보았다. 전 같으면 혼자서 마시는 술은 독이라고 혼이라도 내겠지만 지금의 장추삼에겐 왠지 어려운 그였다.

"취직… 잘 안됐나?"

장추삼이 빙긋 웃었다.

"그럴 리가요. 든든한 뒤가 있는데. 너무 잘 돼서 축하주 하는 거예요."

정말 변해도 많이 변했다. 주문을 넘기면서 노칠은 구석 자리에 조용히 앉아 있는 그를 다시 한 번 돌아보았다. 시끄러운 주위와 칼로 자른 듯 구분지어지는 장추삼의 탁자는 그늘지어 있었고 소리조차 막혀 있는 듯했다.

'예전이라면 동네방네 떠들고 그것도 모자라 한 무리 이끌고 들어와서 노래 부르고 마셨을 텐데.'

노칠은 자신의 기분을 스스로도 이해하지 못했다. 칠공토혈 시절의 장추삼은 통제 불능의 망나니까지는 아니더라도 봉황루에서 가장 시끄러운 고객 중의 하나였고 그 때문에 골머리를 썩은 것이 한두 번이 아니었거늘, 지금처럼 변한 그의 모습에 의당 박수라도 쳐야 마땅하거늘 어쩐 일인지 한구석이 아련히 저리는 건 왜일까!

안주로 나온 돼지고기 볶음은 돼지고기가 구 할 이상 함유된 진짜 '돼지고기 볶음'이었다. 봉황루의 식단에 올라 있는 그것과 질이 전혀 다른 노칠식 특제 돼지고기 볶음인 것이다. 노칠의 세심한 배려에 흐뭇해하며 고기 한 점을 입에 넣고 우물거렸다.

'그래, 이 맛이야.'

칠 년 동안 변한 건 아무것도 없었다. 봉황루의 취객도 여전히 유쾌한 대소와 왁자지껄함으로 점소이들의 발걸음을 재촉하고 그들 입에서 씹히는 음식의 맛도 다름이 없으리라. 세월의 흐름에 따라 옷을 바꿔 입은 친구들이지만 본질은 변하지 않았다. 조명산이 고서점을 한다고 해도 그는 조명산이고 하대보가 비단을 판다고 해서 하대보가 아니진 않은 것이니까.

'무엇이 이렇게 답답한 걸까?'

아까 도둑 흉내 내던 돼지 노인에게 푸념을 늘어놓았을 때만 해도 기분이 나아지려나 했는데 집으로 돌아오면서 다시 엉망이 되었다.

'왜 사부는 내게 사기를 친 걸까. 하기야 처음부터 삼류라고 했으면

경로 사상이고 뭐고 간에 때려눕히고라도 도망쳤겠지만.'

그 눈, 소림의 정문에서 열심히 감자바위를 먹이고 있을 때 홀연히 나타나 자신을 바라보던 아이 같은 눈망울에 빨려들었던 자신을 후회한 적은 한 번도 없었다. 그저…

'한 일 년 정도 지나고 그냥 사실대로 말해 주었더라도…….'

어차피 반신반의였다.

'당금 무림의 최고수라는 적미천존도 이길 수 있나요?' 했을 때 숨한 번 쉬지 않고 '그럼!' 이라는 답변을 하는 사람은 미친 쪽이거나 은거 초기인일 거라고 판단했었는데 한 가지를 빼먹었었다.

사기꾼도 그럴 거라는 걸.

죽엽청은 차가웠다. 차가와야 제 맛이 나는 게 정석이다. 병을 떠나 잔으로 향하는 투명한 술은 호리병 모양의 액체 중 한 부분을 차지하고 있었다는 것이 믿기지 않게 둥근 원통 모양으로의 변화를 보였다. 원통의 술잔을 들어 긴 타원형으로 옮겨 부으면 타원의 모습으로 화하겠고 다시 사각의 잔에 붓는다면 사각의 모양을 하겠지. 자의식이 없는 액체는 그렇게 사람이 옮기면 옮기는 대로 형태를 바꾸다가 결국엔 위장으로 들어가며 존재의 종말을 고할 것이다.

'그렇다면 나는…….'

한 번이라도 스스로 판단하여 타당한 일을 해보았을까? 장추삼의 꿈은 비교적 소박한 것이라 하겠다. 남들에게 무시받지 않는 위치에서 최소한의 문화 생활 이상을 누릴 정도의 돈을 가지고 살았으면 좋겠고 물론 결혼도 하고 싶었다. 되도록 이쁜 여자가 좋겠지만 우선은 부친도 고개를 끄덕일 수 있는 마음씨를 지닌 여자.

'자식은 몇이 좋을까? 아버지는 다다익선이라고 하시겠지.'

잠깐 동안 낯간지러운 상상을 하던 장추삼의 이마에 주름이 몇 줄 흘렀다.

'그 모든 걸 위해서… 나 자신부터 제자리를 찾아야지.'

단숨에 술을 한 잔 들이키고 입가를 소매로 문지르며 낮게 으르렁거렸다.

"육호 관물대? 엿이나 먹으라고 해."

저벅저벅—

"뭘 먹어? 엿?"

고개를 번쩍 드니 조명산이 싱글거리고 있었다.

"명산이구나. 밥먹으로 왔……?"

띠잉—!

'꽃미남이다!'

웃는 조명산 옆에 사람이 하나 서 있었다. 사람은 사람인데 사람 같지 않은 사람이.

꽃미남은 꽃미남대로 짜증이 났다.

'뭐야, 이 자식! 얼굴 닳으니까 그만 쳐다봐라.'

"청승맞게 혼자 술을… 뭐 안 좋은 일이라도 있었어?"

실쭉 웃으며 조명산이 맞은편 자리에 털썩 앉아 술 한 잔을 따라 마셨다.

"니 잔으로 마셔, 임마!"

장추삼이 조명산의 손에서 잔을 휙 뺏어 들자 꽃미남의 표정이 잠깐 변했다. 그러나 그건 처음부터 없었던 것처럼 빠르게 사라졌다.

"아직도 그 버릇을 안 고쳤구나. 여기~ 잔 하나 부탁해!"

손을 들어 점소이를 부르는 조명산을 무시하며 장추삼이 다시 한 잔을 들이켰다.

"버릇이 아니라 최소한의 주도(酒道)라는 거다. 근데 명산, 너 뭐 잊고 있는 거 없어?"

"에고!"

전낭을 두고 장보러 나온 아낙처럼 깜짝 놀란 조명산이 벌떡 일어나서 부산스레 떠들었다.

"우건 공자, 본의 아니게 실례를 범했구려. 이 친구가 늘상 얘기하던 장추삼이라는 내 죽마고우요. 추삼! 이분이 우리 서점 일을 맡아주시는 꽃… 아니, 우건 공자라네."

"우건이라고 합니다."

"장추삼이라고 하오."

꽃미남, 아니, 우건이라고 밝힌 청년은 그야말로 미남이었다. 피부는 무얼 먹고 자랐는지는 몰라도 뽀얀 우윳빛에 잡티 하나 섞이지 않았고 얼굴의 이목구비를 논한다면 점입가경이라는 말밖에 떠오르지 않았다. 초승달같이 곧고 가느다란 아미, 일부러 그리려고 해도 쉽게 뽑아내기 어려운 곡선을 이루고 있었고 남자의 눈이라고는 도저히 믿기 어려운 눈망울과 길게 뻗은 속눈썹, 적당한 크기로 솟아서 눈과 입의 조화를 보조하는 코의 모양새하며, 시원스레 나가다 위로 살짝 말려져 아름다움과 도도함을 수반하는 입술.

'뭐 이따위로 생긴 인간이 다 있어?'

자신을 미남의 표본으로 생각했기에 이런 식으로—그게 어디 남자라고 하겠는가!—생긴 제비형의 인물에 크나큰 반감부터 피어나는 장추삼이었다.

"듣던 대로 우 공자는 정말 자~알 생겼구려."

가는 말이 고와야 오는 말이 곱다!

"듣던 대로 장 공자는 눈꼬리의 고고함이 하늘을 찌를 듯하구려."

파직.

'이 자식이?'

'뭐 이딴 게 다 있어. 아유, 재수없어.'

둘의 눈에서 일섬광이 튀었다. 잘만하면 봉황루 하나 정도는 우습게 날려 버릴 정도의 위력의. 당황스러운 건 엄한 조명산이다.

"그, 그래, 주문부터 해야지? 우건 공자, 무얼 드시겠소? 나는 오늘따라 물고기가 굉장히 땡기는데, 녹두 활어 어떻소, 녹두 활어?"

건성으로 고개를 끄덕이는 우건을 일별하고 어떻게든 분위기를 바꿔볼 심산으로 조명산이 점소이를 크게 청했지만 둘의 시선은 여전히 방전하고 있었다.

"듣자하니 고서점엔 발길도 않던 청빈로 일대의 기녀들이 유행처럼 고서 한 권은 들고 있다고 하던데 이제야 그 이유를 알 것 같구려."

"흐흥, 듣자하니 이 동네 사람들은 유난히 개고기를 좋아해서 짖는 소리 한번 들은 적이 없었는데 요 며칠 새 어슬렁거리는 놈들이 많아서 의아해했는데 이제야 그 연유를 알 것 같구려."

"그게 무슨 말이야?"

먼저 발끈한 건 장추삼이었다.

"나도 모르지. 얼마 전에 개싸움의 귀재가 돌아왔다는 소문이 있었으니 놈들도 우두머리의 귀환 소식에 고무돼서 간덩이가 부었을 거라는 얘긴데 형장은 신경 쓸 것 없잖아? 왜, 뭐 찔리는 거라도 있어? 그리고……."

우건의 눈썹이 역팔 자를 그렸다.

"반말 쓰지 마시오. 어디서 초면에 반말이야, 반말이?"

"자, 자, 인사는 그쯤에서 해두고……."

조명산은 머리가 다 아플 지경이었다. 장추삼의 지랄맞은 성격이야 익히 알고 있던 사실이고 우건의 결벽에 가까운 쌀쌀맞음을 모르고 있는 건 아니었지만 양자의 대면이 이처럼 최악의 전개를 펼칠 것은 전혀 예상하지 못했던 엉뚱한 것이었으니까. 오히려 두 사람이 서로를 완전히 무시해서 말 한 마디 안 하는 삭막한 자리가 될까 염려했었는데.

장추삼식 표현을 빌리자면 '돌출 변수를 계산에 넣지 않은 결과' 라고나 할까?

"추삼! 너 오늘 내 잔 한번 받지 않았잖아?"

술을 따르며 조명산의 눈빛은 살의에 가까운 애원으로 장추삼을 옭매었다.

'끄응……!'

몇십 년을 함께 뒹군 친구의 마음도 헤아리지 못할 바보는 아니었기에 장추삼은 쓴 술을 털어놓는 것으로 발작을 대신했다. 겨우 진정시킨 망아지를 자극하는 건 천하의 돌머리나 하는 법. 고개를 돌리고 생각에 잠긴 장추삼과 고서점의 사람들은 얘기의 고리가 끊어져 별개의 사람들이 한 탁자에 앉아 식사를 하는 형태로 변했다.

'그래, 시간은 흘렀고 서로에게 중요한 가치란 건 변하기 나름이지.'

지금의 조명산에게 필요한 건 술 한잔 같이 마시고 시비 거는 옆 탁자의 파락호 패거리 수가 아무리 많아도 같이 싸워줄 친구가 아닐지도 모른다. 길거리에서 노상 방뇨를 하다 순라에게 들켜서 쫓길 때 개똥을 던지고 감자바위를 먹여서 약을 올리고 턱에 숨이 차도록 도망치며 낄낄거릴 친구가 아닐지도 모른다.

'영원토록 변하지 않는 최고의 가치란 게 있을까?'

창고 어디에 처박혀 있을지 모를 죽간을 은자로 바꿔주는 점원을 친구보다 우선시하는 조명산을 미워할 필요는 없다. 섭섭한 건 어쩔 도리가 없지만.

이제 왜 혼자 마시러 왔는지조차 까먹은 장추삼이 집에 가기엔 술도 아직 덜 돼서 혼자 홀짝거리며 둘이 하는 얘기를 무심히 듣고 있을 때 시령전의 복장을 한 무사가 그들의 탁자로 다가왔다.

"이보시오, 조 점주! 부탁한 일은 어찌 된 거요?"

눈에 띄게 위축된 조명산이 서둘러 자리에서 일어났다.

"추삼, 다음에 보세. 우 공자께도 작별을 고해야겠소, 내일 봅시다."

조명산과 무사가 봉황루를 나가자 아까의 숙적들만이 자리에 남았다. 이 차전이 벌어질 법도 한데 둘은 어색한 침묵으로 격전을 대신했다.

"한잔 더 하겠소?"

장추삼의 반응은 의외였다. 예전의 그라면 방금 전까지 싸우던—그게 말싸움이든, 뭐든—상대에게 어떤 결말도 없이 술을 청한다는 건 있을 수 없었다.

"큿! 내가 왜 당신과 술을……."

"윤 파파의 노상 객잔이라는 곳을 들어보았소?"

"글쎄, 내가 왜 당신과……."

"삶에 지치고 힘이 없을 때 그만한 장소는 없지, 음식도 맛있고."

"이보시오. 내 말을 좀……."

장추삼이 가만히 의자에서 일어나 우건을 향해 손을 내밀었다.

"목까지 숙여질 정도로 겹겹이 눌러쓴 그대의 탈, 한 번쯤 벗어보지 않겠소?"

'빌어먹을……'

죽어도 인정하기 싫었지만 무뢰배 같은 녀석의 말은 사실이었다. 솔직히 말해 조 점주가 여지껏 이런 근사한 장소를 한 번도 소개시켜 주지 않았다는 사실에 분노의 감정까지 들 정도로 윤 파파의 노상 객잔은 우건을 사로잡았다.

'젠장할……'

거기다 한 점 집어먹은 파전의 맛은 또 왜 이리 훌륭한 것인가? 비위생적으로 보이는 철판에서 아무렇게나 부쳐져서 나오는 것 같은데, 생긴 것 또한 여기저기 우그러들고 가장자리엔 돼지기름이 번들거려서 쳐다보기도 싫었는데.

"꽤… 맛있잖아?"

오물거리며 투덜거리고 우건은 모처럼 바빴다.

"마음에 드는 것 같아 다행이오."

"흥!"

턱을 받치고 싱긋 웃는 장추삼에게 콧방귀를 한 번 날리고 우건은 먹는 데 열중했다.

'저 녀석, 쳐다보기 뭐하게 웃고 있어.'

"삐친 거요?"

"흥!"

"그나저나 빈 접시에 젓가락은 왜 가져가는 거요? 놀라운 먹성이군."

‘이럴 수가……’

잡생각을 하다 보니 어느새 장정 머리보다 큰 파전 하나를 작살냈다! ‘안주가 없잖아? 에잇, 하나 더 시켜야겠군’ 하며 장추삼이 의자에서 일어나 허름한 조리대로 털레털레 가자 우건은 잽싸게 손거울을 꺼내 입 주위를 살폈다.

‘세상에……’

덕지덕지 묻은 돼지기름이라니! 자신이 생각해도 이상한 일이었다. 중원에 발을 디딘 지 벌써 일 년여. 크고 작은 사건들과 눈으로 보고도 믿지 못할 풍광들과 인물들을 접하게 되었지만 단연코 오늘 같은 기억은 없었다.

장추삼은 그저 술만 들이켰다. 손거울을 보다 우건이 화들짝 놀라 숨길 때도 무표정으로 술병과 안주를 내려놓았고 무슨 생각을 하는지 혼자말을 하다 웃다가 짜증내기도 하는 그를 무시라도 하듯 눈을 반쯤 감고 차곡차곡 입 안으로 털어 넣었다.

“어? 술이 없잖아? 장 형, 장 형! 술 떨어졌수다!”

우건의 혀는 많이 풀려 있었다.

“괜찮겠소?”

“그게 뭔 소리야? 우리 술 마시러 온 거 아니오?”

장추삼이 엷게 웃었다.

“일곱 병이 넘었는데… 여, 아니지 우 형이 혼자 마신 양이 말이오.”

“꺼떡없다구!”

오른팔을 굽혀 알통을 보이는 우건이었으나 상체는 흔들흔들, 발음은 꼬이고 있었다. 그래도 장추삼은 술을 가져다 주었다.

“이보시오, 장 형. 장 형은 왜 사시오?”

난감한 질문이었다. 장추삼의 고민도 비슷한 류의 것이 아니던가. 한심한 일이겠지만 뚜렷한 목적 의식을 가지고 살아가는 사람이 얼마나 있을까? 무림인들이라면 천하제일인을 꿈꾸겠고 관복을 입은 사람들은 재상 자리를 원할 것이다.

원하고 바라고 꿈꾸는 일은 누군들 못할까? 문제는 실체적인 접근 방법에 있을 것이다. 재상이니 천하제일인이니, 모두 한 분야의 최고를 말하는 것이고 자리가 하나이듯 앉을 사람도 하나로 정해져 있는데 바라는 이가 너무 많다. 청운의 꿈을 품고 검 자루를 쥐었던 인물이 몇 년이 지나 자신의 실태를 깨닫고 군소문파의 허드렛일을 한다고 해서 그가 살 가치를 잃어야 할까? 그 일이 비록 탕탕한 강호행도가 아니더라도 스스로의 삶에 부끄럼이 없다면 세인의 눈길과 자신의 열등감은 별개의 문제가 아닐까.

'열등감······.'

그것이 문제일 것이다.

"난 말이오······."

우건이 자신의 유년기를 펼쳐놓았다. 분명 특별한. 정신적으로나 물질적으로나 부족함이 없었지만 외부와는 철저히 차단된, 더 정확히 말해 차단될 외부마저 없는 이상한 유년기의 생활과 주위 여건들. 친혈육과 세가 사람들과 이따금 찾아오는 산새들, 나비와 호기심 많은 다람쥐나 여우 따위의 짐승들. 우상과도 같았던 그의 형님—이 부분에서 우건이 왜 버벅였는지 장추삼으로는 알 도리가 없었다—과 따사로운 할아버지와 잔소리꾼 아버지. 이백 명도 넘는 세가 식구들 중에서 자신을 이길 사람은 한 명도 없었다며 그가 멋쩍게 웃었을 때 장추삼은 미소의 저편을 들여다보았다.

'무엇이 그대를 옭아매고 있는 거지?'

계절이 바뀌듯 나이를 먹고 제법 철이 든 어느 날 아버지가 세가 사람들 모르게 심부름을 보냈을 때의 흥분, 첫 여행에의 설레임을 우건이 얘기할 땐 장추삼도 절로 미소 지었다. 너무 취해서 발음도 정확치 않은 얘기였지만 장추삼은 무던히도 참고 있었다.

"근데 말이오… 장 형, 그게 일개 심부름이 아니더라고. 무슨 말인지 알겠소, 알겠냐구? 끄윽, 다른 사람들 앞에서야 좋은 미소로 포장하고 기분 좋은 듯 지내지만 밤마다 찾아오는 정적과 '그 일'과 씨름을 하다 보면 어느새 날이 밝는다구. 요새 제대로 자본 적도 없단 말이야."

우건이 킥킥 웃었다.

"내가 왜 이래야 하지? 알아주는 사람도 없고 대가도 없으면서 잘못하면 목숨까지 걸어야 하는 일을 왜 해야 하냐구? 헤헤… 내가 바보라서 그런가? 아버지도 바보고 할아버지도 바보고 아직까지 사정을 모르는 오… 형도 바보고. 그래, 이따위 지겨운 얘기를 듣고 있는 장 형도 바보야. 헤헤헤……."

우건의 머리가 푹 꺾였다. 슬을 더 이상 이기지 못했으리라.

"이보시오, 우 형! 우 형!"

"응……."

'완전히 갔구만. 이거야 원… 업고 가는 수밖에.'

우건은 업힐 때의 충격인지 잠깐 움찔거렸다.

"으응… 우……."

"물 말이오?"

"유… 율법자 … 비천혈서……."

“뭐? 그게 무슨 말이야?”

“대란…….”

“이봐!”

그것으로 끝이었다.

우건은 깊은 잠으로 자신을 피신시켰다.

‘율법자(律法者)… 비천혈서(飛天血書)… 대란(大亂)……?’

대란은 뭔 말인지 알겠는데 앞서의 두 단어는 금시초문이었다. 이해 가능한 단어의 뜻 또한 매우 불쾌하지 않은가.

‘어쩐지…….’

못 들을 소리를 들은 것 같아 매우 찜찜해지는 장추삼이었다.

그로서는 모르는 게 당연했다. 비천혈서에 얽힌 사연을, 내용은 고사하고 표지도 본 적 없는 한 권의 책 때문에 벌어졌던 끔찍한 일들과 한때는 산동제일방이었던 어떤 문파의 비참한 몰락에 관해서 말이다. 그 모든 일들이 벌어졌던 삼십 년 전이라면 장추삼은 태어나지도 않았었으니까. 또한 그 사건이 몇몇의 인물들 이외에는 전혀 다른 사안으로 세인들의 뇌리 속에 남아 있으니까. 또한 그는 세 단어 중 하나를 언급한 사람이 또 하나 있었다는 걸 몰랐다. 석비를 부쉈는데 어찌 알겠는가.

지금 장추삼이 알 수 있는 것은 그저 우건의 엉덩이를 받치고 있는 손바닥에 꽤 훌륭한 감촉이 전달된다는 사실이었다.

‘정말로 가볍군. 원래 이런 건가?’

얼이 빠져 있었기 때문일까, 발 밑에 헤아리면서 걸을 정신이 없었을까? 순간적으로 발 밑에 무언가가 걸리고 몸이 기우뚱해지는 순간에야 야릇한 상상에서 퍼뜩 정신을 차리는 그였다.

“왓! 아얏!”

지면에 거의 머리가 닿는 순간이었고 양팔은 쓸 수가 없다. 오른손으로 지면을 짚는다면 넘어지는 것은 면하기야 하겠지만 중심을 잃은 상태였기에 옆으로 쏠린 우건은…지면으로 내동댕이쳐질 것이다.

‘그럴 수야 없지!’

순간적으로 장추삼의 다리가 하나 더 늘어났다. 물론 사람의 다리가 세 개일 리는 없으니까 그렇게 보였다는 얘기다. 지면과의 마찰이 불가피한 상황에서 그의 오른 다리가 앞으로 쭉 미끄러져 애초에 그러려고 했던 것처럼 양 다리를 벌리고 주저앉은 형국이 되었다. 다행히 업혀 있는 우건에게는 아무런 충격이 가지 않았고 규칙적인 숨소리도 변화가 없었다.

‘에구에구, 잘도 자는군. 방금 전에 무슨 일이 있었는지 알기나 하냐, 이 친구야.’

우건이 머물고 있다는 객잔은 청빈로와 민가의 경계에 있는 소해관이었기에 집으로 가는 장추삼도 어차피 지나쳐 가는 길목에 있었다. 업혀오는 우건을 보며 ‘세상에’를 연발하는 점소이를 무시하고 침상에 그를 내려놓고도 한동안 장추삼은 그대로 서 있었다.

창으로 스며드는 달빛이 우건의 꼴을 가만히 쓰다듬고 이따금 뒤척이는 그를 위로해 주었다. 어찌 브면 우건과 장추삼은 전혀 다른 인생을 사는 것이다. 전자는 하기 싫어도 해야만 하는 일이 있고 후자는 하려고는 하는데 해야 할 일이 없다.

‘나는 너무 먼 곳을 보고 있는 게 아닐까?’

답해줄 이도 없고 답도 없는 물음. 하기 싫은 일을 하는 우건과 할 일이 없는 장추삼, 누가 더 힘들까?

‘시간은 많다, 시간은…….’

살아온 날보다 살아갈 날이 많은 이들의 특권이라면 시행 착오를 감내해 주는 도전과 시간이 주어진다는 것이다. 그것이 비록 안개에 휩싸인 무엇이라고 해도 몸으로 부딪쳐 보면 알게 된다. 발생되는 손익을 계산해 볼 시간이 있으면 차라리 행동하는 게 나은 것이 젊음이다. 젊음은 경험이라는 방패가 없으니까.

피치 못할 싸움이라면 선빵이 최선이라고 거의 좌우명에 가깝게 확신하는 장추삼이지만 아무리 가도 안개밖에 없기에 지쳐 있는지도 모른다. 그렇지만 자신은 정말로 많이 찾았는가? 최선을 다했는가? 정답을 알기에 고개가 숙여지는 건 어쩔 도리가 없다. 문을 닫고 나가는 장추삼의 뒷등은 그래서 씁쓸했다. 애초부터 이 객방과 인연이 없었던 사람이었는데 그가 서 있던 창가는 든든한 석가래가 무너진 대전마냥 위태로운 정적을 유지했다.

꿈틀.

영겁처럼 닫혀 있을 것 같던 우건의 속눈썹이 경련을 일으키며 천천히 개화했다. 영롱한 검은 눈망울은 달빛을 받아 유등마저 숨죽인 어둠의 공간에서 다시없는 아름다움으로 초라한 객방을 수놓았다.

‘오늘의 일을 어떻게 받아들여야 하나…….’

크게 한 번 심호흡을 하고 오늘 있었던 그로서는 파격에 가까운 술자리를 조목조목 되짚어보기로 했다.

‘쓸데없었던 신경전… 윤 파파의 노상 객잔… 독했지만 계속 들어가던 화주… 가면… 장추삼…….’

뒤죽박죽의 정점엔 그놈이 있었다. 양양성 내에서는 천자님은 몰라도 신견용쟁은 안다는 신화—그 따위 신화가 어디 있나?—의 주인공 장유열의 삼남. 별반 무공도 없으면서 나이 열일곱에 그래도 이류급으로 분류되던 귀면창 종자후의 얼굴을 짓이겨 청빈로의 실질적 뒷골목을 주름잡았다던 개싸움의 천재. 오 년 전, 느닷없이 종이 한 장 달랑 남기고 사라졌다가 며칠 전에 귀향해 표사가 된 괴짜.

마음에 들지 않으면 그 사람이 공자님이라고 해도 말 한마디 하지 않는 더러운 성격의 표본이라고 들었었는데, 오늘의 그는 우건이 들어온 애기와는 차이가 있지 않은가. 아무리 술좌석이라고는 하지만 처음 우건에게 보였던 적의를 반 시진도 안 되어 이차를 제의하는 호의로 바꾼 저의가 무엇일까.

'혹시……?'

그건 말도 안 된다고 픽 웃어버렸다. 우건의 비밀은 제아무리 절정을 바라보는 고수라고 하더라도 눈치 채기 어려운 것이니까. 하긴 장추삼이 절정을 바라보는 초고수라면 사정은 달라지지만.

'말도 안 돼!

정말 말도 안 되는 애기다. 그자는 고작해야 삼류 정도의 무공을 익히고 있다면 성공일 것이다. 밋밋한 태양혈, 신경질적으로 올라간 눈꼬리 속에는 안광 비슷한 것도 밭하지 않는 눈동자가 들어 있었고 평범 그 자체를 발산하는 기태가 그자의 외양이다. 반박귀진? 웃기는 소리다.

남의 말하기 좋아하는 호사가들이 심심찮게 읊어대는 게 반박귀진인데, 반박귀진을 알고나 말하는 건지 모르겠고, 그런 경지에 이른 인물을 한 번만이라도 만나보고 입에 담는가 싶다. 뜻으로 풀자면 내공이 더할 곳 없이 오르고 무도의 가닥을 잡은 인물이 있어 겉으로 드러나는 모든 기도를 안으로 갈무리하는 경지다. 말이 좋아 반박귀진이지 자신이 발산하는 기를 통제한다는 게 가당키나 한가. 고로 장추삼이 반박귀진의 절정 고수랑은 무한한 거리가 있다는 등식이 성립된다.

그렇다면 '그 발'은 어떻게 설명해야 할까? 다리를 일자로 찢어서 땅바닥에 주저앉는 건 몇 달만 노력하면 누구나 할 수 있는 일이다. 운동 신경이 좋은 사람이라면 돌부리에 걸려 넘어지려 할 때라도 어떻게든 중심을 잡는 게 불가능한 것도 아니고 그것이 그리 희한한 일도 아니다.

그럼 넘어지며 보인 장추삼의 발 움직임을 할 수 있을까? 어려서 벌모세수의 복연을 얻고 나이 일곱부터 각파의 비전절예를 골라서 익혔던 자신이 그 정도쯤이야… 그 정도.

'아아…….'

우건은 고개를 저었다. 간단하다면 간단한 그 동작을 해낼 자신이 없다! 업힌 이에게 단 한 점의 진동도 없었다는 건 땅바닥을 차고 그 반발력으로 발을 뻗은 게 아니라는 건데.

한동안 멍청히 달을 바라보는 우건의 입에서 나직한 탄식이 터졌다.

"그자… 대체 뭐야?"

◇ 제8장
사슴 문양의 여인

사슴 문양의 여인

사발은 음식물을 담기 위해 만들어진 도구다. 당연하겠지만 물건을 담을 수 있는 면, 다시 말해 넓게 퍼진 면이 하늘을 향해 있고 툭 튀어나온 밑면이 바닥으로 있어야 그 기능을 실행하게 된다. 어디까지나 일반적으로.

장추삼은 사발 하나를 뚫어지게 바라보고 있었다. 그것은 엎어져 있다. 분명 잘못된 일인데 누구 하나 의아해하지도 않고 바로 세우려 하지 않는 걸 보면 사발의 안은 텅 비어 있기 때문에 쏟아질 것이 없나 보다. 그렇다면 이상한 것이 아무것도 들어 있지 않고 가치도 없어 보이는 사발이 엎어져 있는 것뿐인데 그것을 바라보는 사람들의 시선은 왜 이토록 야릇한 빛깔을 띠고 있는 것일까?

"빨리 열어!"

장추삼의 왼편에 서 있는 사나가 신경질적으로 소리쳤다. 그의 눈엔 핏발마저 서 있는 것으로 보아 며칠 밤은 족히 지새운 것 같았다. 턱의 수염은 며칠을 손보지 않아 삐죽삐죽 솟아 있었고 전표를 쥐고 있는 손이 떨리는 것은 어떤 흥분 때문이라기보다 수전증일 가능성이 높았다.

"잠깐 기다리세요, 황 대가. 이번엔 필승을 자신하시나 봐. 호호. 다른 분은 더 안 거실 건가요? 다시 말하지만 이번은 네 배 판이에요. 한 냥으로 넉 냥이 손에 들어와요."

그렇다!

이곳은 도박장이었다.

사발이 거꾸로 있어야 제 기능을 수행하는 곳. 제아무리 아름답고 현숙한 부인이 따끈한 밥에 반주 한잔으로 귀가를 기다리고 있더라도 한번 발을 잘못 들이면 수중의 돈이 한 푼도 남지 않을 때까지 머무는 곳. 질 것을 뻔히 알면서도 '이번만은' 이라는 마성의 속삭임에 이끌려 '한 번만 더' 를 외치다가 패가망신을 불러일으키는 곳.

그쯤만 해도 뭔가 음습한 내음이 코를 진동할 만한데 이곳, 지나치리만큼 호화롭고 야릇한 초재루(超財樓)는 주는 느낌부터 사람의 심정을 들뜨게 하는 무엇이 있었다.

엎어진 사발을 가느다란 손으로 살짝 쥐고 있는 여자 패주의 옷차림부터 다른 것이 원래는 궁장의였던 것을 오른쪽 어깨까지의 소매 부분과 접한 가슴 위쪽을 잘라내어 창기인지 패주인지 분간이 어려울 정도였다. 여인과 마주 보는 도박꾼들이 오른편으로 몰려 있는 것도 그런 이유가 크게 작용하리라. 그들의 충혈된 눈은 은자의 향방보다 여패주의 기형적으로 높이 솟은 가슴과 도드라져 옷 위로 선명히 드러나는 유실을 쫓고 있었다.

"다시 한 번 말씀드리지만, 가액 백 냥 이상의 승부에서 일곱 번을 계속 이기신 분과 오늘 밤…… 호호호."

단순한 말일수록 효과적일 경우가 있다. 하늘거리는 유등을 등지고 서 있는 그녀는 더 이상 여패주 같은 게 아니었다. 불끈 솟은 아래춤을 잡고 숨까지 헉헉대는 남정네들 위로 오연히 군림하는 여왕, 그것이었다.

사정은 다른 탁자들도 마찬가지인 게 뻔했다. 골패를 하는 이들도, 추전을 하는 이들의 언저리엔 늘 전문 도박꾼들이 입을 쩍 벌리고 순진하기만 한 한량들의 주머니춤과 전낭을 샅샅이 훑어 동전 일 문 남기지 않고 빨아먹기 마련이다.

'따분해 죽겠네…….'

도대체가 이런 분위기랑은 갖지 않는 장추삼이었다. 도박장을 찾았으면 의당 도박을 하기 위해 온 것이라고들 생각할는지 모르지단 그의 경우는 전혀 아니었다. 일단 그는 도박을 굉장히 싫어한다.

그것 달고 태어난 남자가 설마 하겠지만 정말로 장추삼은 도박을 싫어하고 심지어 이까지 가는 정도였다. 내기도 도박이라고 한다면 할 말 없지만 그가 도박이라고 간주하는 것은 '내기를 할 때 도구를 사용하는 모든 것'을 총칭하는 말이니 일리가 있기는 하다.

그는 사람을 만나기 위해 도박장에 온 것이다. 약속 시간보다 반 시진가량 일찍 왔기에 여기저기 기웃거리다 자기 가슴만한 사발을 가지고 한량들을 등치는 여패주의 손늘림에 홍미가 생겨 잠깐 앉았는데 이 여자가 여간 웃기는 게 아니었다. 엄청나게 현란한 기교로 주사위를 돌리고 사발을 탁 엎는 건 어디까지나 요식 행위임이 뻔했다. 오늘 밤이 어찌구 해서는 판돈을 가늠하여 열 냥 이하의 적은 판은 잃어주고 오십 냥이 넘는 큰판은 무조건 먹고 있는데 불쌍한 사내들은 뻔한 결말을 알면서도 취한 듯 손에서 전표를 뭉텅뭉텅 꺼내 드는 것 아닌가.

"오호호호, 황 대가 열 냥, 어머! 진 대인 오십 냥이요? 역시 진 대인은 뭐가 다르시다니까."

여패주는 들으라는 듯 큰 소리를 지르며 뚱뚱한 화의 중년인의 어깨를 쓰다듬었다. 그것이 기폭제였을까. 얼굴이 벌게진 사내들은 정신없이 판돈을 올렸고 여인은 입을 가리며 짤랑짤랑한 고소를 터뜨렸다.

'지금이군.'

순간 장추삼은 똑똑히 보았다. 오른손으로 입을 막으며 남은 왼손으로 사발에 '어떤 진동'을 주는 모습을. 여패주의 왼손은 누구도 알 수 없을 정도로 빠르게 색깔을 바꾸었다가 본래의 우윳빛으로 돌아왔는데 손등에 피어 오르는 사슴 문양만큼은 잊을 수 없으리만치 강렬한 것이었다.

"열어! 록미랑(鹿美娘), 어서 열라구!"

"난 내일 물건 대금까지 모조리 쑤셔 박았단 말야!"

사내들은 거의 제정신들이 아니었는데 록미랑이라 불리우는 여패주의 야릇한 행동과 가끔 발산하는 눈빛에 취한 것일지도 몰랐다.

"잠깐, 잠깐. 본래 도박은 여럿이 즐겨야 재미있는 것 아녜요? 근데 이분 소협은 네 판 동안 구경만 하셨어요."

록미랑의 시선이 장추삼에게 딱 멈췄다.

번쩍.

'어? 뭐야, 나도 사낸데 구경만 해서야······.'

주머니 속의 전낭을 꺼내 들던 장추삼이 갑자기 피식 웃었다.

"역시 난 관두겠소. 요즘 들어 재수가 내 재수가 아니라오. 이 사람

은 없는 셈치고 어서 패나 열어주시오. 저분들 숨이 턱까지 차 있지 않
소. 잘못하다 산송장 하나 치우게 생겼소만."

"그래그래, 어서 펴라!"

숨 넘어간다, 어쩐다 떠들어대자 록미랑도 어쩔 도리가 없는 듯 사
람들을 진정시켰다.

"이런 분위기에서는 열지 않을 거예요."

뚝.

단 한 마디로 왁자지껄하던 사내들의 입을 봉해 버린 록미랑이 말
잘 듣는 학동을 칭찬하듯 배시시 웃었다.

"예, 그러면……."

사내들의 시선은 탐욕과 기대의 광기로 얼룩져 여인의 왼손을 응시
했다. 이때 점원 차림의 사내가 장추삼에게 급히 뛰어왔다.

"삼가, 오셨습니다."

"음."

의자에서 벌떡 일어선 장추삼이 사내들에게 일일이 포권으로 양해
를 구했다. 그럴 것까지는 없었지만 어쨌든 자신 때문에 도박의 맥이
두 번이나 끊긴 것에 대한 사과였다.

"그럼 재미있게들 즐기시기 바라오. 소생은 일이 있어서 이만 물러
가야겠소이다."

"어마, 패도 구경하지 않고 그냥 가세요?"

록미랑이 붙잡았으나 그는 뒤로 손을 휘휘 저었다.

"난 답이 나온 문제를 들여다보는 성격이 아니라서."

착각이었을까, 록미랑의 두 눈에서 귀화 같은 안광이 발했던 것은.
그러나 그녀는 곧 깔깔거리며 장대를 휘어잡았다.

“그럼 엽니다. 사와 삼! 어머, 이번엔 내가 이겼네요. 아이, 좋아라.”

사내들의 탄식과 록미랑의 교소가 뒤섞여 칙칙한 골방을 무겁게 짓눌렀다.

“저 여자 누구야?”

“누구?”

“패 돌리던 여자 말이다.”

“아, 록미랑 말씀이군요. 관심있으세요? 삼가께서 말만하신다면 제가 나서서…….”

꿍.

“헛소리 말고. 언제부터 왔으며, 전직은 뭐래?”

“아이고, 예. 이곳은 온 지는 열흘이 채 되지 않았고요, 전직은 떠돌이 도박꾼이라고 하던데요.”

“일개 떠돌이가 사람 홀리는 요상한 눈빛에다 무공까지 한다는 거야?”

“예?”

“아, 아니다. 어서 가자.”

주위를 두리번거리던 하대경은 장추삼이 문을 열고 들어서자 깜짝 놀랐다. 그가 장추삼을 찾아온 것은 어제 축시(丑時)가 다 돼서였다. 하대보가 무언가 전할 말이 있었나 싶었던 장추삼에게 볼일이 있는 건 자신이라고 하대경이 말했을 땐 분명 의외였고 흥미롭기까지 했었다.

“그래? 그럼 들어오너라.”

“저…….”

눈에 띄게 초조해하던 하대경은 뜻밖의 말을 꺼냈다.

"삼가, 이런 말이 정상적이지 않다는 건 알지만 누구도 방해받지 않고 엿들을 수도 없는 곳이 없을까요?"

"그게 무슨 말이냐? 나는 도통 이해가 가지 않는구나."

하대경의 얼굴은 간절한 것이었다. 고개를 한 번 갸웃거리고 장추삼이 탄식같이 한마디를 던졌다.

"눈치는 채고 있었지만 일이 이렇게까지 깊어진 줄은 몰랐다. 놀랐느냐? 나도 장님은 아니니 청빈로에 흐르는 괴이한 분위기를 알 만큼은 알고 있었다."

놀란 토끼눈의 하대경에게 그가 넉넉한 미소를 보내주었다.

"네가 무얼 그리 두려워하는지는 모르겠지만 그런 장소라면 괜찮은 곳이 있다. 내일 유시(酉時)에 거기서 만나기로 하자. 위치는……."

세 번이나 읍을 하고 뛰어가는 하대경에게서 장추삼이 느낀 것은 오직 한 단어, '소시민' 이라는 말이었다.

"삼가, 차가 다 식겠습니다."

"으응?"

어제 일을 반추하던 장추삼이 하대경의 말에 현실 세계로 복귀했다.

"그래, 너도 어서 들거라. 철관음같이 귀한 차는 아니지만 이곳의 차 맛도 괜찮을 거다."

둘은 아무 말 없이 차를 마셨다. 장추삼은 하대경이 입을 열기까지 기다리는 형편이었고 하대경은 난생처음 와보는 하오문의 암루(暗樓)에 아직 적응이 되지 않은 상태였다.

암루, 강호에서 가장 천시받는 하오문도들이 생계를 유지하기 위해 개설한 비과세 환락 소굴. 구성 인원 자체가 소비 업종에 종사하는 이들로 이루어졌다는 특성을 십분 이용하여 그이 제공 가능한 모든 쾌락을 몇 배의 은자와 맞바꾸는 곳이다. 해서 한번 발을 잘못 들인 한량들은 전답을 날리기 일쑤라고 생각되겠지만 그래도 이들은 상도덕이라는 게 있어 돈 없고 힘없는 사람들은 초반에 길을 들여 발을 끊게 한다. 그걸 일반인들은 알고나 있을까?

"왜, 낯설어서 그러느냐? 하지만 네가 말한 장소로 여기보다 나은 곳이 없으니 이해하거라."

"아이고, 아닙니다. 그런 건……."

하대경은 여러모로 그의 형과는 달랐다. 하대보가 글공부 싫어하고 놀기 좋아해서 건달패 짓거리나 하고 돌아다닐 때는 그는 열네 살이라는 나이에 포목점의 옷감 가격을 알고 있었으니까. 그래도 형이랍시고 하대보를 끔찍히도 아껴서 크고 작은 싸움이 났을 때 사건을 무마하려 동분서주하는 건 하대경 몫이었다.

"제가 어릴 적부터 삼가를 의지했던 것 아시죠?"

장추삼이 손을 휘휘 저었다.

"웬 뜬금없는 소리냐. 네가 금칠해 주지 않아도 오늘 저녁은 내가 사려고 했었다."

"저뿐 아니라 청빈로에서 장사하는 모든 사람들이 알게 모르게 형님들을 마음속으로 응원했었어요. 이건 진짜라구요!"

"도리에서 어긋나는 행동은 하지 않았었지만 그건 자랑거리가 아니다. 젊었을 때의 혈기로 벌인 바보짓이었어."

"아닙니다! 바보짓이라니요!"

소리 지른 게 무안했던지 하대경이 조그맣게 웅얼거렸다.

"우린 그런 바보짓이 필요하다구요."

마냥 웃던 장추삼의 얼굴이 굳어졌다.

"월영전대라는 놈들이냐?"

그의 눈이 기묘한 빛을 발하며 어깨와 골반뼈가 투둑 소리를 냈다.

'이, 이건 추삼이 형이 아니야.'

갑자기 변한 그의 기세에 숨조차 쉬기 힘든 하대경이 쥐어짜듯 대답했다.

"예……."

"그렇군, 그런 거였어."

픽 코웃음을 치며 모든 게 원상태로 돌아갔다.

"우습게 볼일이 아닙니다. 녀석들은 무림인들이라구요. 주먹으로 바위를 깨는 정도가 아니라 쓴바람만으로 가루로 만드는 걸 제 눈으로 똑똑히 보았습니다. 어쩌면……."

멍하니 천장을 응시하던 하대경이 한숨을 내쉬었다.

"그럼 나를 왜 찾아온 거지?"

우물쭈물 말을 못하는 하대경을 두고 장추삼이 의자에서 일어났다.

"신세타령이나 받아줄 만큼 한가하진 않아."

어차피 알고 있었고 예상도 하고 있던 얘기다. 하대경이 아니더라도 누군가 그를 찾아와서 할 법한 말이었고 언젠가는 나오리라 각오했던 바였다. 그러나 이런 식이라면 곤란하다. 지금의 장추삼은 어디까지나 실회조 소속의 기동 표사지 오 년 전의 청빈로 칠공토혈은 아니니까. 어깨를 떨고 있는 하대경을 두시하고 매정하게도 문고리를 쥐는 장추삼을 붙잡는 소리가 있었다.

"가지 마세요, 삼가!"

문고리를 잡은 채로 장추삼은 멈췄다.

“도와주세요! 이대로 가다간 모두가 끝장입니다! 흐흑.”

하대경은 울고 있었다.

“삼가 외엔 말할 곳도 없습니다. 도와주세요.”

장추삼의 입가에 가는 사선이 휙 그어졌다.

“내가 어쩌면 좋겠느냐.”

하대경은 그가 아는 한 가장 자애로운 미소를 보았다.

“그 자식 누구야?”

“누구……?”

“네가 안내했던 놈 말야!”

“아, 칠공토혈 말씀이시군요. 관심있으세요? 미랑께서 말만 하신다면 제가 나서서…….”

딱─

“잡소리 빼고… 이름이 뭐고, 뭐 하는 놈이야?”

“아이고, 예. 장추삼이라는 청빈로 뒷골목 패 중에 실력만으로 치면 최고의 싸움꾼인데 오 년 간 소식이 없다가 얼마 전에 와서 표사를 하고 있어요.”

‘일개 싸움꾼이 암영기(暗影氣)를 알아보고 차혼제안(借魂制眼)을 받아낸다?

“예?”

“너는 니 할 일이나 해!”

*　　　*　　　*

장추삼이 도박을 싫어하는 진짜 이유는 따로 있었다. 주사위니 죽패니, 하는 방식도 알고 해보기도 했었지만 어쨌든 도박이 싫은 건 어쩔 도리가 없다. 했다 하면 잃으니 누가 좋아하겠는가.

혼자 가게 일을 하는 형님이 눈에 밟혀 안절부절못하던 하대경이 가버리자 할 일이 없어진 그는 집어 돌아가 봐야 천장과 눈싸움을 하는 게 전부였기에 암루에 도박장에서 구경이나 하면서 시간을 뭉개고 있는 게 고작이었다.

'쯧쯔… 저래서야, 저렇게 감정 조정을 못하면서 도박은 무슨 도박!'

그렇다고 큰 소리로 도박 훈수를 하다간 맞아죽기 십상이라 그저 속으로 웅얼거리며 즐기는 수밖에 없었지만.

암루에서 최고의 수입원으로 각광받는 곳은 당연히 도박장이었다. 관아의 허락을 받고 영업을 하는 일반 도박장은 판돈도 적을 뿐 아니라 일정 가액 이상을 거는 건 철저히 금지되는 탓에 판의 규모나 성질상 하루 술값 정도가 고작인 심심풀이 수준이 되곤 하지만 사설 도박장은 그런 규칙 같은 게 없기 때문에 당연히 판돈의 제한 같은 것도 없고 판의 규모 또한 불리기 나름이라서 전답 몇십 마지기 정도는 예사로 오가곤 한다. 일반 서민들은 와봐야 한판 제대로 놀지도 못한다.

암루의 가장 중요한 사항은 첫째도 보안이요, 둘째도 보안이다. 보호받을 곳 없고 하소연 들어줄 이 없는 하오문도가 취할 방법은 트집거리를 남기지도 않고 잡히지도 않는 것. 만약 암루의 위치를 알게 되면 혹은 뒷돈을 바라거나 혹은 자신의 세력 하에 두려는 거대문파나 관의 위협을 받게 되고 결국 그 지역 암루는 문을 닫게 된다. 암루에 출입하는 이들도 돈이 좀 많다 뿐이지 권력이나 세력 같은 건 없는 일반 상인층이 주류라서 이곳을 찾는다는 사실이 알려질 경우 동종 계층에서 경원시되는 게 당연했기에 신분 노출을 꺼리게 되고 그러다 보니 암루 자체가 보안을 중요시하게 되는 것이다.

그럼 장추삼은? 물론 예외다. 양양성 제삼암루인 이곳에서 장추삼의 대우는 특급 수준이다. 본래 암루가 장터에 있으면 상인들을 위주로 장사를 하게 되고 번화가에 있으면 가게 주인들을 상대로 돈을 벌어들인다.

상인들은 이곳저곳 옮겨다니며 꽤 거친 생활을 하고 험한 일도 여러 차례 당해본 적이 있어 담이 크다면, 상대적으로 가게를 열고 장사를 하는 이들은 안정된 자리에서 수익을 올리는 게 삶의 방식이기 때문에 소란스럽거나 낯선 분위기를 싫어하고 무림인들을 꺼려한다. 가게에서 행패 부리는 이들 중 통제 불능의 말썽꾼들을 보면 열에 여덟은 강호인들이고 한 번 난동을 시작하면 소중한 장사 수단들이 박살남은 물론 그날 영업은 엉망이 돼버린다.

모순적이게도 그렇게 난동을 싫어하면서 자신들이 손님이 되면 그때부터 좀 전에 벌어졌던 일 같은 건 싹 잊는 게 인지상정인지 가게 주인들이 한번 난리를 칠 때면 시정잡배는 저리가라 할 정도로 돌변한다. 하오문에 무공을 익힌 이가 없는 건 아니지만 그들이 나서서 소란에 개입하지 못하는 것이, 기분이 틀어진 점주들은 다음부터 발을 딱 끊곤 한다. 시답잖은 어깨들은 안중에도 두지 않고…….

이럴 때가 칠공토혈이 빛을 발하는 순간이다. 청빈로 물을 먹는 이치고 장추삼의 대명(?)과 성격을 모르는 사람 없고 과격하긴 해도 사리에 맞는 행동을 인정하는 터라 웬만한 분쟁에 그가 나서서 해결되지 않는 경우가 없었다. 이래저래 제삼암루는 장추삼에게 빚이 있었고 돈

따위를 뜯거나 하는 치사한 짓거리를 하지 않는 모습에 암루 사람 모두가 호감을 가진 건 당연한 일이다.

판에 한 번도 끼지 않으면서 우과나 으적이며 도박장을 배회하는 장추삼의 모습은 그래서 낯선 광경이 아닌 것이다.

'오 년이 지났지만 달라진 게 하나도 없잖아? 하여간 도박판에서 인간성들이 드러난다니까.'

워낙 말이 없어서 벙어리란 호칭을 듣던 사람도, 고관들에게 굽신거리느라 갈대허리라고 불리던 보옥점주도, 사리분별이 명확하여 본의 아니게 판관이라는 별명을 얻은 도자기 판매상 전생도 이곳에선 소리 지르고, 어깨에 힘을 주며 이성을 잃게 된다.

'그나저나 이 영감탱이는 어디에 처박혀 있는 거야?'

개똥도 약에 쓸라치면 보기 힘들다! 제삼암루주 송요립은 늘 신분을 감추고 도박장을 휘저으며 다니는 게 일과인데 오늘따라 이 역소수염의 노인을 찾기 힘들다. 워낙 덩치가 작아서 사람들 틈에 파묻히면 좀체로 발견하기 어렵다는 특성상 각 판마다 일일이 사람들을 젖혀가며 확인해야만 했다. 장추삼이 열네 번째 탁자를 다 뒤지고 짜증성 한숨을 내쉴 때도 송요립을 발견하지 않았다면 소리소리를 질러 그의 정체를 밝혔을지도 몰랐다.

"뭐야? 거기 있었소?"

몇 가닥 없는 수염을 배배 꼬며 송요립이 싱글싱글거렸다.

"날 찾았나? 천하의 칠공토혈께서 어쩐 일로 나같이 별 볼일 없는 늙다리를 다 찾나. 해가 서쪽에서 뜰 일이구만."

자고로 노인들은 말이 길어지기 때문에 적당히 잘라줘야 한다.

"송 영감이 별 볼일 없다는 건 익히 알고 있었소. 그나마 한 가지라도 쓸모가 있어서 다행이지."

퉁명스러운 대꾸에도 여전히 싱글거리는 송요립이기에 붙은 별호도 상상소면(常常笑面)이다.

"끼끼, 맞아, 맞아! 한 가지라도 쓸모가 있어서 늘 하늘에 감사하는 마음으로 산다네. 세상엔 한 가지라도 쓸모가 없는 인간이 생각보다 많이 굴러다니거든. 그뿐인가? 되려 민폐를 끼치면서도 거리낄 게 없다는 얼굴을 하는 놈들도 다수 있다네. 이런 작자들은 한데 모아서 무인도로 보내야 해. 안 그런가?"

부탁을 하는 입장만 아니라면 이따위 넋두리를 끝가지 경청했을 리 없겠지만 아쉬운 소리를 해야겠기에 참고 다 들어주었다.

"나는 송 영감처럼 오지랖이 넓지 않은 관계로 현 세태의 정신적인 문제까지 관여할 생각은 없으니 그 딴 얘기는 딴 데 가서 하시오. 그나저나 이 장추삼이가 이곳에서 꽤 도움이 되긴 했었소?"

"물론이네. 새삼스럽게……."

말을 잘라야 한다!

"그럼 고맙겠구려?"

"글쎄 그렇다니까. 근데 왜……."

"많이 고맙소?"

"이봐, 이봐!"

상상소면이 무너졌다. 송요립의 눈가엔 더 이상 잔주름이 보기 좋게 흐르는 웃음도 없었고 입가에서 유유롭던 여유도 없었다.

"이 친구야, 하고 싶은 말을 해! 늙은이 속 터져서 죽는 꼴 보고 싶어 이러는 게야!"

이번엔 장추삼의 입가에 웃음이 옮겨갔다. 사람들은 모른다. 상상소면이라는 가면 뒤에 숨어 있는 송요립의 폭급한 성격을. 스쳐 가는 정도의 사이에서야 미륵보살만큼 속 좋아 보이는 그이지만 상상소면은 어디까지나 생존에의 가면이라는걸. 중인들 틈만 아니었다면 벌써 발작했을 송요립을 옆 눈가로 힐끔거리며 장추삼이 넌지시 한마디 했다.

"부탁할 게 하나 있는데……."

"말하게! 뭐든 들어줄 테니, 말하라구!"

"어렵지 않을까? 송 영감의 능력이 아무리 뛰어나도 이건 꽤 힘든 일이거든."

결정타였다!

"그런 걱정은 내가 할 일이야! 말이나 하라구! 뭐야!"

장추삼은 터져 나오는 웃음을 참기에 바빴다.

'으이구, 영감. 단순하기는.'

밥은 다 됐다. 좋은 화력으로 불을 쓰고 뜸까지 확실하게 들였다. 예쁘게 퍼서 상에 올리기만 하면 된다.

"내 송 영감의 간단명료한 성격을 생각해서 단도직입적으로 말하겠소."

그것이 비꼬는 말인지도 모르고 열심히 고개를 주억거리는 송요립이었다. 자신의 손바닥을 가지고 와 거기에 뭐라고 썼을 때도 표정은 변하지 않았었다. 그래서 장추삼은 다시 한 번 송요립의 손바닥에 네 글자를 써주었다.

파르르―

바람 한 점 없는 도박장이거늘 송요립의 염소수염이 세차게 떨렸다.

"자, 자네……."

난처하기 이를 데 없다. 홧김에 해버린 말을 생각하면 거절에 '거
자만 뱉어도 얼굴에 똥칠하게 생겼고 들어주자니 위험하다.

'끄응, 교활한 녀석. 사방에 덫이란 덫은 다 쳐놓고 저런 천연덕스런
얼굴이라니.'

"왜? 겁나시오? 관둡시다, 관둬. 안 해도 괜……."

"해!"

*　　　*　　　*

정보 수집이라는 말을 듣는 순간 무인들은 조건 반사적으로 개방이
란 단어가 떠오른다. 그렇긴 하다. '일반적'이라는 단서가 붙는 게 흠
이지만. 모인 게 거지들이다 보니 사람 수 많고, 빌어먹자니 필연적으
로 철면이라는 외공과 애성루라는 음공까지 익혀야 한다. 뿐인가? 특
별히 하는 일 없이 어슬렁거리다 보면 동네에 싸돌아다니는 강아지 머
릿수부터 뉘집 밥그릇은 몇 개니 할 정도니 이보다 훌륭한 조건은 없
을 것이다. 그래서 세상 돌아가는 일이나 무림 대소문파의 잡사 정도
는 입에서 술술 나오는 게 기본이긴 하다.

잡사(雜事) 정도는!

그런 거야 어떤 식으로든 유출되는 게 인간사겠지만 또한 절대로 다
가가선 안 되는 정보도 있다. 이면의 정보. 조직의 수뇌부 몇몇이 판단
하고 계획한 후에 실행에 옮기는 대외비. 이런 고급의 정보는 개방의 거
지들도 지붕 위의 닭 쳐다보는 개 신세일 뿐이다. 잠입한다면 모를까.

잠입……. 한 개방문도―사실 그냥 거지지만―가 모 문파의 담벼락에
딱 붙어서 주위를 두리번거리다가 달이 구름에 숨는 순간 누더기를 펄

럭이며 멋지게 담치기를 한다. 경신술 하나만큼은 일류인 그는 눈치 안 채도록 나무와 나무 사이를 널뛰며 빠르게 잠입한다. 호로병은 덜그럭거리면 안 되니까 왼손으로 꼭 쥐고서…….

어떤가? 그림이 영 이상하지 않은가? 그래서 음지의 정보 조직들이 판을 치는 것이다. 그들은 각 문파에의 잠입, 물건 탈취 따위와 관련된 일들만 학습한다. 문파 간의 분쟁 같은 데는 절대로 간여하지 않는다. 의뢰인과의 관계는 돈을 받는 순간 끝이다. 그들에게 정보란 돈이고 그 이상도 이하도 아니다. 그러나 정보가 생명인 조직도 있다. 시류에 부초처럼 이리저리 흘러야만 하는 신세, 특별히 강한 힘도 없고 조직원들도 하나같이 비천한 신분이라 명문대파나 거대사파의 정책 결정에 촉각을 곤두세울 수밖에 없는 문파.

바로 하오문이다. 변변한 전수무공 하나 없고 단 한 번이라도 당대의 십대 고수 같은 건 배출조차 꿈꿔본 적이 없는 이름만인 문파. 그래서 세인들의 눈치를 살피는 데는 그 어떤 조직보다 민감했던 그들. 이들의 정보력은 상상을 불허한다. 드러난 하오문도들, 기녀나 점소이, 날품 파는 총각들이 물어오는 정보도 여타의 그것과 다르게 순도 높은 품질을 보장하지만, 흑매(黑買)라 불리는 어둠의 하오문도들이 가져오는 것들은 비록 단편적인 것들이나 스무 명 이상의 정보를 모아보면 대외비 수준의 일급 비밀도 심심찮게 조합되는 경우가 많다. 자연히 흑매의 정체는 수면 아래로 가라앉아야 하고 철저한 점 조직으로 이루어져 있어 그들끼리도 서로를 몰라보는 경우가 태반이다.

제아무리 비밀스런 조직이라도 그들이 사람인 이상 사람의 손을 필요로 한다. 제아무리 철옹성이라도 잘만 찾으면 한두 군데 균열은 있다. 그것을 찾는 건 송요립의 몫으로 남겨두고 장추삼이 할 일은 따로 있었다.

"그래, 하긴 하겠어. 근데 추삼이, 설마 이 자식들과 한판 해보려는 건 아니겠지? 이놈들은 관에서도 건드리지 않는다고. 이놈들은 진짜 무림인이라구. 자네가 예전에 상대하던 파락호들과는 차원이 달라."

두 손을 교차시키며 만류하는 송요립의 말을 들을 거였다면 애초에 꺼내지도 않았을 것이다.

"송 영감은 맡은 일이나 잘 해주면 돼요. 삼 일 후라고 했으니 그때 유시에 봅시다. 부탁하오."

왼쪽 염소수염을 지그시 당겨주고 사라지는 장추삼을 바라보는 송요립의 얼굴은 상상소면으로 돌아와 있었으나 눈만은 웃지 않고 있었다.

◇ 제9장
배금성

배금성

"더워서 안 온다더니 표사 나으리께서 어인 일로 이런 누추한 곳에
다 행차하셨나?"

이른 아침에 밥 짓는 내음만큼이나 싱그러운 건 대장간에서 들리는
망치 소리일 게다. 출근길에 배금성의 대장간을 방문한 장추삼은 귀가
따가울 정도로 시끄러운 망치질이 왠지 정겨웠고 인부들의 한가운데
웃통을 벗어젖히고 불을 지피는 배금성의 모습에 절로 미소가 어렸다.

"글쎄 말이다. 표사 나으리는 대장간에 출입하지 말라는 법이 언제
생겼는지는 몰라도 네놈 볼려그 온 건 아니니까 걱정 말아라."

"아침은 먹은 거야?"

웃으며 장추삼이 도리질을 하자 배금성은 그를 대장간 뒤쪽의 행랑
채로 데려갔다. 배금성은 밥을 차려주었고 장추삼은 밥알 하나 남김없
이 먹어치웠다. 일각 동안 그들은 바라보고 먹기만 했을 뿐 단 한 마디

의 대화도 나누지 않았다.

"어, 좋다. 꺼윽~"

소리나게 밥공기를 내려놓던 장추삼이 그제야 자신을 주시하고 있는 배금성의 시선을 느끼고 흠칫했다.

"뭐야? 그 느끼한 눈빛의 의미를 밝혀라!"

그래도 한동안 시선을 거두지 않던 배금성이 피식 웃으며 일어섰다.

"아니, 아무것도……."

밥상을 들고 일어서며 나지막이 중얼거리는 소리를 장추삼도 들었는지는 알 길이 없다.

"이건 아예 괴물이 돼서 돌아왔잖아."

"뭐?"

"아냐. 혼자 말이야."

밥상을 내놓고 배금성이 들어왔을 때 장추삼은 허공에서 깔짝거리는 파리를 손으로 쫓는 데 열중하고 있었다. 이불 두 채와 장 하나. 책상과 밥상 겸용으로 쓰이는 탁자가 하나. 배금성의 수수한 성격을 말해 주는 한 단면이라고 할까.

"인간아, 아무리 돌볼 이 없는 노총각 신세라지만 방 꼴이 이게 뭐야?"

"어때서? 깨끗하고 좋잖아?"

"뭐? 깨끗하고 좋아? 으이구~"

가슴까지 콩콩치던 장추삼이 폭갈했다.

"이건 삭막이라고 하는 거야, 삭막! 알겠어? 깨끗한 것 좋아하네."

"용건이 뭐야?"

갑자기 화제를 바꾼 배금성의 말에 일순 장추삼이 당황했다.

"응?"

"밥술이나 얻어먹고 방에 대해 이러쿵저러쿵 잔소리나 하려고 꼭두새벽부터 날 찾아온 건 아닐 거 아냐. 용건이 뭐냐고."

"아! 용건!"

여전히 허공을 배회하는 파리를 눈으로 쫓으며 지나가는 투로 장추삼이 중얼거렸다.

"맡긴 거 찾아가려구."

"맡긴 거? 뭐?"

배금성은 고개를 갸웃거렸지만 얼른 생각나지 않았다.

"뭔데? 요즘 머리가 돌이 돼가는가 봐. 네녀석이 설마 돈 같은 걸 맡겼을 리는 없고… 아!"

퍼뜩 놀란 그가 장추삼을 돌아보았다.

"그래. 어서 줘."

둘 사이에 짧은 침묵이 흘렀다. 장추삼은 웃고 있었고 배금성은 그런 그를 멀거니 쳐다보는 정도였지만 시간이라도 정지한 듯 묘한 기운이 흘렀다.

"뭐 해? 아직 신참이라 지각하면 안 된다구."

설명하기 어려운 표정으로 머뭇거리던 배금성이 한숨을 한 번 쉬고 밖에 나갔다가 들어왔다. 그의 손엔 작은 꾸러미가 하나 들려 있었다.

"자!"

앉지도 않고 배금성이 던진 물건은 장갑 한 벌이었다. 온통 검은색의 장갑. 손가락의 둘째 마디부터 잘라서 손등과 바닥, 그리고 첫째 마디의 손가락만을 가려주는 장갑. 얼핏 보면 그저 평범한 장갑이지만 청빈로 사람치고 이것을 모르는 이는 아무도 없다. 질기디질긴 소가죽을 몇 번이고 약품 처리해서 만들고, 장추삼이 가장 좋아하는 검은색으로 물들인 검은 장갑의 의미를.

"아무리 오 년이나 지났지만 그래도 신화의 한 면을 장식한 너에게 시비를 걸다니, 그 간 큰 놈이 대체 누구냐?"

오랜만에 껴보는 장갑은 의외로 감촉이 마음에 들었다. 몇 번이고 주먹을 쥐었다 펴보던 장추삼이 만족의 미소를 지었다.

"아니, 이번엔 내가 시비를 걸 거다."

그의 눈은 파랗게 빛나고 있었다.

"뭐?"

장갑을 벗어 품에 챙긴 장추삼이 눈을 돌려 엉거주춤 서 있는 배금성을 바라보았다.

"아까부터 묻기만 하던데 이번엔 나도 하나 묻자."

확실히 얼마 전까지는, 정확히 오 년 전까지는 보여주지 못했던 표정이다. 얘기를 들어보기도 전인데 무언가 켕기는 기분이 드는 건 그의 온몸에서 발산되는 압박감이 아닐까.

"청빈로… 개판이던데 왜 가만히 있었어?"

긴장하던 배금성이 '뭐야, 그런 얘기야?' 라는 듯이 푸하 웃었다.

"야, 야, 힘이 없는 것도 죄냐? 녀석들은 무인들이라구. 오 년 전에도 제일 싸움을 못했던 내가 무슨 재주로……."

"배.금.성."

깍지 낀 손으로 코를 받치고 있던 장추삼이 바닥을 향해 있던 눈을 들지 않은 채로 친구의 이름을 불렀다. 나직하나 한 자 한 자 씹어뱉어진 단어들이 잘 갈린 칼날이 되어 주인에게로 돌아갔다.

"몰랐어… 예전엔 몰랐지. 내공을 가진 고수가 기운을 감추면 일개 싸움꾼으론 알 도리가 없거든. 당연하지. 모를 수밖에. 그런데!"

눈동자만 움직여 배금성을 올려보는 장추삼의 표정도 그리 밝은 건 아니었다. 감추어진 비밀을 밝혀낸 통쾌함도 없었다.

"이젠 아냐. 빌어먹을 눈과 감각이 그런 정도는 귀신같이 잡아내거든. 좋든 싫든 간에 본능적으로 느낀다는 거. 내 말이 무슨 뜻인지 알겠지?"

다시 한 번 침묵의 시간이 왔다. 그 말을 끝으로 눈을 내리깐 장추삼도 더 이상 얘기를 하지 않았고 배금성도 서 있는 그 자세로 망부석인 양 움직이지 않았다. 무엇이 이런 불편함을 가져오게 한 걸까? 장추삼은 잘못 생각하고 있었던 걸까? 서상의 모든 가치는 가변적일 수밖에 없는 건가. 변하지 않는 건 없다. 다 같이 조금씩 조금씩 앞으로 향하기 때문에 피차가 그것을 느끼지 못할 뿐.

'그래도……'

받아들이기 어려운 현실과 터무니없이 높기만 했던 이상에 그뇌할 시간도 없이 붕괴되어 버린 꿈의 슬픔을 주먹에 담아내던 유년기의 한 자락, 그 소중한 추억만큼은 변색되지 않기를 바랬는데. 누구에게나 말 못할 사정은 있다. 가장 친한 죽마고우라고 해도 밝힐 수 없는 부분이 있고 친구라는 이름으로 그런 걸 요구해서도 안 된다는 걸 모를 만큼 바보는 아니다.

'네가 무공을 숨겼다 해서 섭섭한 건 아니야. 그런 건 아무것도 아니지. 어떤 입장에 놓여 있는지도 모르는 너를 비난할 생각은 전혀 없다. 그래. 친구들이 당할 때도 나서지 못할 때의 심정을 나로서도 짐작이 가지 않아. 그렇지만……'

이런 감정에 이름을 붙인다면 뭐라고 해야 할까.

“참, 나 출근해야지. 젠장, 장갑만 받고 가려고 했는데…….”

서둘러 일어서는 장추삼의 어깨에 무언가 올라왔다. 배금성의 손이었다.

“할 말이 없구나, 네게…….”

“그럼 하지 마.”

장추삼도 그의 어깨에 손을 올렸다. 어깨동무가 된 것이다.

“언젠간 모든 걸 얘기할게. 아직은 때가 아니다.”

“기다리지.”

둘의 얼굴엔 서로에의 신뢰가 돌아왔다. 미소만큼이나 아름다운 믿음이.

“하나만 더 묻자.”

뚱한 표정이 되어버린 장추삼이 고개를 홰홰 저었다.

“너 어제 뭐 잘못 먹었어? 아님 문치(問癡)라는 병에라도 걸린 거야?”

아무리 그렇게 말해도 궁금한 건 궁금한 거라고 생각하는 사람에겐 씨알도 먹히지 않는 법이다.

“이건 진짜 궁금한 거야. 대답해 줄 거지.”

“질문 내용에 따라.”

그럼 됐다는 표정으로 배금성이 돌리지 않고 바로 대답했다.

“유람? 솔직히 말해라. 오 년 동안 뭐 했어?”

“아… 그거…….”

갑자기 당황하는 장추삼을 보며 통쾌하기까지 한 배금성이었다.

“ ‘아, 그거’가 아냐. 말해 봐. 뭘 하다 나타난 거야.”

“그게…….”

"피치 못할 사정이 있다면 말 안 해도 좋아… 그런 거야?"

"여름도 아닌데 왜 이렇게 덥냐?"

딴청을 부려봤자 독 안에 든 쥐꼴이다.

"흐음, 그런 건 아닌 게로군. 그럼 더 이상한데?"

턱까지 문지르는 연출을 보여주며 배금성이 던지는 의혹의 눈초리를 피할 곳이 없다는 걸 장추삼도 알았으나 어떻게든 구렁이 담 넘듯 슬쩍 지나치길 바라는 건 어쩔 도리가 없다. 그 창피한 얘기를 어떻게 하겠는가!

"나 정말 늦었다니까. 지각이라도 하면 네 녀석이 책임질 거야?"

"오라, 인간 장추삼이 웬 약한 모습? 니가 발악을 하면 할수록 회가 동하는 걸 모른단 말이냐?"

'찰거머리 같은 놈.'

오만상을 꾸긴 장추삼은 하필 이딴 놈에게 장갑을 맡겼을까 하고 자책을 했으나 이미 엎질러진 물이었다.

"에잇, 알았어. 알았다구! 다신 웃지 마!"

"웅! 웅!"

별빛같이 빛나는 눈동자라는 건 이럴 때 사용하는 표현일 것이다. 초롱초롱한 눈빛으로 마술사의 다음 마술을 기다리는 어린아이같이 흥미진진하게 그의 입을 쳐다보는 배금성을 보며 맥이 다 빠지는 장추삼이었다.

"별거 아냐. 한동안 거파(巨派)들에게 문전박대당하다 어떤 노인─ 제기… 사부는 사부지─을 만나서 무공을 익혔어. 됐냐?"

"문파의 이름은 뭔데?"

"몰라."

"음, 그럴 수도 있지. 명리를 초월한 사람이라면. 그럼 무공 명칭은
뭐냐?"

"삼류(三流)!"

"뭐?"

분명 이놈은 거짓을 말하느니 차라리 입을 다무는 것을 택하리라.
고로 지금 털어놓는 게 사실이라는 건데…….

"좋아, 그렇다고 하자. 네놈의 운동 신경이야 자타공인이니 말할 나
위 없고… 벌모세수는 받았어?"

"벌모세수? 푸하, 웃기지 마라. 사부 영감하고 손 한 번 잡은 적 없
구만 벌모세수? 개가 웃을 일이다."

킬킬거리는 장추삼을 보며 배금성은 점점 더 혼란스러워졌다.

"그럼 생사현관까지는 아니더라도 미세 혈관의 개관(開關)은 거쳤겠
지?"

"그런 거 하지 않았다니까! 무공을 배웠다니까 내가 무슨 절세기공
같은 걸 연성한 줄 아나본데 난 그저 주먹질, 발길질… 뭐, 그런 막싸
움을 익혔다구."

점점 알 수 없다.

"막싸움? 오 년씩이나 막싸움을?"

"응!"

"풋!"

저 당당한 얼굴을 보라. 거짓은 한 올도 찾을 길이 없잖은가.

"봐라, 웃지. 내 이래서 말 안 하려고 했었는데."

"아! 미안, 미안. 안 웃으려 했는데 네 표정이 너무 가관이라……."

웃음을 참느라 묘한 얼굴이 된 배금성을 무시하고 장추삼이 중얼거

렸다.

"제기, 이거만 익히면 무당 현판 정도는 우습게 내리네, 적미천존 정도는 똥강아지 다루듯 하네 했는데, 완전 사기였어, 사기!"

배금성의 표정이 서서히 풀려 정상이 되었다.

"그럼 네가 말한 대로 알량한 삼류 무공 가지고 월영전 애들하고 한 판 벌이겠다는 거야?"

"우와! 너 어떻게 알았어? 대장간 때려치고 돗자리 펴라!"

"배금성의 미간이 좁아졌다.

"이거… 희롱 맞지?"

대장간을 나서는 장추삼을 배웅하며 배금성이 한마디 던졌다.

"건투를 비네. 삼류 무사!"

장추삼이 주먹을 쥔 손을 쳐들었다.

"죽는다……."

그가 자꾸만 작아져서 까만 점이 되었다가 보이지 않을 때까지 배금성은 서 있었다.

슥—

바람 한 점 불지 않았는데도 파공음이 들리며 느닷없이 어떤 음성이 배금성의 고막에 이르렀다.

"월영전대에 조치를 취할까요?"

아무도 없는데 들리는 음성인데도 전혀 당황하지 않는 배금성의 뒷등은 장추삼과 떠들 때의 경망스러움 같은 건 어디에도 없었다.

"조치? 왜?"

"장 대협이 다치기라도……."

“쓸데없는 짓!”

배금성의 입가에 훈풍과도 같은 미소가 어렸다.

“월영전대에 관해 어떠한 행동도 하지 마라! 만약 나 몰래 어떤 장난을 치는 이가 있다면 각오하는 게 좋을 거야.”

“존명(尊命)!”

슉―

다시 한 번 파공성이 들리고 배금성은 진짜 혼자가 되었다.

“친구의 싸움은 끝까지 지켜봐 주는 거야. 어줍잖게 간섭하는 건 그에 대한 모독일 뿐…….”

◇ 제10장
파견 나갔던 세 명의 신상조회

<h1 style="text-align:center">파견 나갔던 세 명의 십삼조원</h1>

당연히 장추삼은 지각을 했다.

집법당주 철무웅에게 불려가 무려 반 시진 가량 잔소리를 듣고 영 기분이 아닌 그를 위로한답시고 고담이 슬슬 다가왔을 때도 솔직히 귀찮았으나 삼촌뻘의 그를 무시할 수도 없고 해서 그냥 놔뒀었다.

"호오… 그래서요?"

별 볼일 없어 보이는 털보의 얘기는 의외로 재미가 있었다! 사부 영감도 아는 것은 많아서 강호에 관한 여러 가지 얘기를 해주었지만 거의 고대에 가까운 옛 사건들의 나열이었고 일 년 만에 사부가 돌아간 이후로 동굴 속에서 보낸 오 년은 철창이 없어서 그렇지 감옥의 독방 생활보다 못했었고, 출동(出洞)을 한 이후로 엄청나게 변한 무림의 정세에 자연 깜깜했었는데 단 삼 일이지만 고담이 들려준 이야기가 그에겐 재미도 있었고 도움도 되는 알찬 시간인 것이다.

　"알 수 없는 것은 제아무리 흑월회가 사파 중에서 행세깨나 한다는 놈들로 이루어졌다고는 해도 감히 소림과 곤륜이라는 양대 최강 정파가 자리하는 하남에 근거를 둘 생각을 했다는 거야. 상식적으로 생각해 보게. 소나기 퍼부을 땐 우산이 있더라도 피해가는 게 사람인데, 흑월회에서 원숭이만큼만이라도 머리를 굴릴 줄 아는 자가 있다면 별로 볼 것도 없고 괴롭기만 한 하남에 본회(本會)를 설립할 생각을 했겠나구?"

　"과연……."

　"그건 그래. 무림태산 소림과 곤륜의 코앞에서 시위라도 하듯 떡하니 터를 잡은 걸 보면 무언가 단단히 믿는 구석이 있으니까 그러는 걸 거야."

　단사민이 거들고 나섰다. 현재 대기전에 있는 인원은 장추삼을 포함해서 모두 다섯. 파견지가 절강이라 쉽사리 왕복할 거리가 아니기 때문에 취직했을 때부터 파견 중이었던 세 명의 인물들은 일주일이 지났지만 '임무 완수'라는 짧은 글의 전서구만을 날리고 아직도 돌아오지 못했기 때문에 그는 그들 세 명과 상면조차 하지 못했다.

　"소림이야 속세에 관여하는 걸 극도로 싫어하니까 어떻게 넘어간다고 봐줘도 성격 폭급한 곤륜 도사들의 등살을 생각한다면 분명 이해하기 어려운 결정이야."

　풍부한 성량이면서도 낮은 저음. 사나이다운 음성이 단사민의 말을 받쳐 주었다. 사내치고 뾰족한 음성인 장추삼으로는 매우 부러운 성대의 소유자.

　"사마 대가의 말씀을 듣고 보니 더욱더 희한하네요."

단사민이 멋진 목소리의 사내에게 감탄을 했다. 전혀 감탄할 만한 것도 아니었는데. 사마검군(司馬劍君)! 지금은 파문당한 신세지단 한때 사천일검(四川一劍)이라는 별호를 가졌던 검객. 장추삼이 보기에도 썩 이나 괜찮은 사나이라 그가 줄창의 옷을 벗었다는 말을 들었을 때 '설마?'라고 혼자서 뇌까린 기억이 있다. 미남형은 아니지만 송충이처럼 짙은 눈썹에 우뚝하니 솟은 코, 선이 굵은 턱과 조화를 이룬 사내다움 입매를 싫어할 사람이 있을까.

'딱 도사감이야, 도사감!'

평상시엔 명상, 눈 뜨면 검로를 되짚어보는 게 일과의 거의 전부를 차지하는데도 지루해하거나 따분한 것 같지는 않으니 싫어도 하는 식의 수련은 아닐 터였다. 유일한 낙이라면 고담의 얘기를 듣는 것과 단사민의 대련 상대가 돼주는 것 정도? 이를테면 지금은 휴식 시간이라는 걸 게다.

"사마현제의 말이 맞지. 곤륜의 도사들처럼 융통성없으면서도 세사에 관심 많은 종족들이 흑월희를 놔둘 리 만무한 거였거든. 과거 하남에 터를 잡으려던 사마의 집단 중에 팔 할 이상이 곤륜의 돌도사들 성화에 못 이겨 지리멸렬 현판을 내렸었으니까. 한데……."

원래 중요 사항에서는 한 박자 쉬어가면 얘기의 감칠맛이 더해진다. 그래서 주루를 전전하며 구담(口談)으로 은전을 챙기는 변설자들은 얘기의 정점에서 꼭 물을 마시곤 하는 것이다. 듣는 사람으론 답답한 일이지만.

"왜 곤륜이 여태껏 가만히 있는 거지요? 예?"

침상이 삐걱일 정도로 고개를 쑥 내밀며 단사민이 앞으로 나섰다. 퉁퉁 불어 있던 장추삼도 얘기에 쑥 빠져서 철무웅 같은 오래전에 잊었고 사마검군의 늘 평온한 얼굴도 지금만큼은 어떤 기다림을 표출하고 있었으니 고담이 말을 잘하긴 잘하는 편인가 보다.

"어험! 험! 재촉하지 않아도 말할 때가 되면 말함세. 그보다도 자네들은 혹시 비천무서(飛天武書)라는 책에 대해 들어본 적이 있는가?"

'어?'

사마검군과 단사민이 고개를 갸웃거리고 있을 때 장추삼의 고개는 다른 의미로 기울었다.

'비슷한 걸 들은 것 같은데? 그게 어디지?'

"모두들 모르는 게 무리도 아니지. 달리 파천무서(破天武書)라고 불리우는 이 책의 존재를 아는 사람은 무림에서도 극소수에 불과하니까. 들리는 소문에 의하면 파천무서는 단지 이십 장에 불과한 양피지의 무서라고 하는데 믿을 수 없게도 그 스무 장의 양피지 안에는 정파의 태두라는 구파일방과 삼대세가, 그리고 사마거파 일곱 곳의 무공을 파훼하는 방법이 적혀 있다고 하는 거야. 한마디로 몇백 년의 역사를 자랑하는 정사의 최고 무학 스무 종이 단 한 권의 책에 의해 철저히 농락당하는 격이지."

단사민과 사마검군의 표정이 눈에 띄게 침중해졌다.

'내참, 파문당해도 혼은 점창을 보고 있다는 건가?'

괜히 난처한 건 고담이었다.

"소문이라니까, 소문. 아직까지 비천무서의 겉표지라도 본 사람이 없어. 그리고 내 생각에도 그런 게 가능할까 하고 생각되긴 해."

사마검군이 무겁게 고개를 끄덕였다. 고담이 들려주는 강호기사(江湖奇事)는 확인이 되지 않은 야사가 대부분이긴 하지만 그의 견식과 성격으로 보아 전혀 허황된 일들은 담지 않는 것 또한 사실이기에 마음이 편치 않은 것이다.

"고 형님의 말씀을 유언비어 정도로 들은 적은 한 번도 없지만 비천 무서라고 불린다는 책에 관해선 소문이 다소 과장되지 않았나 싶군요. 예를들어 갑(甲)이라는 문파의 무공을 파훼하려면 우선 그 문파의 무공을 아는 차원이 아니라 이해, 즉 완전히 자기 것으로 만들어야 합니다. 잘 아시겠지만……."

이번엔 사마검군이 뜸을 들였다. 그로서는 전각 내의 모든 사람들에게 자신의 얘기를 납득시키고 싶었다. 모두가 자신의 말자락 한 올 한 올까지 머리 속에 각인해 주었으면 했다.

"그래, 갑이라는 가정을 하면 이해가 어려울지도 모르겠군. 비록 파문당한 몸이지만 내가 몸담아봐서 가장 잘 알고 있는 점창파의 경우로 생각해 봐도 도무지 말이 안 되는 것이 아무리 초기재라 하더라도 사일검법(射日劍法)의 초석(礎石)이라고 하는 칠십이파검(七十二波劍)의 초입에 다다르는 데만 해도 십 년 이상의 고련이 필요하다는 건 주지의 사실이오. 뿐인가! 칠십이파검을 완전히 이해하는 데 다시 오 년…… 이것도 파훼를 염두하지 않고 그저 이해 수준을 요구했을 때의 기간이거든."

'어지간히 열받았구만, 이 아저씨.'

본래 점잖은 사람이 한번 돌면 물불을 가리지 않는다. 괜스레 끼어들었다간 뼈도 못 추릴 것 같은 분위기라 장추삼들은 찍소리도 못하고 듣고만 있었다.

"그뿐인가! 정수 중의 정수라는 사일검예의 완성? 손동작과 검로 가지고는 근처에도 다다르지 못한다는 깨달음의 무학에 완성이란 단어가 가당키나 하다고 생각하오?"

의식적인지 무의식인지 그가 장추삼을 향해 눈을 돌리자 기세에 눌린 장추삼은 바보같이 고개만 끄덕였다. 만족스런 반응에 한껏 자신감이 붙은 사마검군이 안정을 찾은 목소리로 가만히 말을 이었다.

"우리 점창만 해도 이럴진대……."

"우리 점창?"

열어논 문으로 한 사내가 들어왔다. 훌쩍 큰 키는 강시처럼 삐쩍 마른 몸매 덕에 한 자는 더 커 보였다. 쾡하니 들어간 눈과 대조적으로 도드라진 광대뼈는 보는 이로 하여금 섬뜩한 무엇을 느끼게 하는 사람.

"크크… 이상하지 않은가? 그렇지, 단 공자?"

"이익……!"

단사민이 주먹을 불끈 쥐고 일어서려 하자 사마검군이 손으로 그를 막았다.

"뭐요, 적괴. 시비를 걸고 싶다면 언제든지 환영이라고 얘기는 했을 텐데?"

"큭! 그게 중요한 건 아니지. 아까부터 당신이 하는 말을 들었는데 너무 자기중심적인 것 같아서 그래."

'저 강시 양반은 뭐가 또 불만인 거야?'

적괴(赤傀)!

장추삼에게는 그냥 송장같이 보여도 알고 보면 무림에서 가장 무서운 장법을 구사하는 열 명 중 하나. 떠돌이 낭인 생활에 지쳐 일 년 전 복룡표국에 몸을 담았다고는 하나 표국주 이효 이외에는 누구와도 정상적인 대화를 하지 않으며 늘 혼자인 사람.

"내가… 자기중심적이라고 했소?"

"큭! 비천무선가 뭔가에 어떤 내용이 수록되어 있는지는 관심없어.

구파일방이니 마도의 무공이 파훼당하든 뭐든 나랑은 상관없는 일이니까. 근데 그게 불가능하다는 얘기도 이해가 안 가.”

사마검군이 픽 웃었다. 염라수(閻羅手) 적괴는 자기 자신이 얼마나 자기중심적인 사고를 가지고 있는지 스스로 깨닫지 못하는 것 같았다.

“당신은 듣고 싶은 말만 골라들은 거요? 내가 분명히…….”

“들었어! 한때 사천일검의 말을 무시했을 리가 있나. 큭큭… 근데 말이야, 당신도 대가리가 석회질로 가득 찬 정파 놈들과 별반 다를 바가 없더군.”

“뭐요?”

“흥분하지 말고 내 말을 들어봐. 고 형이나 신참도… 이쁜 단 공자도 같이 말이야.”

같은 말을 해도 사람의 기분을 엉망으로 만드는 사람이 있다. 고담과 장추삼은 ‘강시 같은 녀석이 무슨 말을 하고 싶어서 이러나’ 하는 의아함으로 그를 주시했으나 단사민과 사마검군은 허튼소리라면 찢어 죽이기라도 할 기세로 적괴를 노려보고 있었다.

“왜 일대(一代)에 한한다고 단정하는 거지? 그런 기준은 누가 만든 거야? 사마검군 당신 아닌가?’

“뭐?”

“비천무선가의 저자 말이야. 잘났다는 정파의 무공이 그렇게 익히기 어려우면 그만큼의 시간을 들여 깨보려는 사람이 있을 수 있잖아. 그래도 몰라? 혼자서 어려우면 ‘어디까지 어떻게’ 라고 주석을 달고 다음 사람이 이어받고… 그럼 되는 거 아냐? 세상에 완벽한 게 어디 있어?”

꽝!

분명 가능한 얘기다. 그래도… 뭔가 걸린다.

“으음… 좋소, 당신의 말도 일리는 있소. 그렇지만 각 문파마다 비전의 절예가 있는 법이오. 무슨 말인지 알 거 아니오.”

“알아.”

무슨 말인지 아주 잘 안다는 식으로 적괴가 웃자 불안한 건 사마검군들이다.

“당신은 용을 잡는 법에 대해 생각해 봤나?”

“용? 그건 상상 속의 동물이잖아.”

장추삼이 맥빠진 음성으로 대답하자 적괴의 눈이 반짝 빛났다.

“맞아! 상상의 동물이기에 나타날 리 없으니까 누구도 잡으려 해본 적도 없고 잡을 방법도 생각한 적이 없는 거지. 다시 본론으로 들어가서 사일검법의 마지막 초식이라는 후예사일이 점창의 개파 이래 몇 명의 손에서 펼쳐졌다고 생각하나?”

‘호오!’

고담의 눈썹이 실룩 움직였다. 어쩌면 자신들은 적괴를 잘못 생각하고 있는지도 몰랐다.

“단 세 명이야. 믿기나? 오백칠십 년 이상의 역사를 자랑하는 점창에서 그 문파의 궁극을 본 이가 겨우 셋이라는 걸. 그나마 그들은 모두 삼백 년 전의 인물들이고 했어. 맞나, 사마검군?”

분했다. 흘릴 수만 있다면 피눈물이라도 토하고 싶건만……

“맞… 소.”

이제야 중인들은 적괴가 난데없이 용 얘기를 꺼낸 저의를 알게 되었다. 삼백 년 동안 한 번도 펼쳐지지 않은 무공과 입에서나 상상 속에서나 존재하는 용의 공통점을! 이 멋진 반전에 휘파람이라도 불고 싶었으나 사마검군의 침통한 표정에 장추삼은 입을 벌리는 것으로 감탄을 대신했다.

"염과수 적괴, 자네는 오늘 여러 번 나를 놀라게 하는군. 그리고 사마현제는 너무 억울해할 것 없어. 사정은 다른 파들도 마찬가지거든. 소림의 최후초식이라는 불법무한(佛法無限)이나 무당의 태극혜검(太極慧劍) 중 무극시생태극변(無極始生太極變)을 요 이삼백 년 간 구경한 이는 한 명도 없으니까."

고담이 중재에 나섰으나 무겁게 가라앉은 공기를 순환시키기엔 역부족이었다. 그래도 의문은 남는다. 대대로 문파 하나를 집중 공략한다고 해도 엄청난 시간이 소요될 텐데 무려 스무 개의 문파를 체계적으로 분석하려면……. 나름대로의 해답을 내리고 장추삼은 슬그머니 대기전을 나섰다.

"고정 관념이란 놈은 때론 독보다도 무서운 거란다."

문득 사부 생각이 난 건 왜일까?

'정파랑 무슨 원한이라도 있나? 사마검군을 몰아붙일 때 간간이 보이던 조소는 증오 그 이상이던데.'

십삼조 대기전은 워낙 후미진 곳에 위치해서 붙은 별칭이 무인도지만 그만큼 인적이 끊겨서 한산하다는 얘기고 고요하다는 말도 된다. 무성한 나무들과 이름 모를 산새들의 지저귐 속에 낮잠이라도 청할라치면 세외 별천지에 와 있는 듯한 즐거운 착각마저 들 정도니까.

'정말 이곳에 지원하길 잘했어.'

보기 싫은 무당 족속은 그림자도 밟히지 않지, 주위 경관 수려하고 쉴 곳 많아서 유원지로 출근하는 기분이지, 일 또한 거의—장추삼이 지원한 이후 한 거라곤 출근해서 시간 때우는 게 전부였다—없어서 시간 넉넉하지. 말이야 바른 말로 이건 직장을 빙자한 거대세가의 식객 꼴 아닌가.

'뭐 어때, 싫어서 안 하는 것도 아니고 일거리가 없는 것뿐인데!'

십삼 대기전과 십이 대기전 사이에 열두 개 반의 계단으로 이루어져 있는 작은 길을 올라가면 꽤 그럴듯한 공터가 하나 있다. 반경 삼 장 정도인 이곳은 주위가 아름드리 소나무들로 병풍처럼 둘러쳐져 있어 연무하기에 적합한 곳이고, 독단적이라는 비판을 듣기도 했으나 실회 조원들이 거의 힘으로 정복해 논 영지 같은 성격의 장소라서 출입 또한 빈번한 곳이 아니다.

며칠 동안 빈둥거렸지만 오늘부터 슬슬 몸을 풀어둬야만 한다. 계단을 오르며 품에서 장갑을 꺼내 낀 장추삼이 양손을 꼭 쥐어보았다. 손가락과 장에서 서로 당겨주는 감촉!

'열여섯의 구월이었지…….'

십이 년 전의 가을이 생각난다. 유난히도 늦더위가 기승을 부려 구월임에도 대청마루에서 잠을 청하는 사람들이 여기저기 눈에 띄었던 뜨거운 수확의 계절이. 그때 이미 상대와 맞붙으면 선혈이 낭자할 정도로 박살을 내주어서 칠공토혈이란 별호를 얻고 있던 장추삼은 손에 피가 마를 날이 없었다.

빠르고 정확한 타격이긴 하나 공력이 실리지 않은 탓에 힘을 조절하는 법도 몰랐고 내상을 입혀 상대를 굴복시키는 것도 몰랐으니까 일단 시비가 붙으면 반쯤 죽을 때까지 치고 또 치고. 손등을 타고 흐르는 선혈의 양에 반비례되는 싸움의 목적. 모든 게 싫었고 전부를 부정하고만 싶었다.

확실한 날짜까지는 기억할 수 없는 구월의 중순, 청빈로를 걷고 있던 장추삼은 그보다 열 살은 더 먹어 보이는 건달 하나와 시비가 붙었다. 그를 잘 모르는 사람들은 장추삼이 자신을 노려본다고 생각한다. 눈꼬리가 그 모양으로 째졌으니 웃는들 곱게 보일까.

"왜 노려봐, 임마!"

칠 척이 넘는 거구라 해서 겁먹은 건 아니지만 대낮부터 싸우기 싫어서 장추삼이 외면하고 걸음을 옮길 때 투덜거린 건달의 한마디.

"싸가지없는 새끼… 다음번에 걸리면 죽는다."

"이봐, 덩어리… 주둥아리 청소 좀 하고 다녀."

빙글 몸을 돌린 장추삼이 실실 웃으며 길가에 구르는 돌멩이 하나를 툭 찼다. 눈이 왕방울만해진 건달이 기상천외한 육두문자의 구사로 제 입의 더러움을 과시하자 장추삼도 화답해 주었다.

"그러니까, 나랑 싸우자는 건가?"

건달이 비웃고 장추삼의 주걱이 허공을 갈랐다.

일각 뒤, 칠 척을 자랑하는 거한은 질긴 음식물을 분쇄할 도구를 영원히 잃게 되었다. 형편없이 얻어터진 거한이 청빈로를 양분한다는 두 건달 조직 중 혈랑회의 우두머리에게는 하나밖에 없는 동생이라는 건 장추삼에게 그리 중요한 사실은 아니었지만 핏빛 이리 떼의 생각은 달랐다.

이빨을 모조리 뽑히거나 결투? 당연히 장추삼은 결투를 택했다. 열여섯 명을 상대하기엔 열여섯이라는 나이가 공교롭구나, 식의 생각에 빠져 있던 그날 밤 하대보와 배근성이 찾아와서 불쑥 내민 것이 검은 장갑 한 켤레. 포목점을 운영하는 아버지를 졸라서 만 마리 중 하나라는 철우(鐵牛)의 질긴 가죽을 얻은 하대보와 그것을 받아 대장간 비기인 특수 약품으로 웬만한 칼날이 상할 정도의 처리를 해온 배금성, 아무 일도 안 했으니 이름이라도 맡겨 달라던 조명산.

"더 이상 네 손등에서 붉은색을 보고 싶지 않아!"

장갑을 쥐어주며 배금성이 말했을 때 하마터면 울 뻔했었다…….

옛 생각에 빠져 있던 그가 정신을 차리자 그곳은 열여섯 명의 혈랑과 만나기로 했던 갈미평이 아니라 십삼조 연무지라고 멋대로 이름 붙인 공터였다. 머리를 푸르르 흔들어 잡념을 떨치고 숨을 한번 고른 후 주먹을 내질렀다.

핏핏.

'소리 좋고.'

이번엔 발을 올려보았다.

슉― 슉―

'감각 좋고.'

한동안을 치고 내지르고 껑충 뛰니 적당한 땀과 근육의 이완이 느껴졌다. 늦봄이지만 산들바람이 솔솔 불어와 온몸의 끈적임을 막아주는 덕에 몸을 풀기엔 최적의 상태를 유지해 주었다.

"후욱, 후욱!"

거친 숨이 터져 나왔지만 손과 발은 움직임을 계속했다. 내공을 일으키지 않고 몸을 움직이면 힘이 들기는 하지만 감각을 되살리는 데 많은 도움이 된다. 대략 반 시진을 그렇게 보내고 나니 방탕했던 며칠간의 잔재가 어느 정도 빠져나가는 듯했다.

'좋아!'

갑자기 움직임을 멈춘 장추삼이 두 눈을 지그시 감았다.

"핫!"

두 주먹을 옆구리에 붙이고 기합을 내지르자 이상한 현상이 벌어졌다.

우두둑— 툭툭—

몸이 변화하고 있다!

겉으로는 드러나지 않았으나 그의 주요 관절 열세 군데에서 뼈가 어긋나는 소리가 들리며 보통의 인간과는 전혀 다른 신체로의 전환이 이루어졌다.

"한번 가볼까?"

그의 손이 일직선으로 한 번 뻗었다. 이번엔 왼손, 다시 오른손.

하품이라도 나올 것 같이 느린 지르기. 그러나!

슉슉슉—

슉슉!

점점 빨라지며 바람을 가르는 파공성도 두세 번의 지르기에 한 번 꼴로 들리는 건 단순한 착각인가.

'하! 좋군!'

통상적인 지르기는 앞 발을 한 번 내디디며 허리에 강한 회전을 주는 반동으로 어깨를 틀어치는 것이다. 발과 허리에서 생기는 힘을 효과적으로 사용하지 않는 지르기는 그만큼 위력이 떨어지기 마련이다. 그러나 장추삼의 지르기는 저게 과연 지르기가 맞을까 싶은 형태였다. 양 발을 땅에 붙이고 몸 전체는 가만히 있으면서 팔목 관절만을 이용해서 앞으로 주먹을 뻗는 것인데, 이래서는 상대에게 타격을 주기 어려울 것이다. 비록 최소한의 동작이라 적중률은 좋겠지만.

눈에 보이지 않을 정도로 쾌속한 지르기를 하던 장추삼이 두 손을 척 내렸다.

'후우~'

숨을 한 번 고른 장추삼의 눈이 매처럼 빛났다. 그리고……. 그의 앞에 무언가 스쳐 지나간 것 같은데 아무런 소리도 들리지 않은 걸 보면 아무것도 아니었나보다.

저벅저벅.

계단을 올라오는 소리를 듣고 장추삼이 고개를 돌리자 그곳엔 머리가 길고 키가 큰 청년이 무언가에 홀린 듯 눈을 크게 뜨고 서 있었다.

찌직―

갑자기 비단 찢어지는 소리가 들린 건 장추삼과 괴청년의 기묘한 상면 직후였다.

"이보시오, 이곳은 실회조의 연무터라는 걸 모르는 거요? 거기다 남의 연무 광경까지 훔쳐보는 건 무슨 악취미요?"

괴청년은 미남의 전형이었다. 아무렇게나 풀어헤쳐 왼쪽 절반을 가린 장발 옆으로 드러나는 반편의 얼굴은 사마검군의 사내다움과 단사민의 섬세함이 조화를 이룬 형태라고 할까? 무얼 보고 놀랐는지 치떠졌던 눈꺼풀이 정상적으로 내려앉자 그윽한 깊이까지 더해져 은연중에 사람을 기죽이는 풍모를 지닌 사나이.

"본의 아니게 귀하의 연무를 방해한 점 깊이 사과하오."

사내는 깊숙이 포권을 했다.

"알았으면 어서……."

말귀를 알아들었는지 사내가 저벅저벅 움직였다. 계단과 반대쪽으로.

'뭐야, 이 녀석. 단지 허우더만 멀쩡한 바보인가?'

무시당한 장추삼이 고개를 획 들려 사내의 뒷등을 바라보았다. 호리호리한 것 같으면서도 잘 정제된 근육이 검은 장삼 속에 실룩실룩 꿈틀거리는 것 같았지만 그런 걸로 얼어붙을 그가 아니다.

"이봐, 내 말을……."

"신입인가?"

걸음을 옮기면서 사내가 물었다.

"뭐?"

"나이도 어린 후배에게 반말까지 들어야 하나?"

여전히 걸으며 사내가 뇌까린 말에 장추삼은 말문이 막혔다. 후배라니… 아무리 강호에서 선, 후배 찾는 걸 좋아한다고 해도 생면부지 첫 대면에서 그런 말을 하는 건 명망 높은 노고수가 나이 어린 후배에게나 할 수 있을 것이다. 아니면 아는 사이라든지.

아니면…….

'파견 나갔다 온 십삼조원!'

싸늘한 기도를 풍기는 장발의 미청년은 절강으로 나갔던 세 경의 실회조원 중 한 명이 틀림없었다. 그렇다면 선배는 맞긴 맞지만 지가 언제 봤다고 나이 타령인가?

"이보쇼, 댁이……."

"장추삼. 이십팔 세. 사문이나 무공 같은 거 없음. 여자에게 차이고 가출 후 오 년 만에 귀향. 철무웅은 보기보다 입이 싸다."

'이… 찢어 죽일 털보!'

집법당주 철무웅과 첫 상면은 누가 봐도 좋은 건 아니었지만 그렇다고 삐죽이 털보가 이런 식으로 보복할지는 몰랐다. 그리고 저 사내, '여자에게 차이고'의 부분에서 준 강조의 의미가 뭔가? 뭐라 한마디 하지 않고는 못 살겠는데 장발 청년은 그마저도 허락하지 않았다.

"덧붙여 난 올해로 꼭 서른이다."

띵—

"씨앙!"

오랜만에 써보는 육두문자다. 기분 같아서는 이보다 몇십 배는 더한 욕을 하고 싶었지만 사회적 지위와 체면을 고려한다면 이 정도의 언어도 불가하다. 표사로 나이 스물여덟이면 많다고는 하기 어려우나 결코 적은 것도 아니다. 일례로 십삼 대기전과 가장 가까운 십이 대기조에서 스물여덟이면 중·상의 나이군에 속한다.

그런데 이게 뭔가. 오십을 훌떡 넘긴 고담은 논외로 치더라도 서른여섯 동년배의 사마검군과 적괴, 자칭삼십이라는 장발녀석까지! 귀염성이라곤 눈을 씻고 찾아봐도 없는 단사민이 스물이라는데. 실회조란 이름은 당장 갈아쳐야 한다. 경로조(敬老組)로! 연공 생각이 싹 가신 장추삼이 경로조가 어쩌구, 투덜거리며 계단을 내려가자 혼자 남겨진 장발 청년이 고개를 갸우뚱했다.

"무공 같은 게 없다?"

소리마저 제압하는 초쾌권(超快拳)을 구사하는 녀석이 무공도 사문도 없다? 두 번의 지르기. 한 번은 어찌어찌 막겠지만 만약 연환 공격이라면…… 장발 사내, 북궁단야가 아무도 없는 계단을 망연히 바라보았다.

'무공을 모른다… 저 녀석 대체 뭐야?'

‘오늘만큼은 절대, 기필코, 반드시, 무조건 조용히 집에 가서 밥 먹고 자야지!’

퇴근하며 장추삼은 어금니를 꼭 깨물고 굳게 다짐했다. 친구 녀석들을 만나게 되면 유혹에 넘어갈 확률이 높기 때문에 청빈대로를 가로지른다는 건 무리라고 판단하여 골목골목 미로처럼 얽혀져 있는 소로를 이용하기로 했다. 양이 있으면 음이 있다. 밝은 곳만 바라보는 사람에게 어두운 곳은 보이지도 않지만 그가 바라보든 보지 않든 음지는 음지대로 숨 쉬고 있다.

청빈로. 온갖 음식 내음과 기녀들의 웃음소리가 색색의 유등에 놀아나는 소비와 향락의 거리는 사람들의 눈과 귀를 멀게 할 만큼 휘황한 것이었지만 대로에서 몇 발자국 안쪽으로 들어가면 방금 전에 보았던 신천지를 싹 잊게 하는 정경을 목도하게 된다.

개방 소속이 아닌 진짜 거지들이 객잔이나 주루에서 버려지는 음식 찌꺼기를 뒤지는 광경 정도로 놀라선 안 된다. 한때 어떤 영화를 누렸는지는 모르지만 아무도 알아주는 이 없고 사고무친(四顧無親)의 늙은 퇴기들이 단돈 일 문에 쭈글쭈글한 하체를 내놓는 천막이 무심한 바람에 펄럭이고 더 이상 바느질할 곳이 없을 정도로 기워 입은 옷이 헤져 맨살을 드러낸 아이들이 흙탕물에 쪼그리고 앉아 못 먹어서 나온 배를 쓰다듬고 있는 곳.

굶주림과 절망과 한숨만이 맴돌아 희망의 싹 같은 건 자라기도 전에 뿌리째 뽑히는 건 이들이 단순히 가난해서가 아니다. 힘없이 처진 어깨, 적선을 바라듯 앞으로 내밀어진 손, 불안과 두려움만이 들어차 있는 눈동자……. 이들을 더 갈 곳 없는 수렁으로 몰아넣는 건 숙명처럼 주어진 가난이 아니다. 멸시와 동정으로 바라보는 주위의 시선도 아니다.

'눈에 힘을 줘! 세상을 똑바로 쏘아보라구! 으이구!'

일각도 못 버티고 그는 뒷골목을 빠져나왔다.

패배 의식이 뼛속까지 틀어박혀 흘러가는 대로 사는 인생을 마주 보자니 마음속에서 열불이 다 날 지경이었다.

'고작 몇 발자국인데……'

땅거미가 깔리는 청빈로. 저녁을 해결하려는 장사치들과 하나둘씩 불을 밝히는 유곽과 활기 넘치는 공기. 호객하러 나온 어린 점소이의 두 눈은 어쩌면 그가 안내하는 손님을 보고 있지 않은지도 모른다. 그의 밝은 목소리는 습관적인 아첨으로 대인이니 점주님이니 찾고 있지만 자존심도 숙인 건 아닐 터였다. 아주 작은 것에서 동일선상에 놓여 있던 두 인생이 바뀔 수 있으니까.

와글와글.

'여전히 봉황루는 장사가 잘되는군… 엥?'

봉황루 앞에서 사람들이 모여 있길래 줄 서 있다고 생각했었는데 중인들의 입을 보면 그런 게 아닌가 보다.

"어이구, 어쩌자구 저딴 흉험한 놈들하고 시비가 붙었대?"

"하여튼 하루를 그냥 넘어가질 않는군. 천자님께선 뭐 하시나, 저런 못된 놈들 잡아가지 않고."

'싸움이다, 일 대 다의!'

천지를 통틀어 재미있는 구경이 있으니 당사자로는 슬프나 보는 이에겐 웬만한 경극보다 흥미진진하다. 바로 불구경과 쌈구경일진데… 그중 첫째가 쌈구경이다. 재론의 여지가 없다.

"잠깐만, 잠깐만."

모래 파고드는 미꾸라지마냥 사람들 틈을 살살 헤집는 장추삼의 실력은 이런 짓을 한두 번 해가지고는 나올 수 없는 민첩함이었다. 몇 숨 들이키지도 않았는데 두툼한 인의 장막을 허물고, 그는 바라던 구경꾼의 맨 앞줄에 섰다.

'카아, 어서 싸워! 뭐야?'

일 대 다(一對多)는 일 대 다였는데 시시하게도 여자가 끼어 있다는 거다. 자고로 남녀의 싸움은 일 대 일이거나 일 대 다일 때가 재미있다. 후자(後者)의 경우엔 여자 쪽이 다에 속해야 함은 두말할 필요도 없다. 전자의 경우는 애정 싸움이니 쌍방이 주고받는 말 한마디 속에 들어 있는 가시가 별미요, 후자라면 술값이나 화대(花代) 문제일 경우인데 이 또한 각별한 재미가 있다. 근데 일 대 다에서 여자가 혼자라면? 백이면 백 불한당들의 행패가 분명하다. 이런 건 재미 적은 일이고 장추삼이 최고로 경멸하는 광경이다. 지금의 경우처럼!

'역시나……'

월영전대 놈들이다. 역겨운 헛바닥을 낼름거리며 다섯 놈이 여자 하나에게 언성을 높이고 있는 작자들은 하나같이 이마에 보름달 모양의 두건을 두르고 있었다.

"이봐, 본녀는 오늘 출장에서 막 돌아와 피곤해."

여자는 의외로 차분했다. 곰 같은 남정네 다섯이 둘러싼 형국이었건만 말소리 하나 흔들리지 않았다.

"출장? 호호… 무슨 출장인지 모르지만 본좌들에게도 출장 한번 안 올래?"

"그 행색에 출장이면 뭔지 알겠으니까 좋은 몸 썩히지 말고 어서 따라와라."

놈들이 수작을 걸기도 걸 만한 것이 여인은 대단했다. 무릎까지 옆으로 터진 치마 사이에 언뜻언뜻 비치는 각선미는 그야말로 예술이었고 타는 듯한 홍의 경장과 어울리는 궁장형(宮庄形) 머리와 삼십이 지나 농염함이 물씬 배어나는 얼굴은 사내들로 하여금 야릇한 상상을 절로 불러일으키기에 부족함이 없었다.

'록미랑이라는 여자 정도는 완전 명월 앞에 반딧불이잖아?'

압권은 단연 가슴. 색주가의 여자라 불려도 할 말이 없을 정도로 꼭 끼는 홍의(紅衣)는 그녀의 몸 굴곡을 여과없이 드러냈고 거대한 가슴도 예외는 아니었다.

'크다……'

장추삼만의 생각은 아닐 것이다. 요란한 몸매랑 목소리는 별개인가?

차분하면서 맑은 음성으로 여인은 사내들을 달랬다.

"오늘은 이럴 기분이 아니라니까. 내일 얘기하면 되잖아?"

홍의녀가 조금이라도 몸을 움직이면 따라 출렁이는 '그것들' 때문에 월영전대의 다섯 놈들은 이미 넋이 나가 있었다.

"에잇, 더 이상은 못 참아! 네년이 자초한 일이니까 원망 말아라!"

나설까 말까 하고 갈등하는 장추삼을 알아보는 이가 있었다.

"아니, 추삼이 아닌가?"

자신이 관장하는 음식점 앞에서의 소란이라 일찌감치 나와 있던 노칠이었다.

"자네가 좀 나서주게. 우리 가게 앞에서 이 무슨 추태란 말인가."

'지금은 때가 아닌데……'

장추삼이 머뭇거리자 노칠은 세월의 무상함보다 더 슬픈 현실에 답답했다.

"내게 힘만 있었어도…이보게 추삼이, 예전의 칠공토혈은 다 죽었나? 그런 거야? 복룡표국의 십삼조를 지원한 의기는 어디로 간 거냐구!"

감정이 복받쳐서인지 그의 마지막 말은 절규에 가까웠다.

'의기는 무슨… 그냥 깡이지.'

"뭐? 칠공토혈?"

"신견용쟁의 아들 말인가?"

실질적으로 장추삼의 얼굴을 아는 이는 그리 많지 않다. 워낙 뒷배경이 유명하고 싸움을 잘한다는 소문이 입에서 입으로 퍼지고 그 와중에서 다소 과장된 면이 없지 않아 본의 아닌 유명세를 타게 된 것이다. 때 아닌 구경꾼들의 웅성거림. 불의를 보고도 나서지 못하던 사람들은 이제야 구세주가 나타났다는 듯 서로 먼저 장추삼을 보려고 저마다 고개를 뺐다.

월영전대의 다섯 사나이도 구경꾼들의 반응에 적잖이 놀란 눈치였다. 맛이 갔던 표정들이 딱딱히 굳으며 경계 어린 눈초리로 화제의 주인공을 찾는 일방 '복룡표국' 이라는 무시할 수 없는 이름을 마음에서 지우려고 했다.

"풋!"

긴장하는 그들을 무시한 듯 홍의녀가 실소를 터뜨렸다.

"이봐, '본좌' 들. 복룡표국이 그렇게 무서워?"

"뭐라고, 이년이!?"

실소는 대소로 바뀌었다.

"아닌 척하려면 얼굴에 힘이나 빼라. 깔깔, 그럼 실회조가 무서워서 그래?"

“그런데 이것이!”

“잠깐만.”

홍의녀는 예쁘게 웃으며 사내들을 제지시키고 고개를 돌려 한 인물을 쫓았다.

“안녕? 후배.”

“옛!”

후배라니! 또 후배라니!

이빨이 다 드러날 정도로 질린 장추삼이 기겁을 했다.

그녀는 오른 눈을 찡긋 감고 자애로운 목소리로 비실거리는 장추삼을 달랬다.

“첫 대면이 좀 그러네. 우선 이것들부터 치워야겠지?”

핑.

‘사람 여럿 잡을 미소다!’

나름대로 여자에게 관심 끊었다고 자부했건만 현기증을 동반한 심장 울림이라니.

“앞에 서방을 다섯이나 세워두고 어따대고 사내질이냐.”

“사내질?”

장추삼에게 고개를 돌린 채로 홍의녀가 반문했다.

“사내질?”

홍의녀의 고개가 제자리로 돌아왔다.

‘헉!’

그녀의 음성은 완전히 변해 있었다. 칼밥 한두 해 먹은 것 가지고는 흉내도 낼 수 없는 으름장, 관록이란 이런 것일까?

“내 이제 뺨 한 대씩으로 너희의 무례를 징치하리니⋯⋯.”

무언가 잘못됐다고는 생각했지만 그래도 설마 하는 만용이 그들의 발목을 잡았다.

"뭐, 이년이 어디다 대고……."

홍의녀의 오른손이 쳐들려졌다. 그리고…….

딱!

"쿠엑!"

따귀 한 대를 맞았을 뿐인데 칠 척에 가까운 거한의 몸이 허공에서 몇 번을 회전하며 바닥으로 큰 포물선을 그리고 나동그라졌다.

"큭— 쿠에엑~억!"

목불인견!

그의 입에선 진홍색의 핏덩이와 찢어진 살점이 쉴 새 없이 흘러나왔고 그 가운데 드문드문 하얀 조각도 섞여 있었다.

"어… 어……."

"이빨이 부서진 거야! 세상에 따귀 한 방으로 이빨을 조각조각 부쉈다구!"

모인 구경꾼들은 도저히 받아들일 수 없는 현실이 눈앞에 펼쳐졌기에 혼란과 경악에 눌린 경악성으로 홍의녀를 바라보았다.

스르륵—

빙판에서 미끄러지듯 홍의녀는 방향을 바꾸어 한 발짝 물러서 있던 네 명의 앞의 다가섰다.

"이 아픔을 거울 삼아……."

낭랑한 목소리와 쳐들린 손!

"이, 이게……."

"죽인닷!"

따닥!

돌풍에 휩쓸린 가랑잎처럼 네 명의 사내는 순식간에 허공으로 날았다.

"부디 부끄러움 없는 삶이 되길."

낮고 조용하지만 그녀의 마지막 말을 또렷이 중인들의 귀에 파고들어 어떤 감흥을 불러일으켰다.

"저, 저 말투는……."

오봉루에서 일하는 점소이 하나가 문득 소리를 질렀다. 사람들의 시선이 일제히 그에게 쏠렸고, 그윽한 시선 하나도 그에 합류했다.

"만화… 선녀……."

'만화'라는 말을 하고 머뭇거리던 점소이 녀석이 '선녀'라는 말을 붙이기까지는 꽤 오랜 시간이 걸렸다.

"마, 만화선녀(萬花仙女) 당소소(唐素素)?"

"여중삼절의 수절 당소소?"

사람들이 지저귀기 시작하자 장추삼도 놀랐다.

'당소소… 실회조원 중 유일한 여성인 건 알았지만 그 당소소가 이 당소소로 연결시키진 못했는데…….'

일반적인 강호의 대소사는 귀 아플 정도로 들려주던 고담이 당소소의 얘기만 나오면 손을 휘휘 저었었다.

"직접 봐, 직접. 난 말하기 싫으니까."

당금 무림에 세 송이 꽃이 피었으니 일컬어 여중삼절(女中三絶)이라 하였다. 그녀들은 빼어난 외모를 지녔음에도 지분 냄새 풍기고 향낭

모으기보다 스스로의 발전에 젊음을 바쳤으니 세인들은 그녀들의 의기
와 무도를 사랑하는 마음을 기려 '인세불삼화(人世不三花)' 라며 아낌
없는 칭송을 보냈다.

그중 나이로 보나 경륜으로 보나 맏언니 격인 당소소는 유일하게 무
림 활동을 하는 여걸로서 '수절(手絶)' 이라는 칭호처럼 암기와 맨손박
투의 여중제일인을 의미한다. 그녀의 나이 십오 세 때 당문의 전통에
어긋나는 행동을 했다 하여 오 년 동안 징벌을 받았으나 타고난 성격
을 이기지 못하고 오빠인 현임 당가주 일전만리(一錢萬里) 당민과 의견
차이로 끝내 당문을 나왔다는 전설의 여걸.

그러나 당소소의 얘기를 하려면 아무도 없는 곳에서 읊는 게 낫다.
가문의 수치라고 생각하는 당문의 고수들은 그녀의 얘기가 남의 입에
서 나오는 걸 무척이나 싫어한다고 하니까.

사르륵—
경쾌한 옷감 소리와 함께 당소소가 장추삼 앞으로 미끄러져 왔다.
"그대가 장추삼? 철당주가 말한 인상하곤 차이가 있네?"
'찢어 죽일 털보 중년!'
철무웅이 도대체 뭐라고 입방아를 쪘으면 한 번도 본 적 없는 사람
의 인상이 어떻다는 말까지 나온단 말인가.
가식없는 미소, 예쁜 보조개 뒤로 무슨 생각을 하고 있는 알 길이 없
다. 그저 굉장한 미모의 기녀쯤으로 보이거늘.
'진짜 수절이 맞긴 맞는 거야?'
장추삼의 미심쩍은 눈길을 의식했음인지 특유의 짤랑짤랑한 교소를
터뜨리며 눈을 찡긋했다.

"오호호, 그대의 찐한 눈길에 몸 둘 바를 모르겠는걸? 하지만 꿈 깨! 그대랑 난 네 살이란 터울이 있거든."

어떤 사건(?)을 기대했던 중인들은 예상외의 시시한 결말과 여주인공의 기절할 만한 신분에 재미를 잃고 슬금슬금 자리를 비워 봉황루 앞은 오가는 행인들과 농지거리를 주고받는 두 남녀뿐이었다.

"사랑스런 후배와의 첫 대면이 요 모양 요 꼴로 끝난다면 당소소가 아니지. 자, 가자구!"

그녀가 장추삼의 팔을 덥석 잡아끌었다.

"어, 어디로 간다는 거요?"

당연하다는 듯한 대답.

"어디긴? 술집이지."

*　　　*　　　*

"아니라고 봅니다."

"아니긴 뭐가 아니야. 하 공자는 다 좋은데 사실을 인정하지 않는 나쁜 습관이 문제라구."

"그건 어디까지나 당 소저께서 과하게 생각하시는 거지요. 적성괴수(赤星傀手)란 자는 그리 호락호락한 상대가 아니었습니다. 비록 강호상에서는 그리 이름을 떨치진 못했지만 무공 수위만 놓고 본다면 무림 서열 일백 위권은 충분히 들 정도였어요."

"그런 자식이 북궁 공자의 일검을 받아내지 못해? 하 공자의 말대로라면 일백 위권의 인물을 단합으로 물리친 북궁 공자는 내일부터 만승 검존의 대를 이어야겠네?"

…장추삼은 소외되어 있었다.

어거지로 끌려 들어온 봉황루엔 선객(先客)이 있었고 그들이 자리에 앉자마자 시작된 토론에 장추삼이 끼어들 여지는 어디에도 없었다.

"저… 나는 그럼 이만 가도……."

"가긴 어딜 가! 자기까지 없으면 나 혼자 이 많은 술독을 비우라는 거야 뭐야?"

"무르면 되지 않소."

"물러? 내가? 술을?"

가당치도 않다는 듯 당소소가 코웃음을 쳤다.

"장 공자가 뭘 몰라도 한참을 모르나 본데……."

그녀는 화를 낼 때도 기쁠 때도 여전한 목소리였다. 낮고 축축한 음성을 듣노라면 흡사 연애라도 하는 듯한 느낌이니까.

'그럼 뭐 해, 뭐 아는 게 있어야 끼어들던지 하지.'

'심심해, 심심해'라고 입속에서만 웅얼거리는 것도 지겨웠던지 그가 택한 차선책은 술을 마시는 것이었다. 아무리 지루한 얘기라도 어느 정도 취하면 들을 만하지 않을까?

벌컥벌컥.

"아무리 젊다고 해도 그렇게 급히 마시면 속 버려. 안주도 좀 먹어야지."

당소소는 분명 특이한 여자였다. 무지막지한 공력은 둘째 치고라도 이만큼 오지랖이 넓은 사람이 얼마나 있을까. 입으로는 한 명의 사내와 토론을 바삐 나누면서도 장추삼을 챙기는 것 또한 잊지 않으니 사람은 역시 오래 살고 봐야 하나 보다. 술 두 항아리가 비워졌다. 그중

한 독 반은 장추삼이 마셨고. 시간이 반 시진도 지나지 않았다는 건 그의 주량으로 보아 어느 정도 취해야 정상인데…….

'제기, 한 잔이나 한 독 반이나!'

모르는 얘기라 외면하려고 했는데 귀가 보배인지 그럴려고 하면 할수록 두 남녀의 얘기가 귀에 쏙쏙 박혀 들어왔다.

"지금의 북궁 공자와 만승검존을 비교한다는 건 물론 말이 되지 않지만 또 압니까. 당년의 만승검존의 북궁 공자와 일 합을 겨룬다면 손해보는 사람이……."

"하 공자는 북궁 공자의 대변인 같군. 당년의 만승검존과의 비무라… 하긴, 그런 비약은 누군들 못하겠어? 어쨌든 북궁 공자의 검은 무섭지. 인정할 부분도 있고. 하지만 그의 검이 언제까지 중(重)의 요결만 쫓는다면 그는 절대로 원하는 것을 얻지 못할 거야."

"당 소저께선 검을 들어본 적이 없다고 하셨는데 검로에 관한 지식이 웬만한 검수들보다 낫군요. 아무리 모든 무학이 만류귀종을 따른다고는 해도 북궁 공자의 맹점을 짚으신 안목을 보아 검에 관한 체계적인 생각을 해보신 것 같은데……."

또 한 잔을 따라 입가에 가져가던 장추삼은 하마터면 잔을 떨어뜨릴 뻔했다. 언제나 똑같은 표정, 똑같은 음성의 그녀가 처음으로 어떤 '표정'을 지었기 때문이다.

그 '표정'은 너무 슬펐다.

"호호호, 정말 궁금한 건 하 공자야, 알아?"

짤랑짤랑한 교소와 함께 그 '표정'은 순식간에 사라졌다. 그가 혹시 헛것을 보았나 싶을 정도였다.

"세상을 다 속여도 나는 못 속이지. 암, 강호 칼밥이 몇 년짼데. 하

공자가 분명 무룡숙 출신이라고 했지? 오 년 전부터 단체 생활이 싫어 여기저기 돌아다녔다고 했고."

무룡숙(武龍宿).

정사가 불분명해진 작금, 무에 뜻을 둔 젊은이들을 소정의 심사만으로 선출하여 교육시키는 무림의 대학. 따로 졸업이라는 개념이 없어 하루를 머물든 십 년을 머물든 간에 신경을 쓰지 않는다 하여 혹자들은 여유숙(旅遊宿)이라고도 부른다. 이런 무룡숙의 학칙 탓에 명문정파의 부모들은 자제들이 행여 무룡숙에 갈까 문단속을 한다고 하여 또한 붙은 별칭이 금출숙(禁出宿)이니.

"정말로 무룡숙에서 이십삼 세까지 있었다구?"

그저 대화하듯 당소소가 물었고 하 공자란 사내도 지나가듯 대답했다.

"창피한 일이지만 사실인 걸 어쩌겠소? 의심나면 무룡숙에 물어보시구려."

"무룡숙에 물어보라……."

당소소가 어이없어할 만도 하다. 무룡숙에 생도에 관해 무언가 확인한다는 건 불가능한 일이다. 하르에도 수십 명이 들어오고 나가고, 그 안에서 뭘 하든 자유고, 실력이 느는지 퇴보하는지 등 일체를 수련생도 스스로에게 맡기는 완전 자율 상태에서 무얼 바라겠는가. 학적부는커녕 생도들끼리도 누가 와 있고 간밤에 누가 짐을 꾸렸는지도 모르는데 말이다.

"교활한 데가 있네. 하 공자도 많은 준비를 했는걸?"

집요한 공격이었지만 오관이 단정한 청년은 한 점의 흔들림도 보이지 않았다. 이로 미루어 하 공자라 불리는 청년의 수양은 무룡숙에서 얼치기로 무공을 배운 떠돌이의 수준은 아닌 것도 같은데 본인은 끝까지 무룡숙 출신이라니 어쩔 도리가 없다.

'한두 번 미세하게 눈동자가 흔들렸었다. 분명 무언가 걸리는 게 있다는 건데 놀랍게도 호흡은 절대 기복이 없다. 저자… 재미있군.'

장추삼이 재미있든 말든 청년은 죽을 맛이었다. 괜히 검로가 어쩌구 체계적인 생각이 어쩌구 했다가 이게 무슨 봉변인가.

'가만히 있었으면 중간은 하거늘… 하운아, 하운아, 너는 아직 멀었구나.'

오관단정한 청년은 다름 아닌 화산의 대제자 하운이었다.

하운이 그럼 왜 당소소와 신분까지 속여가며 술자리를 가졌을까? 한 잔도 마시지 않으면서.

'하여간 십삼조원 아니랄까 봐… 오전엔 냉기 풀풀 날리는 꺽다리에다 오후엔 세상 다 산 노처녀랑 바른 생활 사나이와 술자리란 건가!'

파견 나갔던 셋 중 마지막 한 명, 그가 바로 하운이었다.

장추삼의 눈에야 냉기 날리는 꺽다리, 세상 다 산 노처녀, 바른 생활 사나이 정도로 치부된 이들 셋이지만 무림의 내면적 비밀에 관해 알고 있는 노강호가 있어 이 세 명의 인물이 한솥밥을 먹고 있는 것을 보았다면 어떤 반응이 나올까? 거기에다 대기전을 지키고 있는 나머지 인물들마저 가세한다면……

"그래, 그래, 끝가지 잡아떼는 데야 나도 더 이상 추궁하고 싶진 않아. 하 공자의 전신에서 상승공부를 익혔던 기세가 있든, 검으로 말야,

도가적 냄새를 물씬 풍기든 어쨌든 본인이 아니라는 데야 할 말이 없지. 그런데 이상하지 않아?"

"당 소저께선 비약이 심하시군요. 그리고 뭐가 이상합니까?"

너털웃음을 지으며 하운이 반문했지만 그건 어디까지나 준비된 행동이었다. 그의 등 뒤로 흐르는 식은땀까지 뚫어볼 수 없는 당소소였기에 하운의 당혹감을 짐작하는 건 그 자신밖에 없었다. 아니, 한 명 더.

'전신 긴장도에서 지속적인 파동이 오는걸. 그렇다고 전혼 따위는 아닌 걸 보면 하운이라는 사람, 숨기는 게 있긴 있어.'

"안 이상해? 난 너무너무 이상해. 청해복룡표국이 호북성에서 최고의 성세를 자랑한다고는 해도 일개 표국일 뿐이야. 그런 곳에서 실물 탈취를 목적으로라는 이름 하에 제십삼조를 편성했지. 생각해 봐. 어떤 표국에서 이런 식의 전투 조직을 결성하겠어. 기본적으로 표국은 남의 물건을 운송한다는 특성상 표사를 선발할 때 무공보다 인물의 됨됨이와 출신을 따지는 게 상례인데, 십삼조를 결성하면서 발표한 조건을 보면 어느 사조직의 용병 선출 방식과 다를 게 없었어. 하기야 나도 그게 마음에 들어서 자원했지만."

여중삼절 중 맏언니 격이라는 당소소. 지닌 바 무공의 절반도 선보이지 않았다느니, 현 무림에서 일 대 일로 그녀를 이길 이는 신화 속의 절대오존을 제외하고는 열 손을 꼽기 어렵다느니…….

무수한 억측과 상상 속에서 진산절학을 보인 적 없다는 그녀였지만 한 가지 사실에서 당소소의 능력을 엿볼 수는 있다. 그녀는 실회조, 즉 제십삼조의 창설 인원 열여덟 중 한 명이었고 그중 현재까지 임무를 수행하는 두 명 중 한 명이라는 것이다.

또 하나, 그녀만의 독보적인 기록이 있으니 회수율 십 할, 완전한 성
공과 회수로(回收路) 사십한 번, 최다 출장 기록도 가지고 있으니 또 한
명의 원년 인원 고담의 열아홉 번과 비교도 안 되는 악전고투를 치렀
음을 반증한다.

'대단한 노처녀야. 이 정도면 전고(戰姑)라고 불려도 손색이 없지,
암. 가만?'

주지의 사실대로 '어쩌면' 이라는 단서가 붙긴 하지만 당소소는 여
중제일인에 가까운 절대고수다. 사마검군, 비록 지금은 파문당한 신세
지만 한때는 사천일검이라는 찬란한 외호와 기대를 받았던 무시 못할
검의 달인이다. 어리다고, 귀여운 인상과 치기 어린 행동만 보고 단사
민을 얕보다간 큰코다칠 게 뻔하다. 장추삼은 그의 왼뺨을 길게 가로
지르는 흉터에서 보다 은연중에 발산되는 예기에 깜짝 놀랐으니까. 적
괴는? 고담은? 얼음 덩어리는?

'세상에, 뭐야 이거… 이숙은 도대체 무슨 생각인 거야?'

그 말을 시원스레 대변해 주는 사람이 있었다.

"이제는 전통이 되어버린 조건들, 하 공자도 잘 알고 있지? 하나, 과
거를 묻지 않는다. 이력서는 쓰기 싫으면 안 써도 좋다. 하나, 지휘 계
통은 국주로 단일화한다. 국주 이외의 누구라도 십삼조원을 통제, 지
시하지 못한다."

"하나, 회수로 이외의 모든 시간은 십삼조원 자유다."

느닷없이 장추삼이 끼어들었다. 그로서는 가장 마음에 들었던 항목
이었으니까. 하운도 한마디 안 할 수 없는 상황이다.

"마지막 하나, 실회조원 파견은 십삼조원 자율 하에 둔다."

"봐, 용병이잖아. 강호에 용병 낭인조 빼고 이런 조직이 세상에 어딨

어? 이것도 자유, 저것도 자율, 오건 맘대로, 조건 멋대로. 근데 웃기는
건 실회조원들이야."

목이 타는지 술 한 잔을 시원스레 들이킨 당소소가 눈을 반짝 빛냈
다. 가만있어도 아름다운 그녀건만 술잔을 살짝 거머쥔 당소소의 자태
는 자극적 퇴폐미의 극치였다. 어떤 철담목심이 있어 그녀의 매력을
부정할까? 장추삼이야 여성 불신과 동굴 오 년의 본의 아닌 스행으로
그렇다 치더라도 그녀와 정면으로 마주 보며 눈길 한번 흘리지 않는
하운의 수양은 대단한 것임에 틀림없었다.

"삼 년 동안 수많은 실회조원들이 내 앞에 왔다 갔었지. 혹은 병신
이 되기도 하고 혹은 시체가 되어… 남은 건 나와 고 아저씨뿐이야. 그
때그때 부나방처럼 가입하는 조원들을 보며 축하주 한잔 안 사는 고
아저씨의 심정을 난 이해했었지. 그랬었어. 얼마 전까지만 해도 말이
야. 그럼 지금도 그러냐구? 천만에!"

어정쩡하게 얘기를 듣고 있던 장추삼을 재촉해서 빈 잔을 채운 당소
소가 잔을 한 번 빙글 돌리고는 탁자에 내려놨다.

"지금의 실회조원들을 봐! 이건 표국 수준이 아니라 전쟁 대행업 수
준이라구. 아니, 아니, 그 정도 가지고는 설명이 안 돼. 어떻게 말할
까… 그래! 실회조원 전부가 출동한다면 어떤 일이 벌어질 것 같아? 한
번 대답해 봐."

누구를 지칭한 건 아니지만 그녀의 시선은 하운에게로 향해 있었다.
문제는 그것에 관한 의문은 하운이 더하면 더했지 못할 것 없다는 사
실이다. 이 무지막지할 정도로 고강한 조직이 화산에 앙심을 품는다
면… 놀라운 자제력으로 표정 관리를 했지만 입술은 벌어지지 않는다.
당소소는 대답을 기대하지 않았다는 듯 바로 말을 이었다.

“얼마 전까지도 이 정도는 아니었지. 십삼조가 괴물처럼 강한 집단으로 변한 게 언제인 줄 알아? 한 달 전이야, 한 달 전.”

한 달 전 얼음 같은 미공자가 신입이라며 들어왔을 때 그녀는 가슴부터 철렁 내려앉았다. 이틀 후, 오관단정한 군자풍의 청년이 또 왔을 때 그녀의 머리는 터져 나갈 것 같았다. 말은 안 했지만 기존의 실회조원들도 그랬다.

“일 개인 일 개인이 웬만한 문파의 장로급 무공 소지자라…….”
갑자기 그녀가 말을 뚝 끊었다. 동시에 하운도 젓가락질을 멈췄다.

모든 일엔 예외가 있다!

그들의 시선이 약속이라도 한 듯 한곳에 멈췄다.
‘이런 제길!’
주목받는 것에도 종류가 있다. 찬사의 주목과 실수나 미안함 따위의 주목.
“어허험!”
이럴 땐 넉살이 상책이라 생각한 장추삼이 헛기침으로 상황을 때워보려 했다. 불쌍한 몸부림이었다.
“그래서 말인데…….”
“그게 말이오…….”
상황을 모면하려 했던 건 그들도 마찬가지였다. 그 결과는 합창이었다.

황량―

벼락같이 찾아든 정적은 봉황루의 구석진 자리를 강타했고 평소에 입심으로는 별반 꿀릴 일 없을 것 같은 세 명이었건만 앉은 채로 기절이라도 한 듯 아무 말도 하지 못했다. 손을 들면 만 송이의 꽃을 피워 낸다는 천하의 여걸 당소소지만 이럴 땐 그녀의 손은 아무런 도움이 되질 않았고 사람들은 아직 잘 도르지만 일검으로 태산을 가른다는 하운의 검도 전혀 쓸모가 없었다.

'뭐야, 이런 분위기.'

그렇다고 장추삼 본인이 나서는 것도 꼴이 우스울 거고…….

개중 노련한 당소소가 어렵사리 말문을 열어 쓸데없는 소리를 미주알고주알 늘어놨고 그런 거어 열심히 맞장구치는 하운의 노력은 눈물겨운 것이었으나 이미 식어버린 만두요, 주향 날아간 술 격이었다.

얼마 안 있어 시시하게 파한 술자리였기에 당소소와 하운은 성깔 꽤 있어 보이는 신입에게 미안했지단 그들은 그런 염려를 조금도 할 필요가 없었다.

'조금은 불편하고 조금은 어려운 술자리… 이런 게 동료와 마시는 술이라는 건가.'

장추삼은 나름대로 즐거웠었다.

끝내 다 비우진 못했지만 남은 술동이를 복룡표국까지 부득부득 가져가는 당소소의 의외의 여자다운 면을 본 장추삼이 '안주는 안 가져가오?' 하고 묻자, '고 아저씨가 누군데 안주 걱정은' 하며 그녀와 하운은 돌아갔다. 많이는 아니지만 급하게 비운 술잔이기에 어느 정도 얼큰해진 그의 앞을 한 남자가 툭 치며 지나갔다.

"뭐야, 똑똑히 보고……."

그의 장삼엔 정체 모를 두루마기 하나가 삐죽이 꽂혀 있었다.

＊　　　＊　　　＊

월영전대.

구성: 삼전 일객 일대주 총 삼십이 명.

소속 인원: 제일전주 도욱기 휘하 아홉의 삼류. 제이 전주 조태휘 휘하 아홉의 삼류. 제삼전주 장경욱 휘하 아홉의 삼류. 일객 마환장 모추. 사령 전대주.

특기 사항: 월영전대주는 누구인지 밝혀진 바 없음. 심지어 삼전의 전주들도 얼굴 한번 본 적 없다고 함. 모든 일을 수령이 처진 대주의 거처에서 음성만으로 지시. 그러나 무림십삼 중 한 명인 마환장을 객으로 거느릴 정도라면 경시할 수 없는 위치의 인물인 듯함.

주의 인물: 삼전의 소속 인원이라야 삼류에도 못 미치는 인물들이지만 전주들의 실력은 이류급 정도로 반 갑자 이상의 공력들을 갖춘 것으로 사료됨. 그러나 역시 마환장 모추가 월영전대의 전력 중 구 할 이상임은 두말할 필요 없음.

공략점: 월영전대주란 어쩌면 유명무실한 존재일지도 모름. 결론적으로 모추의 존재가 문제시되는데 다행히도 그는 이틀 후에 사천으로 나간다고 함.

…이하 건물들의 세부도 등은 별첨함.

추신: 추삼이! 자네가 정말로 그들과 한바탕 벌이려거든 마환장 모추가 자리를 비우고 나서 하게! 모추는 무림십장이자 강호오십대고수에 속하는 무림인으로 자네의 상대가 아닐세. 거듭 말하거니와 삼 일 후일세, 삼 일 후!

　건물의 세부도를 머리 속에 완전히 숙지하고 촛불에 두루마리를 태운 장추삼이 그들의 정보력과 추신까지 별첨한 상상소면 송요립에게 감사의 마음을 이렇게 표현했다.

　"시간이 별로 없군. 주인장 출타 후의 방문은 예의가 아니잖아."

◇ 제11장
아버지

아버지

출장 명령은 없었다!

어차피 실물이 있더라도 어떻거든 빠질 생각이었지만 하여튼 아무 일도 일어나지 않았고 십삼 대기전은 평소와는 다르게 시끌벅적했다. 재미있는 것은 불이 하나 들어오니까 거기에 발이라도 맞추듯이 얼음도 하나 들어왔다는 거다. 당소소가 이렇게 인기 좋은 여자인 줄은 전혀 예측한 적 없는 장추삼이기에 고담과 단사민의 활기를 지켜보노라니 헛웃음마저 나왔다.

시집간 딸내미가 떡두꺼비 같은 외손주를 안고 몇 년 만에 시댁에 들렀을 때 버선발로 뛰쳐나가는 시아비처럼, 술동이를 다섯 개나 지고 돌아온 당소소를 환대하는 고담의 눈에 작은 이슬까지 맺혔노라고 단사민이 어제저녁 일을 킬킬대며 즈절거렸지만 사정은 이놈도 별반 다를 게 없어 보였다. 별로 웃기지도 않는 그녀의 말에 연신 키득키득 웃는 건 그나마 봐줄 만한 정도였으니까. 당소소의 옆에 꼭 달라붙어 화장실 갈 때를 제외한 거의 모든 시간을 그녀와 함께 호흡하는 걸 보면 그녀가 며칠 더 지나서 왔다면 숨넘어가 죽었을지도 모를 일이었다. 잊혀지기 쉬운 하운을 가장 반갑게 맞은 건 사마검군이었다. 은연중에 서로가 통하는 것이 있음을 서로가 알아서일까?

'아무리 고수고 여중삼절이고 간에 이들도 역시 죽음이라는 단어 앞에선 자유롭지 못하구나.'

탄식과도 같은 장추삼의 생각은 어쩌면 당연한 게 아닐까?

'관두자. 오늘은 내 일만 생각해도 머리가 부숴지겠구먼!'

대기전은 오랜만에, 장추삼이 가입한 후 처음으로 결원 없는 상태였지만 현실적으론 두 명이 없었다. 북궁단야는 이르게 아침밥을 챙겨 먹고는 아무 말 없이 사라졌는데 갈 곳이야 공터가 뻔한 노릇이고 장추삼이 신경 쓸 일도 아니었지만 문제는 적괴가 안 보인다는 거다. 개똥도 약에 쓰려면 없다고, 평소엔 무던히도 들락날락거리던 그가 오늘따라 대기전엔 코빼기도 비치지 않았다. 아마도 '이 꼴이 뭐야!' 하며 그동안의 나태와 게으름을 반증하는 먼지와 냄새를 철저히 박멸하는 당소소의 성화를 알고 미리 피했으리라 짐작되는데 이 인간이 어디에 자빠져 있는지 알 길이 없다.

"이봐, 단 공자. 적 대협 못 봤어?"

"내가 그걸… 콜록, 어떻게 알아요!"

당소소를 따라 열심히 비질을 하며 단사민은 탱자탱자 전각 주위만 기웃거리는 장추삼을 흘겨봤다.

"어디서 적당히 뭉개고 있는 것 같은데… 혹시 적 대협 잘 가는 곳 알아?"

단사민이 고개를 휙 돌렸다.

"글쎄 모른다니까요! 저기 좀 봐요, 저기!"

그가 비를 들어 가리키는 곳엔 두 명의 남정네가 별로 안 좋은 얼굴로 걸레질을 하고 있었다.

"세상에 이래도 되는 거예요? 짬밥도 많고 나이도 많은 두 분도 저렇게 열심히 청소를 돕고 있는데 신입에다 나이도 어린 장 공자께서 주머니에 손 넣고 있어도 돼요?"

"관둬, 사민. 굳이 하기 싫은 사람의 손을 빌릴 정도로 일이 많은 것도 아닌데."

팔다리를 둥둥 걷어붙여 더 뇌쇄적인 당소소가 가볍게 만류하자 단사민은 입을 죽 내미는 수밖에.

'그나마 발발거리고 요기조기 돌아다니는 이 녀석도 모르면 그 강시 양반을 어디서 찾는다냐.'

꼭 필요한 건 아니다. 그저 한번 확인해 둘 필요는 있다고 생각해서 가벼운 마음으로 그를 찾기로 했는데 막상 보이질 않으니 왠지 절박해진다.

'별일은 아닌데……'

그렇다고 이제와 빗자루 들기도 멋쩍어서 털레털레 전각을 빠져나오는 장추삼의 뒤로 당소소가 한마디 해주었다.

"적괴는 대기전 위편의 야산을 잘 가니까 거길 한번 뒤져 보면 모르지."

고담과 사마검군의 부러움을 한몸에 받으며 장추삼이 야산을 향해 발길을 돌렸다.

*　　*　　*

"여기 계셨소? 한참을 찾았소이다."

"……."

"소요를 방해한 점 용서를 바라오이다. 그리고 이거……."

부스럭 부스럭.

"……!"

"오향밀전병하고 고려국 특산 오골계예요. 집법당 갈동이 가르쳐 주더군요. 다른 건 별로 입에 대지 않는다고……."

'사회 생활은 기막히게 할 놈이군.'

"그나저나 이곳 정말 명당이구려! 내가 봐둔 잠자리도 이곳만은 못 따르겠소. 은폐, 엄폐도 확실하고."

"용건이 뭔가?"

"아! 용건이요. 뭐, 특별한 건 없고 그냥 한 가지 물어보려고 왔소만."

"……."

"적 대협도 무림십장 중 한 분이니 같은 명성을 얻고 있는 사람들 중 마환장이란 별호를 사용하는 자에 대해 아리라고 보오."

"모추?"

"그렇소, 마환장 모추."

"……."

"그자에 대해 알고 싶소."

갸우뚱.

"자네완 상관없을 텐데."

"어쨌든!"

부스럭 부스럭 쩝쩝…….

'꿀걱!'

"모추라, 마환장 모추… 무서운 인물이지. 강호인들은 권과 장법을 가장 잘 쓴다는 열 명을 뭉뚱그려 무림십장이라고 일컫지만 속내를 알고 보면 그렇게 얘기하면 안 돼."

"그럼?"

"같은 십장의 인물들끼리도 무공의 깊이가 현저하거늘 어찌 동렬에 놓는 건지……."

"마환장은 어떻소?"

"이강 삼중 오약. 모추는 나와 함께 삼중에 속한다고 보면 돼. 현 무림에서 오십 위권 안에 드는 무서운 실력자지."

'하오문의 정보는 과연 정확하구나.'

"그렇다고 무슨 가공할 절대고수도 아니지."

"……?"

"그의 장법은 변화를 극에까지 끌어올려 환의 경지에 이르렀지만 그것으로 더 이상의 진전은 보이지 못했다는 거야."

"변환의 극이라……."

"클~ 남 얘기 할 게 아니지. 그자나 나나……."

"……."

"뭐, 더 남은 것 있나?"

"아, 아니오. 가르침 감사하오."

적괴는 끝내 같이 들자는 소리를 하지 않았다.

*   *   *

월영전대는 서른두 명밖에 되지 않는 인원인데도 꽤나 큰 장원을 빌려쓰고 있었다. 그곳은 장추삼도 어릴 적부터 보아왔던 청류장원이라는 곳인데 그가 집을 나서기 전까지만 해도 경사에서 큰 관직에 있다가 낙향하여 벗들과 소일한다는 정 대야의 소유였다. 이곳이 어떻게 하여 월영전의 거처가 되었는지 알 길은 없지만, 본시 무림은 관과는 터울을 두는 게 상례이니 힘으로 빼앗지는 않았을 것이고 바꾸어 말해 월영전주란 자는 만만치 않은 금력을 가지고 있다는 건데 그들이 왜 일개 상인들에게 자릿세타령을 했는지 알 길이 없다.

'그런 식으로 생각한다면 마환장 정도쯤 되는 작자가 월영전대 같은 준건달 조직의 식객으로 있는 것도 불가사의잖아. 애라, 관둬라. 장추삼, 니 주제에 분석 같은 게 어울리기나 하냐.'

퇴근을 하자마자 장추삼은 부친이 좋아하는 잉어회와 술 몇 병을 사 들고 곧장 귀가했다. 난데없는 주안상에 장유열은 기꺼워 한잔을 했고 화제는 장추삼으로 옮겨갔다.

"받아라!"

"아니, 전……."

오랜만에 화색이 도는 얼굴로 장유열은 손에 든 잔을 한사코 아들의 손에 쥐어주려 하였지만 장추삼은 손을 내저었다.

"이 녀석아, 난생처음으로 아비가 주는 잔이야. 그래도 안 받을 테냐?"

평소라면 덥석 받겠지만 오늘은 아니다.

"아하하… 어제 파견 나갔었던 동료들과 처음으로 술자리를 했었는데 너무 마셨는지 아직까지 속이 쓰려요."

"에잉, 젊다고 몸 막 굴리지 마라. 늙어 고생해!"

너도 속이 괜찮은 날 사 오지 그랬냐 하며 장유열은 이제 훌쩍 커버려 자신이 올려다봐야 하는 아들의 직장 생활을 물었다.

"솔직히 아직은 잘 모르겠어요. 십삼조의 일은 실회로가 처음이자 마지막인데 한 번도 나가본 적이 없어서 몇 명이 죽어갔네, 병신이 됐네 하는 얘기들이 피부에 와 닿지 않아요."

"동료들과는 어떻게 지내느냐. 쓸데없는 충돌 같은 건 피해야 한다. 미우나 고우나 한솥밥을 먹는 사람들끼리 좋게 지내야지."

"그럼요. 비록 능구렁이 중년과 약아빠진 어린애랑 강시랑 얼음 덩어리, 세상 다 산 노처녀에 도사와 바른 생활 사나이지만 특별히 사이 좋고 나쁠 것도 없어요."

멋대로 동료들을 아무 데나 취직시키고 그들에 관해 이러쿵저러쿵 늘어놓는 아들이 두 개로 보였다가 이내 뿌연해진다. 장추삼이 눈치채지 못하도록 술 한 잔 하는 척하며 소매로 눈가를 훔친 장유열은 문득 먼저 간 아내와 큰아들이 너무 보고 싶어졌다. 그렇다고 막내아들이 처음으로 술상을 올린 기분 좋은 날 굳이 그런 얘기를 꺼내 분위기를 망치고 싶지도 않아서 그는 아들의 얘기를 들으며 먼저 간 이를 가슴속에 조용히 새기고만 있었다.

"쿨… 쿨……."

어느새 장유열은 등을 방벽에 기댄 채 고개를 떨구고 잠들어 있었다. 이 얘기 저 얘기 중언부언 주워삼키던 장추삼은 그제야 말을 멈추고 잠든 아버지의 초상을 바라보았다. 그토록 거대하던 아버지는 믿을 수 없으리만치 작고 왜소해 보였다.

‘당신 어깨가 이렇게 좁았었습니까? 당신의 목이 이리도 가냘펐었습니까? 두주불사의 말술이었던 당신께서 이제는 한 병도 채 비우지 못하시는군요.’

유등의 흔들림에 장유열의 모습이 따라 흔들리고 장추삼의 눈망울도 흔들렸다. 상을 치우고 부친의 잠자리를 본 장추삼이 자리에서 일어났을 때 장유열의 잠꼬대 한마디가 참았던 그의 눈물을 터뜨렸다.

“아비는… 비록 삼류지만… 네게는… 최고이고 싶었다…….”

…그럼요, 아버지.

◇ 제12장
산무영, 그리고 추리보

산무영, 그리고 추리보

정 대야는 비록 도량도 넓고 인자했던 사람이었지만 관료적인 습성만큼은 버릴 수 없었던지 낙향 후의 저택을 인근 민가와 멀찍이 떨어뜨려 짓고는 근처를 소나무와 은행나무로 가려놓았다. 세월이 지남에 따라 나무들은 쑥쑥 커서 그중 작은 것도 어른이 양팔을 벌려 안아도 손끝과 손끝이 맞닿지 않을 정도로 두껍고도 울창하게 자랐다.

어린 시절 동네 아이들과 병정놀이도 이곳에서 했었고 가을만 되면 은행을 따기 위해 나무 위를 다람쥐처럼 올랐던 기억이 새롭다. 나무 사이를 지나며 유년기의 상념을 잠시 떠올려 보았지만 지금 본 나무숲의 감상을 말하라면 어쩐지 낯설다. 세월은 흐르고 사람은 남는다고 누가 그랬던가. 사람이 인식하지 않는 세월은 세월로써의 가치를 더 이상 지니지 못하게 됨이니 어차피 세월은 그 사람 각자 각자와 함께 숨 쉬면서 흐르기 마련이 아닐까?

몇 발 안 가서 탁 트인 개간지와 함께 꽤나 큰 장원이 보였다. 얼마 전까지는 청류장원이라고 불리웠을 곳이지만 이제 저곳이 청류장원이었다는 근거는 떼어낸 현판과도 같이 어디에도 찾아보지 못하리라.

'저곳은 단지 서른 명의 건달과 한 명의 무림인, 그리고 한 명의 허깨비가 사는 도깨비 소굴일 뿐이야.'

그리고 장추삼은 삼류의 무공으로 서른 명의 건달과 한 명의 무림인, 그리고 한 명의 허깨비와 단신으로 싸워야 한다.

'좋아, 좋아! 가방 크다고 공부 잘하는 것 아니고 쪽수 많다고 이기는 건 아니지. 암!'

품속에 손을 넣어 검은 장갑을 꺼내고 의식을 치르듯이 천천히 그것을 양손에 착용하자 여태껏 그를 눌렀던 팽팽한 긴장감은 그만큼의 오기와 투지로 바뀌었다.

'흐읍!'

뚝— 투두둑— 뚝—

뼈가 변하고 있다!

예전에 월영전의 횡포를 하대경에게 전해 듣고 벌어졌던 현상! 정확히 말해 뼈와 뼈 사이를 잇는 미세 관절들이 미묘한 거리를 두며 일반인의 형태와는 전혀 다른 성질의 조합을 이루어내는 것이다. 언제부터 이런 몸이 되었는지는 장추삼 본인도 잘 모르는 일이다. 막연히 추측한다면 아마도 동굴 생활 사 년째, 즉 마지막 일 년 전부터 상체를 중심으로 시작되어 생각하기도 싫은 전능관(全能關)을 돌파할 무렵 전신 전체에까지 이른 것 같긴 한데…….

'어~ 시원해.'

처음엔 어깨뼈가 탈골된 줄 알고 뼈 맞춘다고 수선을 부렸었지만 늘상 같은 일이 반복되고 부위마저도 넓어짐에 따라 자포자기의 심정으로 뇌뒀었는데 어느 순간인가부터 몸이 가뿐해지고 움직이기 편하다는 걸 느꼈다.

"…이제부터 너는 인간으로서 한 번도 이루지 못한 전인미답의 신체를 만들어야만 한다. 인간의 몸으로 인간을 초월하는 몸… 이것을 이루기 위해선 단 한 모금의 물도 단 한 알의 곡기도 입에 대서는 안 된다. 오로지 초령(草靈)과 명정수(明淨水)만을 먹고 마셔야 한다. 아울러 하루도 빠짐없이 부허내기(浮虛內氣)의 심법에 따라 운공을 해야 하며 아무리 고통스럽더라도 능형백팔식(能形百八式)에 따라 몸을 움직여야 한다. 내가 무슨 일이 있어 자리를 비우더라도 단 하루를 건너서는 안 된다. 이것이 십 년이 걸릴지 평생이 걸릴지는 네가 하기 나름이지만 어느 순간엔 알게 될 것이다. 너의 신체가 너의 완벽한 통제 하에 스스로 반응하는 것을……. 너는 이루어낼 것이다. 천관전능지체(天觀全能之體)를……."

'천관전능지첸지 뭔지는 도르지만 몸이 가뿐한 건 사실이야. 그런 걸 보면 사부도 아주 사기꾼만은 아니었을지도 몰라.'
사람은 망각의 동물이다. 되도록 즐겁고 행복했던 것을 추억하려 들고 힘들고 어려웠던 순간들은 저 멀리 날려보내곤 한다. 동굴에서 보낸 오 년은 마지막 일 년을 빼고는 외로움조차 느끼지 못할 정도로 힘들었다. 어떻게 이런 힘든 순간을 거쳤었을까 의문스러울 정도로 지금 다시 하라면 억만금을 준다고 해도 사절이다. 그래도 소기의 성과에 즐거울 수 있으니 망각이란 인간에게 분명 필요한 것일 게다.

‘준비는 끝났다.’

배금성과 하대보가 정성껏 만들고 조명산이 이름 지어준 묵예갑(墨
銳匣)은 오늘도 어김없이 상대의 저항을 무력화시켜 줄 것이고 전신에
서 뛰노는 감각 또한 최고조에 올라 언제든 대뇌의 명령을 수행할 준
비가 되어 있다. 특별한 계획 따위는 없었다. 그저 앞을 막는 자들은
조용히 잠재워 주면 된다. 정문에 이르자 청류장원이라는 편액의 자리
엔 월영전이라는 세 글자가 또렷이 양각되어 있다.

‘오늘로 끝이야.’

꽝!

발로 문을 박차자 문짝 채로 대문이 날아갔다.

“뭐야, 뭐야?”

“무슨 일이야? 오늘 번조들 어디 갔어?”

단순한 깡패 조직은 아니라는 듯 삽시간에 너댓의 인물들이 쏟아져
나왔다.

어스름한 달빛만으론 상대를 가늠할 수 없는지 월영전의 인물들은
벽에 걸려 있던 화섭자에 서둘러 불을 당겼다. 금세 어두웠던 주위가
환하게 밝아졌고 그들의 눈에 떨어져 나간 문짝 옆으로 한 사내가 들
어왔다. 대문을 발로 차고 들어왔다 함은 호의의 방문자가 아니라는
것. 그렇다고 상대의 정체를 모르는 상태에서 무작정의 시비는 좋지
않다.

“무슨 일로 야심한 밤에 남의 처소를 방문했는지 모르겠지만 대문을
부수고 들어온 행위는 너무하지 않소.”

오늘의 번조는 제일전이 맡았다. 제일전주 도욱기는 일단 점잖게 상

대의 무례를 탓했다.

"당신 바본가?"

눈이 찢어진 사내는 표정 하나 변함없이 입술만 달작여 말을 꺼냈다. 어둠 속에서 반들거리는 야수의 눈동자처럼 이글거리고 있는 화섭자의 음영에 반쯤 가려진 얼굴은 철저한 무심함이었고, 사람들은 화가 머리끝까지 치밀어 반쯤 맛이 간 얼굴보다 이렇게 감정이라곤 한 올도 찾아볼 수 없는 표정에서 두려움을 느끼는 경우가 더 많다.

"남의 집에 왔다는 건 용건이 있다는 거고, 문짝을 부쉈다는 건 방문자의 기분을 의미하는 것. 더 이상의 문답이 필요할까?"

도욱기의 전신은 반응하고 있었다.

'이놈은 위험하다!'

"우, 우리는 대협과 일면식도 없거늘 느닷없이 들이닥쳐 기분 운운하다니……."

째진 눈의 사내에게 처음으로 표정이라 일컬어지는 안면 근육의 움직임이 나타났다.

"긴말하고 싶지 않아. 그보다 여기 마환장이란 인물이 있다고 들었는데……."

그건 권태로움이었다.

세상에 권태로움이라니! 거기다 이놈은 무림십장 중 마환장 모추가 있다는 것도 알면서 막무가내로 시비를 걸고 있다.

"모, 모추 대협에게 볼 일이 있었던 거요?"

"아니."

말을 싹둑 자른 사내가 도욱기를 무심히 응시했다.

'제기랄, 폐부를 꿰뚫어 보는 눈빛이라니!'

"월영전대는 오늘로 해산이다."

"뭐야, 저 자식이!"

"이 미친 새끼!"

전주와 얘기 중에 화섭자를 들고 경계만을 하던 제일전 소속의 무사들이 끓어오르는 분기를 못 참고 칼을 빼 들며 사내에게 쇄도했다.

'느리다, 느려!'

"안 돼!"

위험한 예감을 느끼고 도옥기가 발작적으로 외치며 한 발을 내딛고 다섯 명의 사내가 칼을 들고 일학충천의 기세로 허공을 날았다. 그리고 도옥기는 채찍 같은 것을 보았다. 사내의 하체에서 솟아난 그것은 자신의 수하 다섯을 허공에 띄운 그대로 한 번씩의 타격을 그들의 턱에 먹이고 제자리로 돌아왔다. 그것은 발이었다.

'이럴 수가!'

수하들이 몸을 날린 거리는 사내로부터 한 장 가량, 사람이 발을 최대한 뻗어봐야 한 자가 되지 못한다는 건 상식이니 이론적으로 사내가 움직여야 어떤 식으로든 접촉이 이루어진다는 건데.

'난 보지 못했다, 저자의 움직임을!'

놀라긴 장추삼도 마찬가지였다.

그가 동굴에서 나와 싸움을 한 건 이번까지 쳐봤자 단 두 번. 삼류 사파 노인과 동행 중 꺼벙한 흑사회 놈들과 싸웠을 때는 특별히 싸울 이유도 없었고 해서 천관전능지체로의 변환을 하지 않았기에 천전체로의 싸움은 이번이 처음이었는데 그 효과는 기대 이상이었다.

'오옷! 모, 몸이 내 생각대로 반응을 하다니!'

그러나 여기는 적의 심장부, 피라미 다섯을 보냈다고 기뻐할 여유

따윈 없다.

"당신들로는 안 돼! 마환장을 불러."

한밤의 때 아닌 소동에 청류장은 불을 환히 밝히고 월영전의 모든 인물들은 집결한 상태였다.

"어? 저놈은 그때 하 점주와 술 마시던 그놈인데!"

제삼전주 장경욱이 그를 알아보고 소리 질렀다.

"누구요, 누구?"

그와 평대를 하는 대머리의 흉한은 아마도 제이전주 조태휘이리라. 그들은 장추삼의 환상과도 같은 일각법에 감히 나설 엄두가 나지 않는 듯 멀찍이서 웅성거릴 뿐이었다.

'패거리 아니면 아무것도 하지 못하는 소인배들… 어?'

어디선가 상상외의 무거운 기세가 느껴졌다.

'뭐야?'

고개를 돌려보니 청류장의 안채였던 건물의 기둥에 비스듬히 기대어서 있는 중년인이 들어왔다. 그는 월영전대를 상징하는 옷도 입고 있지 않을 뿐더러 이, 삼류 잡배는 감히 흉내도 낼 수 없는 무거운 기도를 흘리고 있었는데 낡은 파의와 꼭 닫은 눈꺼풀에서 무인의 의지를 느끼게 하였다.

'마환장……'

파의의 중년인, 모추의 눈이 슬며시 떠졌다.

파팍!

불똥이라도 튀듯 둘은 잠깐 동안 서로를 바라보았고 모추의 눈은 다시 감겼다.

"귀하가 마환장이오?"

　장추삼의 기세에 질린 똘마니들은 꿀 먹은 벙어리마냥 화섭자를 든 채로 차렷자세였다.

　'무시한다는 거야?'

　그때 모추의 입이 열렸다.

　"너희들은 그저 밥만 축내는 쓰레기들인가?"

　'흐엑!'

　'헉!'

　전주들의 표정이 싹 바뀌었다. 마환장이 어떤 인물인가! 평소에는 아무것도 신경 쓰지 않고 말도 없어서 살아 있는 돌부처라는 소리를 듣지만 일단 기분이 상하면 누구보다 잔인해지는 그 아니던가.

　'그래도……'

　세 전주의 생각은 같았다.

　'저놈도 왠지 무섭다!'

　장추삼의 전신에서 뿜어나오는 투기를 이류급밖에 안 되는 그들이 받아내는 건 무리가 있을 것이다.

　"누구냔 말이오?"

　조태휘가 다시 물었다. 덤벼들기는 꺼림칙하고 가만히 있자니 눈치가 보였기에 입이라도 움직였다.

　"그 왜… 있잖소. 신견용쟁인가 뭔가의 가출한 막내아들."

　"아! 여자한테 차이고!"

　청빈로 일대에서 장추삼의 인기를 다시 한 번 실감하는 순간이었다.

　"단지 싸움꾼이라고 하지 않았소?"

　"글쎄, 그게……"

　장경욱은 뒷머리를 벅벅 긁었다. 그 자신도 이해하기 어려운데 남에게 뭐라고 할 것인가?

"좋아, 그 집 개를 두들기면 주인이 나온다고 했으니……."

도욱기를 무시하고 빙글 신형을 돌린 장추삼이 조태휘를 바라보았다.

'그 집 개'가 누군지는 굳이 설명할 필요가 있을까?

그래도 칼밥 먹은 지 십 년은 넘은 전주들의 어깨가 푸들푸들 떨리는 건 당연했다.

"이 자식들아, 뭐 해! 당장 저놈을 때려잡아!"

머뭇거리던 똘마니들이 칼을 빼 들었다. 어차피 죽을 것!

"으와와아아아!"

뻐버버버버벅!

그들은 뛰쳐나감과 동시에 한 방씩을 얻어맞고 널브러졌다. 어느새 도욱기는 슬며시 조태휘들 틈에 끼어 있었다. 괜히 장추삼 옆에서 알짱거리다 봉변 치를 필요가 없지 않은가. 본시 싸움을 안 해본 것도 아니고 사람을 패본 적이 없는 것도 아니었지만 일 권, 일 각, 일 보가 새로운 장추삼이었다. 비록 삼류지만 구결에 따라 사람을 상대로 무공을 써보는 게 처음이었고 상대가 변변치 않아 그런지 썩 괜찮은 위력을 발휘하고 있다.

"장 전주, 어딜 봐서 저놈이 싸움꾼이오."

"나보고 그러지 말라니까. 낸들 아오?"

조태휘와 장경욱이 옥신각신 귓속말을 나누는 동안 도욱기는 부지런히 잔머리를 굴렸다.

'제놈이 권각술을 좀 한다만 나는 화살 앞에서도 그러나 보자.'

그가 손짓을 하자 남은 인원들이 품에서 활과 화살을 꺼냈다.

보통 궁수들이 사용하는 그것보다 훨씬 작은 활과 화살, 얼핏 보면 애들 장난감처럼 보일 법도 한 모양새인데.

'흐흐, 이게 묘강의 야인들이 사용하는 귀매궁과 혈시라는 건 네놈이 죽었다 깨어나도 모를 거다. 게다가 혈시의 촉에 삼시독까지 발라 놨거든.'

귀매궁(鬼魅弓)과 혈시(血矢).

본시 묘강에는 기화요초도 많지만 그보다 거금괴수들이 언제 어디서 출몰할지 알 도리가 없는 오지의 땅이다. 그곳에서 터를 일구고 살아가야 하는 이들은 이런 맹수들의 공격에서 자신들을 보호할 필요를 느끼게 되었고 그래서 만든 것이 귀매궁과 혈시인데 일견 귀여워 보이는 이것은 질기고 탄력이 좋다는 묘강산 식혈덩쿨의 껍질을 벗겨 속에서 나온 섬유질 중 심근을 꼬아서 만든 줄과 연성으로 치면 중원 으뜸이라는 추연궁에 못지 않은 묘강귀목으로 대를 만든 귀물이다.

거기에 먹여 날리는 혈시, 이것의 무서움은 그 촉에 있는데 금강석만큼이나 단단하다는 철우의 뿔을 갈아서 부시독에 사나흘 푹 담궈둔 탓에 스치기만 해도 그 부근 살이 썩어 들어간다.

'제아무리 고수라 해도 요 이쁜 것 세 대 이상을 한 번에 피하기 어렵지. 철우각(鐵牛角)은 호신강기엔 천적이니 네놈이 십삼태보횡련 따위의 외공을 익혔다 해도 혈시 앞에선 무용지물이다.'

모추는 도옥기의 행동이 마땅치 않았으나 그들이 침입자를 상대하기엔 버겁다는 걸 알기에 별다른 말을 하지 않았다. 솔직히 이 상태로 간다면 자신까지 나서야 하는 번거로운 상황이 벌어질 게 뻔했다. 조태휘의 발작에 나섰던 월영전대원들은 모조리 뻗어 있었다. 그들이 들고 있던 병장기들과 화섭자가 어지러이 나뒹굴고 무심한 눈빛으로 쓰러진 이들을 바라보는 청년은 그가 알고 있던 무예와는 전혀 다른 차원의 그것을 보여주고 있다. 단 한 번의 타격만으로 상대를 무력화시키는 수법!

일타완압(一打完壓).

'놀랍군. 저런 인물이 여지껏 알려지지 않았다는 건 왜일까? 듣자하니 시정 싸움꾼이라고 하던데 무슨 기연이라도 있었던가?'

그가 가출했다는 오 년 간 무슨 일이 있었거나 처음부터 능력을 숨긴 인물이었다는 건데 아무리 생각해 봐도 후자는 어렵다. 그보다 모추가 헤매는 건 장추삼이란 사내의 타격법이다. 만약 그가 생각하는 '그것'이 맞다면 오늘 부로 월영전대는 정말 문을 닫아야 할지도 모른다.

"뭐 하고 있소?"

도옥기가 신경질적으로 장경욱에게 소리쳤다. 조태휘의 휘하들은 모조리 깨졌고 시간은 벌어야 한다. 귀매궁과 혈시의 단점은 살을 재는데 보통의 활보다 몇 배의 힘이 든다는 거다. 그만큼 시간도 걸리고. 그래서 한 번의 활에 모든 걸 건다 하여 붙은 별칭이 절명궁(絶命弓).

"이, 이익! 나가, 이것들아!"

도옥기의 뒤를 보고 의도를 눈치 챈 장경욱이 우렁우렁한 목소리로 제삼조원들을 내몰았다. 어저께는 웬 계집에게 추근대다 턱뼈가 빠져서 다섯 놈이 기어 들어오더니 오늘은 또 이게 무슨 날벼락이란 말인가. 뒤에 쳐져 머뭇거리는 다섯 놈을 보니 더 화가 치밀었다.

“니들두 나가!”

“와아아……..”

맥 풀림이 그대로 배어 있는, 비명과도 같은 함성을 지르며 달려들던 제삼조원들이 고개를 돌린 장추삼의 눈빛에 움찔 멈춰 섰다.

저벅.

주춤—

그가 한 걸음 나서자 열 명은 정확히 한 걸음 물러섰다.

저벅저벅.

주춤주춤—

‘뭐야, 이것들.’

슬슬 밀린 삼조원들은 별채의 바로 앞까지 밀렸다. 송사리들을 상대하는 것에도 짜증이 나는 판에 이렇게 겁 많은 놈들이라니!

“에잇!”

쏘아져 나온 살과도 같이 튀어나온 장추삼은 머리를 감싸 쥔 삼조원들에게 한 방씩을 안겨주었다. 턱 부위를 붕대로 정성스레 감싼 바보들에겐 복부로 타격을 돌리는 자비심도 잊지 않으면서.

“으아아아—”

한 놈이 만세를 부르며 걸음아 날 살려라 줄행랑을 놓았다. 장추삼은 이런 비겁한 놈을 가장 싫어한다.

“끼놈!”

퍽!

냅다 갈긴 발길질에 도망치던 놈이 그 탄력 그대로 허공을 날아 별채 방문을 산산이 부서뜨리며 처박혔다.

우당탕탕!

별채의 집기들이 제 위치를 잃으며 요란한 소리와 함께 이리저리 굴러 떨어졌다.

"어?"

그곳엔 사람이 있었다. 도망치다 한 대 맞고 뻗은 놈 말고 또 한 명의 사람이. 그는 장대한 체구의 인물이었는데 무언가를 열심히 뒤지다만 듯한 자세로 고개만 돌려 놀라움을 표시했다.

"뭐야? 저 노인네⋯⋯."

"어? 어허허허⋯ 자네로구만."

지청완이었다.

＊　　　＊　　　＊

"이 편지의 의미를 아느냐?"

일 년하고도 한 달 만에 처음 보는 동생이다.

무엇이든 들어주고 싶고 어떤 일이 있어도 지켜주고 싶은 동생이지만 첫 마디가 이럴 수밖에 없는 북궁단야기에 마음이 아팠다. 더욱 안타까운 건 무슨 부엉이같이 야밤에 이런 풀숲에서 만나야 한다니! 큰 죄라도 진 양 고개를 떨구고 있던 북궁설이 섬섬옥수를 뻗어 편지를 읽어보았다.

"할아버님 필체로군요."

"그걸 말하는 게 아닌 걸 너도 알 거 아니냐. 아닌 밤에 홍두깨도 분수가 있는 법이거늘 도대체 이건 무슨 말이냐. 또 너는."

북궁단야의 목소리엔 고저가 없었다. 당소소와 비슷한 화법이라고 생각이 들지만 후자의 그것은 사람으로 하여금 푹신한 침상 같은 안온

함을 준다는 것이고 전자의 그것은… 위압감일 것이다.

이십오 년을 넘게 같이 산 오빠라 어느 정도 단련된 북궁설도 지금만큼은 북궁단야의 차디찬 음성이 버겁게 다가왔다. 그의 분노와 혼란이 어디서 야기됐는지 알기에 더욱 그럴지도 모른다. 고개를 떨구고 있는 그녀를 보노라니 이렇게 고운 동생에게 화를 내는 게 무의미하게만 느껴졌지만 그의 의문을 풀어줄 이는 북궁설밖에 없었고 자신에게 다가온 혼란스런 일들이 밀려와 정신을 차리기 어려웠다.

"왜, 왜 내겐 비밀로 한 거지? 왜 나만 몰라야 했느냔 말이다."

대답없는 탄식을 허공에 던지고 멍하니 하늘만 바라보던 북궁단야가 북궁설을 빤히 바라보았다.

"너를 책망하자는 게 아니다. 이해 불가능한 일들이 갑작스레 펼쳐져 마음을 수습하지 못하겠구나."

"알아요……."

잘 안다. 그녀의 오빠는 차가운 표정과 어투 속에 누구보다 따뜻한 마음이 있다는 걸 뜨거운 열정이 숨 쉬고 있다는 걸 잘 알고 있다.

"그럼 얘기를 종합해 보자."

북궁설이 주위를 두리번거렸다.

"여기서요?"

"사방 삼십 장내로 인기척은 없으니까 안심해도 된다."

"예에……."

'오빠의 무공은 한 단계 또 발전했구나.'

얼마 전까지 스무 장 안팎까지가 한계였던 북궁단야의 청력이었다. 당연히 무공의 진보를 생각하는 북궁설이지만 일순간에 그런 식의 발전은 오지 않는다. 단 두 번이지만 실회조를 거치며 겪은 실전 경험이 그의 야수적 본능을 일깨운 것이다.

"그러니까, 너는 가출이 아니라 아버님의 밀명을 받고 강호로……."

갑자기 북궁단야가 말을 멈추고 입술을 오무려 침을 한 번 발랐다.

"왜 그래요?"

"아, 아니다."

'가출' 하니까 느닷없이 떠오르는 얼굴이 있다. 찢어진 눈에 심퉁맞은 얼굴, 그리고… 환상의 일권!

"그래, 강호로 나왔다는 거 아니냐. 목적은 비천혈서라는 책을 찾기 위해서이고. 그럼 묻자. 도대체 비천혈서가 무슨 책이냐?"

후우, 하고 북궁설이 한숨을 쉬었다.

"나도 몰라요. 내용도 생김새도… 단지 적혀 있는 글이 먹이 아닌 피로 쓰여 있나 봐요. 지은 사람의 피로 말이에요."

"그게 말이 돼? 내용도 몰라, 생김새도 몰라, 달랑 이름과 피로 썼다는 것만으로 이 넓은 중원천지어서 그걸 어떻게 찾아?"

"단서는 있어요."

"단서?"

얘기 속에 빠져든 북궁단야도 화니 혼란 같은 건 벌써 잊어버렸다.

"예, 단서요. 그건……."

근처에 사람이 없다고는 하나 중요한 부분이기에 북궁설은 전음으로 얘기를 바꿨다. 한참을 끄덕이던 북궁단야가 말을 마친 동생의 손을 꼬옥 잡았다.

"역정부터 부려 미안하다. 실로 고생이 많았겠구나."

울먹.

고생뿐이겠는가. 견딜 수 없는 외로움과 번민은 또 얼마나 많았는

가. 그러나 그녀는 울지 않았다. 도리어 활짝 웃으며 오빠를 위로하기까지 했다.

"괜찮아요. 고생은 무슨. 오히려 오빠가 더 걱정이에요. 한 달 가지고는 중원무림을 파악한다는 것도 어려운데 할아버진 해도 너무한 것 같아요."

관계 회복! 둘은 사이좋은 오누이로 돌아왔다.

"혹시 찝쩍거리던 놈은 없더냐?"

만약 그랬다면 그 '찝쩍거리던 놈'을 추모하며 북궁단야가 웃었다. 그의 미소는 보기 어려운 만큼이나 모양새가 좋았다. 하운도 썩 보기 좋게 웃을 줄 알지만 매력 면에서 많은 차이가 있었다.

"설마요. 이런 상태인데……."

북궁설이 양손을 들자 북궁단야도 고개를 끄덕였다.

"아! 한 인간!"

"응?"

무언가 말을 하려던 그녀가 갑자기 입을 꼭 닫았다.

'놈' 하니까 떠오르는 얼굴이 하나 있다.

찢어진 눈에 느물거리는 표정, 그리고… 환상의 일각!

"아녜요. 에잇!"

무언가 털어내려는 듯 북궁설이 짤짤 머리를 흔들었다.

"그나저나 정말 고생이 많았다는 걸 알겠다. 천산부견화(天山不見花)라던 너의 얼굴이 말이 아니구나."

삥—

'허걱!'

살광 어린 누이의 표정에 북궁단야는 당황했다. 대저 얼굴과 몸매에 자신있는 처자가 본의 아니게 혼기를 놓쳤을 때 받는 압박감을 여자 문제에 관해서 무지한 그가 어찌 알랴. 존심 강하고 안하무인격인 성격을 겨우겨우 눌러 참고 있는 마당에, 이따위 일을 하는 자신이 서러워 죽겠는데…….

"흥! 천산일준(天山一俊)이라던 오빠도 맛이 한참을 갔네요. 중원 한 달 생활이 완전 아. 저. 씨. 하나 만들었네요!"

'하…….'

이것이야말로 북궁설의 참모습이다. 이제 그녀를 말릴 수 있는 사람은 아무도 없다. 무슨 말을 어떻게 하든 발톱을 세운 그녀는 모조리 맞받아 칠 것이고, 비꼬고 비꽈 엉망으로 만들 것이다.

'정상적인 대화는 물 건너갔구나. 독오른 이 녀석을 어쩌나.'

구원은 느닷없이, 그야말로 돌발적으로 찾아왔다.

뻑! 우지끈—

"뭐야, 뭐야!"

등등.

"음? 저긴 월영전댄가 뭔가 하는 녀석들 있는 곳인데?"

북궁설도 청력을 돋우어 희미하게 소란스런 소음을 들었으나 대꾸는 하지 않았다.

"너 혹시 월영전대라는 허깨비 조직에 무슨 일 있는지 모르느냐? 나는 실회로에서 돌아온 지 얼마 안 되 청빈로에서의 소사는 알 수가 없구나."

"흥! 천산일준이 모르는 일을 못생긴 동생이 어찌 알겠어요?"

'으휴~'

동생만 아니라면, 하고 잠깐 생각하던 북궁단야가 곧 마음을 바꾸었다.

'흑월회를 파고들라. 중원에서 달을 독문표식으로 삼는 곳은 군소방파를 합해야 겨우 너댓 군데… 그리고 호북 양양의 월영전대?

"이럴 때가 아니다. 난 저곳에 가봐야겠으니 너는 어서 들어가라."

"뭐예요?"

북궁설이 쌍심지를 돋우었다.

"괜히 쌈구경 간다는 핑계로 자릴 모면하려는 거죠? 아버님 엄명도 기억 못해요?"

"쓸데없는 호기심은 버려라!"

오누이가 짊어진 사명이 너무나 위험하고도 막중하기에 부친으로서 염려와 걱정이 가득 담긴 한마디의 명령. 그러나 북궁단야는 개의치 않았다.

"만약 이번 일과 연관이 있다면?"

"설마……."

"자세한 얘기는 나중에 하자. 이런!"

빽빽빽—

별 괴음이 다 들리는 것이 상황의 급박함을 말해 주는 듯했다.

"나도 가요!"

"안 돼!"

"갈 거예요!"

'미치겠네.'

이러다간 상황 종료 후에나 도착하게 생겼다.

"위험해. 모르겠어?"

"흥! 중원에서 날 어렵게 할 사람이 얼마 없을 거라고 누가 그랬더라?"

딴엔 그렇다. 저 가냘픈 손에 담겨진 가공할 힘은 예측불가능하다.

"그래… 가자."

힘없이 동의하는데 북궁설은 이미 자리에 없었다.

"내참!"

*   *   *

'이럴 수가!'

노인은 삼류 사파의 대가리가 아니었다. 큰 덩치와 제법 위압감 서린 표정을 봐서 그래도 시시한 떨거지는 아니라고 믿었거늘.

'좀도둑이었다니!'

도둑질하는데 왜 머리는 물들이는가? 그것도 띄엄띄엄. 헤헤 웃으며 걸어나오는 노인이 눈에 들어오지도 않았다.

'이런 게 배신감이라는 건가!'

무슨 일인지는 모르지만 멍청히 서 있는 장추삼을 겨눈 여섯 개의 활이 가장 좋은 기회를 잡은 것이라는 걸 도욱기는 직감했다.

'이놈들이 경비를 하는 거야 마는 거야? 어쨌든 저놈이 넋을 놓고 있으니……'

그는 슬쩍 들었던 손을 내렸다. 회심의 미소와 함께.

슝—

파공성은 하나였지만 발사된 살은 여섯 개!

잔머리 밝은 도육기가 심혈을 기울인 궁수들답게 각 살이 점유하는 방위도 완벽하여 막거나 피하기 어려운 상태의 군집을 이루며 날았다.

"이보게!"

지청완이 소리 질렀다. 일반적인 화살은 절대 낼 수 없는 소리.

공기를 찢어발기며 육중하면서도 쾌속한 힘으로 접근하는 이것들은 결단코 예사로울 리 없다. 그 한가운데 멍청히 입 벌리고 있는 장추삼! 다급한 마음에 지청완이 오른손으로 공력을 모으며 한 발을 내디디려 했다. 그리고 그는 '환상'을 보게 된다.

"어라? 저자는?"

"엑! 저 인간이?"

청류장원이 훤히 보이는 높은 소나무 가지 위에 사이좋게 자리한 오 누이가 선불맞은 멧돼지처럼 날뛰는 장추삼을 보고 동시에 소리 질렀다. 장원이 워낙 가까운 곳이라 전음성으로.

'……?'

북궁단야야 장추삼이 실회조원이고 입싼 집법당주 철무웅을 통해 이런저런 얘기를 들어 잘 안다고 치지만 그의 누이가 그를 어찌 안단 말인가? 그의 의혹 어린 눈초리에 북궁설이 어색하게 웃었다.

"아… 하하하, 저 인간 모르는 청빈로 사람이 어디 있어요."

이상하다. 몹시 이상하다. 장추삼이가 청빈로에서는 당금 천자보다 유명하다고는 해도 그건 어디까지나 오 년 전의 일. 과장된 전설과도 같은 일화가 인구에 회자된다고는 해도 남자에 대해선 뱀보다 차가운 자신의 누이가, 지나가는 똥개보다 남자란 족속에게 점수를 덜 주는 그 녀가 지금 보인 반응은 해석 불능 아닌가.

북궁단야의 속내야 어떻든 장추삼은 신이 날 대로 나 있는 것 같았다. 붕붕 뛰어다니며 발로 차고 손으로 지르는 것이 사흘은 물 구경 못한 잉어가 연못으로 되돌아와 활개 치고 다니는 것 같았다.

'오관돌파의 관운장이 따로 없군.'

"어, 오빠! 저 활!"

"음?"

반대 편에 무리 지어 있는 자들 중 여섯이 조막만한 활로 장추삼을 겨누고 있는 활촉이 달빛을 받아 푸르스름한 광채로 반짝였다.

"독을 묻혔구나."

대수롭지 않다는 듯 대꾸하는 북궁단야가 누이의 말에 흠칫했다.

"절명궁이에요!"

'절명궁!'

그게 사실이라면 무조건 발사부터 막아야 한다. 제아무리 일류 고수라도 석 대 이상은 당하기 어렵다는 절명궁인데 여섯 대라면…….

슝—

'늦었다!'

왼손으로 근처의 잔가지를 소리나게 붙잡은 북궁단야는 허리춤에서 애병 용린도(龍鱗刀)를 빼 드는 북궁설을 미처 보지 못했다.

뽀드득.

어금니를 한껏 깨무는 북궁설이 꼬치가 될 장추삼을 그리며 신호를 보내고 실실거리는 도옥기에게 무시무시한 살기를 발산할 때였다.

"저, 저것!"

"어마!"

전음도 잊고 오누이는 또 한 번 나란히 함성을 질렀다. 그들 앞에 펼쳐진 '환상'에.

　눈동자는 좀도둑 노인을 향해 있었지만 전신의 감각 세포는 주위를 향해 열려 있었고 머리보다 먼저 위험을 감지하고 소름이 돋는 몸은 판단을 재촉했다.
　'맞서지 말라.'
　그 순간 발이 움직였다.

　…이것의 착상은 사물의 움직임이란 정지된 여러 장면들의 연속적인 결합에 의한 결과라는 데 기인한다. 고로 동시에 몸을 날리거나 암기를 던졌다고 하더라도 만물은 찰나간의 차이 속에 움직임을 보이게 되고 그것은 인간도 예외가 될 수 없다. 순간의 차이, 그 조그만 시간을 자신의 것으로 만든다면 승패의 향방은 불문가지. 다수의 적을 상대하는 방법이 이것이다. 이에 한 가지 보법이 파생되니 아침 햇살에 동정호의 안개가 산산이 흩어지누나. 누가 있어 그 그림자라도 밟으랴?
　조일동정산무영(朝日洞庭散霧影)!

　파바박!
　옷깃을 스치는 소리가 들리며 그 자리에 서 있던 장추삼이 여섯의 그로 불어났다.
　'이럴 수가, 세상에 이런 식의 몸가눔이 가능한가?'
　북궁가의 오누이가 입을 쩍 벌리고 분신들을 쫓고 있을 때 들고 있던 손을 슬며시 내린 지청완은 어떤 감회에 젖었다.
　'변환의 극을 수족도 아닌 온몸으로 시전하는 자를 보다니. 이론적

으로야 얼마든지 가능하지만······.'

대나무 여섯 개를 동시에 꺾기는 어렵지만 그것들 하나하나를 떼어 낸다면 큰 힘을 들이지 않고도 가능한 법. 누가 보아도 동시에 날아온 다고 보이는 여섯 대의 화살이 장츠삼에겐 한 대 한 대의 거리와 힘의 차이가 감지되었다. 당연한 것이 궁수 여섯이 똑같은 힘으로 시위를 당겼을 리 없고 당겨진 길이도 달랐으므로 속도와 힘이 같다는 건 어불성설이다. 육(六) 과 일(一)의 차이. 그것으로 승패는 결정되었다. 가장 빨리 날아온 녀석부터 하나씩 힘의 방향을 틀어주는 것은 어려운 일이 아니었으니까.

파박!

동시에 여섯 대의 화살이 지면에 머리를 박았다고 느끼겠지만 제각기 다른 시간대에 이루어진 것이다.

"흐에엑~"

저놈은 사람이 아닐 것이다. 아니면 절대오존과 비슷한 수위의 내공을 가지고 있을 거라 생각하니 비명부터 나오는 도옥기였다. 그가 보기엔 여섯 대의 살을 한꺼번에 쳐낸 것이었고 그런 식의 공력은 여지껏 본 적이 없으니까. 저 얍삽한 걸 죽여 말어, 하던 장추삼은 문득 배가 고파졌다. 생각해 보니까 아까 잉어회라도 몇 점 집어먹는 건데 그냥 굶은 게 잘못한 것 같다.

"언제까지 폼 잡고 있을 거요? 이제 저자들의 밑천도 다 떨어진 것 같은데."

별채 쪽에서 걸음을 옮기며 지면에 박혀 있던 혈시 하나를 빼 든 그가 킁킁 냄새를 맡았다.

'이것들이 독까지······.'

모추는 의도적으로 지청완을 무시했다. 단 한 순간의 보법이지만 눈으로 쫓기에도 버거운 움직임의 장추삼도 문제지만 저 노인은 그런 차원이 아니었다.

"일행이 없는 줄 알았는데?"

"아? 저 노인 말이오? 나랑 상관없소, 절대!"

당연하지 않은가. 좀도둑 노인과 한패란 소리를 듣느니 차라리 또한 번 기출하는 편을 택할 장추삼이니까.

"그래……."

기둥에서 몸을 떼며 지나가듯 말한 모추가 오줌까지 지리며 벌벌 떠는 무리들을 바라봤다.

'어쩌다 내가 저런 놈들과…….'

자랑은 아니지만 머리부터 뿌리끝까지 무인이라고 자부하던 모추였다. 손속이 매워 비록 '마(魔)' 자가 붙는 별호를 얻긴 했지만 목숨을 담보로 하는 생사결 중에 상대의 피를 보는 건 당연하다. 살아남기 위해서, 한 차원이라도 높은 경지에 올라보려 한 기억은 있지만 여지껏 상대를 죽일 때 기분 좋은 적은 없었다. 어쨌든 나름대로 충실한 삶을 살았다고 생각했는데.

"자네가 나를 이기든 어쨌든 월영전대란 현판은 오늘로 내려진다."

삼 년 전에 받았던 제의가 문제였었다.

"당신은 일개 식객으로 알았는데? 흐음, 역시 월영전대주란 건 없었군."

무림십장 중 일 인이라는 자그마한 명성. 그러나 몇 년 동안 제자리만을 고집하는 무공, 의지할 곳 없는 외톨이 신세… 의문의 방문자를 경계하기에 심신은 너무 고단해 있었고 거부하기엔 너무 달콤한 유혹.

"네 말대로 일개 식객에 불과하지만 그래서 나설 수밖에 없구나."

그건 금단의 과일.

"미안하다, 애송이. 널 그냥 보내주지 못하는 걸 이해해라."

다시 한 번 같은 선택을 강요당한다면.

"미안할 것 없소. 이길 건 나니까."

거절할 수 있을까?

"오라! 선수를 양보하는 건 다지막 무인의 자존심이니."

"난 사양할 줄 모르오, 싸움할 때는."

두 걸음 앞으로 디디며 왼발을 축으로 반 바퀴의 회전을 이용하여 장추삼의 오른 발꿈치가 모추의 턱을 향해 날았다.

스륵―

뒤에서 누가 잡아당긴 듯 뒤로 물러선 모추가 양손을 들었으나 미처 공력을 모으기 전 또 하나의 발이 날아들었다.

'회륜선풍각!'

무의식적으로 펼치고 있는 장추삼의 발차기는 각법 중에서도 고도의 수련을 요구한다는 선풍각의 일종이었다. 그중 회륜선풍각은 반 바퀴씩 회전을 하며 지면에 양발을 축으로 삼아 다른 발을 사용하는 공격인데 땅을 디디며 회전을 하기에 몸을 뛰어 공중에서 연속 회전을 하는 승룡선풍각보다 느리긴 하나 위력면으론 한 수 위였다. 뒤로 물러서던 모추가 보법을 바꾸어 좌와 우로 번갈아가며 신형을 움직이기 시작했다. 장추삼의 발꿈치는 그의 반 치 앞에서 허공을 몇 번이고 갈랐다.

"과연 무림십장이다. 비세를 눈치 채고 물러서는 걸 멈추었어. 이렇게 되면 장추삼의 실날 같은 빈틈을 파고들 수가 있지."

북궁단야의 말대로 공타를 거듭하는 발차기를 피하며 모추의 눈빛이 예사롭지 않게 빛나고 있었다.

'멍청한 녀석, 같은 방식의 공격을 그렇게 계속하면 읽힌다는 걸 모르는 거냐?'

안타까운 마음에 한숨까지 나오는데 지청완의 걱정은 모른 채 마냥 선풍각에 열중한 장추삼의 공격은 이제 지겹게까지 느껴졌다.

슉— 슉—

"근데 저자는 마냥 피하기만 하네요? 봐주는 건가?"

"글쎄… 모추란 인물의 성격상 그런 거는 어울리지 않는데."

핏— 핏—

발이 허공을 가르는 파공성이 점점 옅어졌다.

'헉! 이건……'

느닷없이 장추삼의 회전 속도가 배가되며 무지막지한 빠르기의 발차기가 이어졌다.

팡파파방!

"큭!"

세 번의 발은 받아쳤으나 마지막 한 방을 가슴에 맞고 뒤로 두 걸음 물러선 모추가 치미는 통증에 가슴을 부여잡았다. 회전을 멈춘 장추삼도 발바닥에 아련한 감각을 느껴야만 했다.

"원심력을 이용한 선풍각이라니, 너의 각법은 나를 놀라게 할 자격이 충분하다. 그러나!"

이름도 모르는 애송이에게 당한 것이 알려진다면 분할 법도 한데 모추의 눈엔 까닭 모를 설레임이 일렁였다.

“잠깐! 묻고 싶은 게 좀 있스.”

“뭐냐?”

공력을 모으던 모추가 손을 내렸다.

“아무리 봐도 당신은 저딴 허접쓰레기들과는 어울리지 않는 사람으로 보이는데 어쩌다 시궁창에서 식객 노릇을 하게 된 거요? 생활고?”

악의없는 장추삼이었으나 그의 말은 비수처럼 모추의 가슴을 후벼 팠다.

방금 전의 일 더한 아픔으로…….

“후우, 지난 일을 돌이며 무엇하랴? 그 말의 대답은 나를 이긴 후에 들어도 충분할 것이다. 준비하거라.”

모추의 양손이 쳐들려졌다.

‘모추란 아이가 마환장이란 별호를 얻게 됐다는 절초, 무한삼변의 초식인가?’

지청완은 모추의 장심에서부터 손끝으로 이르는 묘한 떨림이 무얼 의미하는지 궁금해하며 고개를 갸우뚱했다.

“송림중목!”

콰콰콰―

노도와 같이 밀려드는 손바닥의 공세!

하나 같기도 하고 열 같기도 한 장(掌)의 힘이 일시에 분출됐다.

‘얼레? 뭐야?’

힘은 힘인데 방향은 천방지축, 분산되는 폭죽의 허무함이 느껴졌다.

‘이런 정도는 그냥 피하기만 해도…….’

번쩍―

‘헉!’

꽝!

뭐가 뭔지도 모르게 당할 뻔했다. 엄습한 섬뜩함에 본능이 시키는 대로 허리를 눕혀 철판교의 수법으로 피했고 거대한 무언가가 그의 배를 스치고 지나갔다.

"무한의 허초 속에 가려진 진일초! 과연 일류의 무사답다."

왠지 뜨거워지는 북궁단야가 허벅지를 딱 쳤다.

"그걸 피한 장추삼은 더 대단하겠네?"

그러나 장추삼의 위기는 거기서 끝이 아니었다.

"적엽분분!"

사방으로 흩어지던 장세의 기운이 흩날리는 낙엽처럼 유연한 기운으로 그의 전신에 퍼져 왔다.

굽힌 허리를 막 편 상태라 행동에 다소 부자연스러운 부분이 있을 법도 한데 장추삼의 몸은 불가사의한 반응을 보이고 있었다.

팍— 팍—

찢어지는 장삼을 무시하며 모추의 적엽분분 기운을 하나하나 피해내는 보법은 바로 천고의 절기 산무영의 변형형이었다.

'놀랍다. 나의 적엽 분분은 보법만으로 흘리기엔 어려운 다변의 초식이거늘.'

과연 마환장의 제이초답게 장추삼의 상의는 걸레가 되어 있었지만 유효한 타격 하나 허용하지 않고 기운의 그물에서 빠져나오며 그의 앞으로 전진하는 장추삼의 모습에서 전율과도 같은 감흥을 받는 모추였다.

‘그래, 어서 와라!’

여지껏 그를 이만큼이나 흥분시킨 상대는 없었다.

낭인무사의 비애라고 할까. 강호를 방방곡 뒤져 봐도 일류급의 고수를 우연히 만나는 건 쉬운 일이 아니다. 그리고 그런 무인을 찾아낸다고 해도 그들이 금분세수라도 한 상태라면 강호의 도의상 ‘한 수’ 가르침을 받기도 어렵다. 그들이 중소문파라도 이루고 있는 상태라면 대결은 더 더욱 난망이다. 뒷배경없고 자질있는 낭인무사로 이만큼의 성취를 이루었다는 데서 모추의 천저성과 노력은 입증되는 셈이지만 그 이후, 이름이 알려진 후부터가 문제였다.

‘명성. 부에 집착한 썩은 노강호들은 배첩을 보내면 문부터 닫아걸었지. 특별한 사부도 비급도 없던 나의 무공은 정체의 정체만을 거듭했었다.’

드디어 장추삼이 적엽분분의 권역에서 벗어났다.

“소리와 소리가 부딛쳐 온 산을 메우도다. 명명만산!”

촤르르륵—

마환장 모추의 오늘이 있게 한 최고의 절초가 펼쳐졌다. 태산에서 울려 퍼지는 메아리의 신비로움에 이끌려 만들었다는 장공의 정화. 모추가 이것을 여지껏 다섯 번도 펼치지 않았음을 장추삼은 알까? 어디가 앞이고 어디가 시작인지 알 수 없는 장풍의 울림.

“과연 번의 극을 보여 환상의 경지에 이르렀다는 절초구나!”

북궁단야의 심정은 장추삼과 자리를 바꾸어 직접 눈앞에 펼쳐지는 장풍의 소나기를 온몸으로 느끼는 그것이었다.

명명만산. 일정한 공간 속에 각도를 달리한 여덟 발의 장풍을 순식간에 밀어넣어 그 기운이 서로 충돌하여 예측 불가능한 방향과 숫자로 분열한다. 시전자도 모르는 결과를 상대가 짐작한다는 건 더 더욱 어렵다. 이 한 초식을 위해 모추의 십 년 청춘과 무공일로가 바쳐졌다는 건 너무도 유명한 일.

　우뚝—

　달려나오던 장추삼이 신형을 멈췄다… 고 머리 속에서 생각이 드는 순간 그가 뛰쳐나갔다.

　…이것의 단초는 사물이 움직이는 모든 면에 그것을 가능케 할 최적의 지점이 있다는 데 근거한다. 물건을 들 때의 위치, 타격을 가할 때의 상태와 거리, 마찬가지로 피할 때의 상대와 거리, 모두 한 지점, 즉 절대요처만 점유한다면 최상의 타격, 최고의 수비가 가능하다. 그러기 위해선 동물적 감각이 선행되야 함은 물론이고 그곳을 느꼈을 때 누구보다 먼저 차지해야만 할 것이다. 이에 한 가지 보법이 파생되니, 달 밝은 밤 홀로 술을 마실 때 한줄기 우레 무성하여 말없이 눈으로 쫓는다.

　월야독작관추뢰(月夜獨酌觀追雷)!

　'이럴 수가!'

　모추의 제 팔 장(八掌)이 채 뻗기도 전에 장추삼의 신형이 그의 오른쪽으로 바짝 따라붙었다.

　'한 번만 더 뻗으면 되는데!'

　귀신이 곡할 노릇이다. 이 찢어진 눈의 청년은 명명만산이라는 초식을 한 번도 본 적이 없을 텐데, 아니, 본 적이 있다손 치더라도 그리 쉽게 약점을 잡힐 만한 무공은 아니거늘 그의 오른손이 특정 방위를 향해 뻗어야 한다는 걸 어찌 알고 있다는 건가. 손을 뻗자니 오른손이 텅 비게 되고 안 뻗자니 녀석과의 거리가 너무 가깝다.

'좋다!'

모추의 신형이 반 자 가량 옆으로 틀어지며 명명만산의 권역에서 벗어나게 되었다. 화룡정점, 마지막 한 번의 힘이 가해지지 않은 공세가 급격히 기운을 잃고 사그라들었지만 그에게는 남은 한 수가 있었다.

"한 권의 책을 찾아주게……."

모추의 초식을 무산시키기는 했으나 장추삼도 이리저리 뛰어다닌 탓에 조금은 지쳐 있었고 의복도 갈래갈래 찢겨 보기 좋은 모습은 아니었다. 장추삼과 모추의 눈이 마주쳤다.

'이 아저씨, 여기서 끝장을 보려 하는군.'

망연히 장추삼을 바라보던 모추가 하늘을 한 번 보고 고개를 한 번 흔들었다.

'본 대결은 너의 승리다, 장츠삼. 만약 너를 좀 더 일찍 단났더라면…….'

그의 손이 동그란 원을 한 번 그렸다.

"어? 마환장에게 제사초가 있었나요?"

동생의 질문 따윈 귀에도 들어오지 않았다. 억만금을 준다 해도 보기 어려운 광경의 연속이기에 꽉 쥔 주먹에서 피가 나오는 것도 의식하지 못하고 바라보는 북궁단야는 알 수 없는 감흥이 전신을 옭아매는 걸 느꼈다.

"이건 나의 무공이 아니다. 하나 무인으로 이렇게 맥없이 물러나기는 싫다."

"말은 별 필요가 없는 것 같소."

훗, 하고 모추가 짧게 웃었다.

"좋아!"

원을 그린 손이 천천히 앞으로 뻗어졌다.

"대가는 이것이면 되겠지?"

그의 양 장심에서 말로 표현할 수 없는 기세가 뿜어졌다. 그것은 매우 웅휘로우면서도 파괴적인, 여태까지 모추의 장공과는 차원을 달리하는 것이었다.

"십단금!"

십단금, 면장의 최고봉.

양의문검법과 함께 무당의 이대절학 중 하나. 고급십대장공 중 서열 제삼위에 당당히 올라 있는 절학 중 절학.

동시에 소리를 지른 북궁단아와 지청완은 의문에 휩싸이지 않을 수 없었다.

'모추가 무당의 제자일 리는 없는데?'

지청완의 의문은 다른 것이었다.

‘십단금은 이해 없이는 연성하기 어려운 수준의 무예이거늘.’

그러나 둘은 아까처럼 뛰쳐나가려 하지 않았다.

지금의 순간이 어렵긴 하지만 그는 뭔가 해낼 것이다.

뭔가 하기는 해야겠는데 도대체 상상도 해본 적 없는 공격에 머리 속에 텅 빈 것 같았으나 일단 몸은 반응을 했다.

‘전방 사방위는 빈틈이 없고… 응?

한 방 잘못 걸렸다간 그대로 골로 갈 것 같고 피할 방위는 애당초에 없어 보이는 무지막지한 기세였으나 태초 이래 완벽이란 없지 않을까?

“흡!”

숨을 한 번 들이킨 장추삼이 발을 한 번 교차시켰다.

팟—

“아아…….”

누군지는 알 수 없지만 터져 나오는 감탄성. 하나의 몸에서 똑같은 세 개의 육체가 동시에 빠져나왔다. 절명궁을 피할 때 보였던 움직임 과는 전혀 다른 성질의 움직임! 굳이 설명하자면 분열이라고 할까? 양 손을 앞으로 쭉 뻗고 있던 모추의 눈에도 숨길 수 없는 경악이 서렸다.

‘허점은 있다!’

분열된 넷의 신형은 각기 사유, 즉 동남, 동북, 서남, 서북의 방위에 서 맹렬한 타격을 가했다.

따다닥—!

일전대의 다섯 명을 허공에 띄운 채로 박살 내던 그 발놀림. 이것은 편퇴(鞭腿)라고 한다. 강호상에 검법보다 권각술이 우위를 차지하던 시 절, 발경의 힘으로 권법과 장법, 그리고 지법을 연구하던 한 인물이 고

안해 내었다는 무서운 각법. 통상적으로 발이 가지고 있는 힘은 손의
세 배에 해당된다. 그러나 공력을 모으는 데 장심이 더 적합하다는 결
론을 얻게 되고, 발이란 건 아무리 잘 사용하더라도 양손만큼 뜻에 따
라주지 않아 지난 삼백 년이래 각퇴법은 몰락의 길에 들어섰다. 단지
가정에 불과하지만 양발을 손만큼이나 뜻대로 사용한다면 그 효과는
능히 짐작하고도 남음이 있을 터, 채찍과도 같이 발차기를 구사하는 장
추삼은 이런 사정을 알고나 있을까?

츠즈즈즈.

일순간에 벌어진 공수의 교대였으나 결과는 대단했다.

촤라락.

네 번씩 도합 열여섯 번의 발길질을 하고 십단금의 여파에 밀려 비
룡번신의 신법으로 허공에서 제비를 돈 장추삼의 입에는 가느다란 혈
흔이 내비쳤다. 모추는… 서 있었다. 장력을 방출하던 모습 그대로 두
손을 내민 채 석상처럼 굳어 있었지만 그의 눈은 어떤 격동 때문인지
끊임없이 흔들렸다.

"우엑!"

돌연 피를 뱉으며 언제까지라도 무너지지 않을 것 같던 모추의 무릎
이 꺾이고 털썩 지면으로 가라앉았다.

"어째서?"

생기를 잃은 눈동자는 마지막 몸부림을 보이듯이 흔들림을 계속했
다.

"어째서 패한 거지? 대체 어째서……."

한줄기 바람이 무심하게 스쳐 갔다.

몇 번 더 중얼거리다 갑자기 고개를 들고 모추가 장추삼을 바라보

았다.

"그런 눈으로 볼 건 없소. 스스로 천하제일이라고 생각하지 않았었다면 당신은 오늘 같은 순간을 언제나 머리 속에 염두 했을 것이고 그것이 지금 실행되었을 뿐이오."

"그렇다. 네 말대로 난 천하저일인도 아니고 패배에 대한 생각도 안 해본 건 아니다. 그러나, 그러나 방금 전에 보였던 너의 움직임이 나의 사십여 년 간 무도에 바쳤던 세월을 부정케 했다. 그리고……."

"십단금인가 하는 장공이 깨진 것 때문에 그러는 거요?"

모추는 말없이 고개만 끄덕였다.

"당신의 공격은 무섭긴 했지란 어딘지 모르게 어설픈 데가 있었소. 내가 보기에 십단금이란 장력은 사방과 사유를 동시에 점해야만 제 위력이 나올 것 같은데 당신은 사유의 방위까지 전달할 만큼의 힘과 기교는 없어 보였소."

장추삼의 지적은 평범하면서도 매우 정확한 것이었다.

본시 모추의 장공은 마환장이라는 별호에서 알 수 있듯이 변화를 주로 삼는 공격이었고 면장의 최고봉이라는 십단금은 웅혼한 내공을 바탕으로 힘으로 상대를 제압하는 것이라 상호 간에 장공이라는 공통 분모를 뺀다면 별 연관성이 없었고 그 역시도 자신의 독문무공인 무한삼면과 십단금의 융합을 시도했으나 거의 진전이 없는 상태였다. 장추삼이 은은히 저려오는 오른발을 내려다보았다.

"만약 당신이 사유마저 점유하고 동일 공력을 전달했다면 나로서도 힘든 싸움이 됐었겠지. 어쨌든 완전치 않은 사유를 먼저 점하고 거의 비슷한 시간으로 당신의 장공을 억누르자 네 귀퉁이에 풀칠한 종이를 힘으로 떼어내려면 찢어지듯 기혈이 역류했던 거였소."

"사유(四侑)에 허점… 자넨 그걸 어떻게 알았나?"

장추삼이 어깨를 한번 으쓱했다.

"그냥."

어이없는 대답을 듣고 화라도 날 법한데 모추는 말없이 눈을 깜빡였다.

'인간의 오감으로 그 짧은 시간에 허점을 발견하고 공격한다는 건 무리. 그러나 이자는 거짓을 말하고 있지 않다.'

"허허허허!"

너털웃음을 지으며 활개를 치고 땅에 대자로 누운 모추의 눈에 하나 가득 달이 들어왔다. 정말 오랜만에 보는 달이다.

"볼 일을 다 보았다면 이제 그만 가게. 청빈로에서 두 번 다시 월영전대가 돌아다닐 일은 없을 거야."

한곳에 박혀 있던 도옥기들은 어느새 줄행랑을 놓은 뒤였다. 고개를 끄덕이고 몸을 돌리려는 순간 모추가 물었다.

"자네의 신법… 이름이 있다면 알고 싶네."

말없이 드러누워 있는 모추를 바라보다 장추삼이 낮게 말했다.

"산무영과 추뢰보."

"흩어지는 안개의 그림자와 우레를 쫓는 발걸음이라… 정말 좋군."

◇ 제13장
아홉 번째 실회조원

아홉 번째 실회조원

다행인지 아닌지는 모르지만 장추삼은 오누이를 본 것 같지는 않았
다.

터덜터덜.

그들이 은신해 있는 나무 쪽엔 눈길 한번 주지 않고 장원을 벗어나
는 장추삼의 발걸음은 어딘지 허탈한 것이었다. 덩치 큰 노인이 뒤따
라 사라지자 커다란 정원엔 모추와 그들을 내려보는 두 남녀만 남아
을씨년스럽기까지 했다.

"어쩐지 좀 안돼 보여요."

"무인에게 동정은 안 주느니만 못한 것. 이제 가자."

특별한 경공을 써야 할 일도 없고 해서 둘은 나무를 내려와 그냥 걸
었다. 아무 말도 없이.

"내참! 완전히 속았다니까. 그 인간이 무공을 숨기고 있었다는 걸

누가 알았겠어?”

북궁설은 뭐가 그렇게 억울한지 투덜거리기 시작했다. 장추삼의 위상은 사기꾼 같은 놈에서 능구렁이로 전락해서 벌레로까지 급락했다. 그때까지도 북궁단야는 입을 꼭 다문 채로 말없이 걷기만 했다. 이상한 건 손톱이 살을 파고들 정도로 세게 주먹을 쥐고 있는 것인데 북궁설로는 알 도리가 없었다.

“지가 무슨 베일에 쌓인 신비고수쯤 되는 줄 아나 보지? 흥! 흥! 그런다고 멋있는 줄 안다면…….”

“설아.”

한참 툴툴대던 북궁설은 오빠의 항거할 수 없는 나직한 부름에 말을 끊고 북궁단야를 쳐다보았다.

‘……!’

이글이글.

그의 눈은 활활 타오르고 있었다. 매사에 냉정하고 분석적이던 북궁단야로선 좀체로 보이지 않던 투지의 불꽃이 온몸을 태우는 듯한 착각마저 들 정도로.

“이번 강호행… 정말 유익할 것 같구나. 비천혈선지 하는 책이 문제가 아니다. 천산 한 귀퉁이에서 알량한 수련으로 목에 힘이나 주고 있던 내게 말이야.”

“오빠…….”

우우우웅.

희미하게 북궁단야의 애검 적설(赤雪)이 울었다. 그의 다짐에, 그의 각성에 화답이라도 하려는 것일까?

‘나는 이런 오빠가 너무 좋아요.’

　여기 달조차 무색할 눈빛을 뿌리는 젊은이와 말없이 그 모습을 격려하는 아름다운 누이가 있다.

＊　　＊　　＊

　"내게 말 걸지 마요!"
　"아니, 그게 무슨 소린가. 노부는 자네가 너무 반가운데… 자네는 안 그런가?"
　노부? 지나가는 개가 웃을 일이다. 세상에 양상군자 노부도 다 있는가?
　"에잇!"
　구렁이 같은 노인네랑 말을 섞어봤자 득볼 게 하나도 없을 터, 장추삼은 입을 봉하기로 했다.
　옆눈으로 지청완을 쓸어보고 장추삼은 나직한 탄식을 했다.
　'에구, 허우대가 아깝다!'
　지청완을 보라.
　팔 척에 가까운 거대한 키에 딱 벌어진 어깨, 그 나이 또래의 노인네라곤 믿기 어려울 정도로 군살이 없는 몸과 멋들어진 수염! 세월이 역류하여 깊게 패인 주름살도 오히려 중후함을 더해주는 뚜렷한 부리부리한 호목! 가히 일대종사의 풍모로 조금도 모자랄 것 없지 않은가?
　'남지, 남어…….'
　"오오옷, 배고프다. 자네도 한바탕 몸을 풀었으니까 시장할 텐데 어디 가서 요기라도 할까?"

“노인이나 많이 드슈.”

한마디 쏘아붙이고 성큼성큼 걸음을 옮기는데 지청완이 제자리에서 움직일 생각을 않는다.

‘내가 너무 심한 말을 했나?’

“추삼이.”

노인의 표정을 보니 기가 죽거나 하진 않았다.

“아까 자네의 보법은 정말 멋졌네. 오늘 내가 개안을 했어.”

다시 울컥하는 장추삼이었다. 도둑 노인네가 뭘 안다고…….

“조일동정산무영, 월야독작관추뢰… 무언가 빠졌나?”

쿠쿵—

눈알이 튀어나올 뻔했다. 방금 전 노인이 뱉은 말은 이 세상에서 단 한 명도 아는 이가 없는 시구이거늘.

“자네의 보법을 보면서 그냥 떠올랐었어. 어? 왜 그렇게 놀라나? 나도 소시적엔 글줄 꽤나 읽었다구.”

지청완이 씨익 웃었다.

‘우연이겠지?’

그럴 거다. 모추에게 산무영과 추뢰보라고 말을 한 걸 듣고 도둑노인이 제멋대로 붙인 걸 거다.

‘생각보다 예리한 경향이 있는데? 그냥 무시하기엔 역시 껄끄러운 노인이야.’

“조일동정산무영… 월야독작관추뢰.”

어디에 정신을 팔았는지 지청완이 계속 같은 시구를 읊어댔다. 자신이 짓고 스스로 감탄하나 보다, 장추삼은 무시했으나 그의 눈을 찬찬히 들여다보았다면 그런 생각을 하지 않았을 것이다. 지청완의 눈엔 어떤 감정이 뚜렷이 어려 있었으니까.

"조일동정산무영… 월야독작관추뢰."

노인의 입에서 터져 나온 시구들은 허공에서 산산이 부서지며 닿을 수 없는 아련한 곳을 응시하는 사슴의 슬픈 눈망울처럼 고즈넉이 대기를 적셨다.

*   *   *

아침 출근길은 싫다. 간밤에 제대로 잠을 못 잤다면 더 더욱 그럴 것이다. 한 시진도 자지 못하고 일어난 장추삼이 걸음을 옮기는 건 오로지 보기 싫은 집법당주 철무웅에게 눈도장을 찍자마자 어디든 처박혀서 잘 수 있다는 십삼조원의 긍지(?) 때문이었다.

'아, 뒷골이야!'

숙취의 기본이면서 모든 남성의 적! 어젯밤, 끝내는 지청완과 야간 영업을 하는 반점에 들어갔었다. 맥 풀린 음성으로 미친 늙은이마냥 같은 말만 중얼대는 그를 그냥 버려두긴 그렇고 해서, 옷 한 벌 빚진 것도 있고 해서 구운 오리에 박주라도 한잔 사려고 했었는데… 딱 한 병으로 시작된 술자리는 병 수가 늘고 시간이 갈수록 마냥 이어졌고 깨보니 집이었다.

'아, 속 쓰려.'

숙취의 기본이면서 만인의 적! 본시 술을 즐기지만 폭주는 안 하는 걸 원칙으로 삼는 그였거늘 어제는 술에 미쳐 환장을 한 주귀처럼 잔을 비워댔다. 왜 그랬는지 정확한 연유도 모르겠다.

노인네가 좀 추켜 세워줬고…

"강호 서열 오십 위권의 고수를 발만으로 침묵시키다니…
자네는 엄청난 일을 한 거야. 대단해!"
여태껏 원망만 했던 사부에게 조금이나마 죄스러움을 느꼈고…
"자네의 사부는 분명 은거고인이었을 거야. 암, 그렇고 말고! 표출한
신법 하나만 봐도 엄청난 분이었다는 걸 알 수 있다구."
스스로에게 좀 대견했었다.
"친구를 위해서 대가없는 싸움을? 오오, 아직도 이런 젊은이가 남아
있다니. 훌륭해!"
그 다음부터는 잘 기억나지 않는다. 아무튼 노인네의 이빨에 이리저
리 놀아난 건 틀림없는데 과히 싫은 기분은 아니었다.
저녁만큼은 아니지만 여전히 바쁜 청빈로였다. 며칠이 지나면 알게
되겠지. 거머리 같던 월영전의 놈들이 얼씬거리지 않게 되었음을.
일 장 정도 앞에서 웬 유생이 이쪽을 보며 히죽 웃고 있었다.
"어? 우 형 아니오. 이런 아침에 웬일로?"
언제나 단아한 우건이지만 오늘은 더욱 깨끗하고 고아했다.
"출근하나 봐요?"
흰 이를 드러내고 웃는 우건은 그림 그 자체였다. 남자라곤 도저히
믿기 어려운 뽀얀 살결과 크고 맑은 눈망울이 아침 햇살을 받아 선계
의 정취를 안겨주었다.
"언제 봐도 눈이 부십니다. 하하하!"
장추삼의 칭찬에 우건의 눈썹이 역팔자를 그렸다.
'이자가 설마……'
"간밤에 술을 먹었더니 속이 쓰리군. 어떻소? 아침을 안 했다면 탕
이나 한 그릇 하지 않으려오?"

"아, 아니, 됐소이다."

손까지 내저으며 사양하는 이에게 음식을 권할 만한 이유가 없다.

"그래요? 그럼 또 봅시다."

멀뚱히 서 있는 그의 옆을 스쳐 지나가는데 불쑥 내밀어진 손 하나.

"뭐요, 이건?"

우건이 씨익 웃었다.

근데 제 딴엔 이물없이 웃는다고 웃는 것 같은데 장추삼에겐 아무리 봐도 '배시시'다.

'에쿠, 이러면 안 되는데.'

몽롱해지는 정신을 다잡으며 다시 한 번 장추삼이 물었다.

"뭐냐니까?"

"악수도 모르오?"

모를 리 있겠는가. 문제는 이른 아침에 홍두깨도 유분수지, 왜 우건이 악수를 청해오느냐, 이거다. 의혹 어린 눈초리로 우건을 훑어보자 내밀었던 손을 거두고 고개를 절레절레 흔들며 그가 한숨을 내뱉었다.

"에휴, 내 눈이 잘못돼도 크게 잘못됐지. 어디서 저런 머저리를……."

"뭐요?"

"아니오! 아니오! 됐소!"

갑자기 소리를 빽 지르고 우건이 몸을 돌려 성큼성큼 떠났다.

목을 한번 좌우로 소리나게 꺾고 장추삼도 가던 길을 가는데 우건이 불러 세웠다.

“장 형!”

‘또 뭐야?’

“어쨌든 고맙게 됐소.”

‘뭐?’

총총히 사라지는 우건을 말없이 지켜보던 장추삼이 다시 한 번 목을
좌우로 꺾었다. 물론 소리나게.

＊　　　＊　　　＊

왁자지껄.

집법당주 철무웅에게 눈인사를 찍자마자 예정대로 어딘가에서 짱
박혀 늘어지게 자고 기울어가는 태양에 놀라 서둘러 대기전으로 발걸
음을 옮기는데 무슨 일이 터졌는지 십삼조 대기전이 부산했다.

‘실주(失珠)? 출동이구나!’

꽈당!

“장소는? 탈취된 물건의 가액(價額)은 얼마요?”

기운차게 문을 열어젖히고 속사포같이 질문을 퍼부었다. 처음 맛보
는 긴장감. 그런데…….

멍—

‘엥?’

그곳엔 어떠한 긴장감도 여하의 급박함도 없었다. 침상 두 개의 모
여 있던 여덟 쌍의 눈동자가 일제히 장추삼을 바라보다가 제각기 흩어
졌다.

“쳇!”

“뭐야?”

“잠이 아직 덜 깼나?”

여기저기서 투덜거리는 소리가 들리는데… 여덟 쌍?

눈을 한 번 부비고 천천히 사람 수를 세었다. 강시, 바른 생활, 얼음, 노처녀, 털보, 도인, 싸가지…

절대 미남인 자신은 여기에 있고, 좌중의 한가운데서 주절거리고 있는 덩치 큰 노인, 덩치 큰 노인?

“엑!”

어제 술을 사주는 게 아니었다. 진드기 같은 노인네란 건 익히 알고 있었지만 근무처까지 쫓아와서 넉살을 떨고 있다니. 더 기가 막힌 건 좌중의 얼간이들이다. 고담과 단사민은 바보니까 그렇다 치고, 하운과 당소소와 사마검군은 예의범절상 어거지로 그러고 있다손 치더라도 십삼조의 이대 방관자라는 북궁단야와 적괴까지 노인의 말에 빠져 있는 것 같지 않은가?

‘으… 으…….’

실로 가공할 이빨이요, 통천할 혀라 하겠다.

“호오, 그래서요?”

언제나 얘기꾼을 자처하던 고담이 오랜만에 청중의 입장에서 뒷말을 재촉하는데 오십 줄을 바라보는 나이답지 않은 천진난만함마저 느껴질 정도니 나머지 일곱 명의 상태는 부연 설명이 필요없는 것이다.

“그래, 절명궁 여섯 대를 어쨌는데요?”

방방 뜨는 단사민은 아예 할아버지를 만난 손자다.

“허험, 모두들 잘 알겠지만 일명 절명궁이라 불리는 귀매궁에 재인 혈시를 동시에 석 대 이상 감당할 인물이 강호상에 몇이나 있겠나. 그런데 여섯 대가 날아왔네. 여섯 대!"

'어딘가 에서 본 것 같은 광경인데……'

지청완은 눈으로 좌중을 좌지우지하고 있다고 해도 과언이 아니었다. 설명을 요하는 부분에서는 부드러운 시선으로 단사민을 바라보다가 갑자기 얘기의 전개가 급박해지면 두 눈에서 화광을 뿌리면서 불특정의 누군가를 응시한다.

"오오……"

지적받은 학동마냥 적괴의 입에서 감탄사가 희미하게 샜다.

'강시가 미쳤구나! 오오~ 좋아하네.'

"힘만으로, 공력 가지고는 상대가 안 되는 상황. 그렇다고 피하자니 기회를 잃었다고 누구나가 생각했었지. 그런데 그 신비인의 발이 기묘하게 교차되며 하나밖에 없는 육신이 무려 여섯 개로 불어나는 것 아니겠어?"

'……!'

그렇다. 뻔뻔스런 노인네가 입방아 찧고 있는 건 어제 장추삼이 싸우던 광경이었다. 그 뒤야 뻔했다. 마환장이 직접 손을 쓰고 무한삼면이 신비인의 절세보법에 파훼당하고… 십단금이란 이름이 나왔을 때 좌중은 경악했으나 장추삼은 하품을 했다. 아무튼 노인의 이빨은 천의무봉(天衣無縫)이라고밖엔 달리 표현할 말이 없을 정도로 기막힌 수준인 게 싸운 당사자보다 훨씬 박진감 넘치고 재미있게 상황을 풀어냈다. 말을 마치자 수많은 질문이 쏟아졌다.

"정말 엊저녁에 일어난 사건입니까? 당최 믿기지 않는데."

"그 신비고수는 누구랍니까?"

“지 노선배께선 직접 목격하셨으니까 말 한마디라도 나누었겠지
요?”

지청완이 온화하게 웃었다.

“허허허, 낸들 아나. 신비고수는 나타날 때와 마찬가지로 홀연히 사
라졌다네. 정말 신비로웠지.”

웃기지 마요, 어제 나랑 밤새도록 펐잖아요 하고 싶었으나 자신이
나서기엔 너무 늦었기에 콧방귀밖에 날릴 게 없었다.

“흥! 흥!”

문득 조용히 고소 짓는 북긍단야가 보였다. 그 역시 우스운 일이 있
나본데 본래의 성정이 그러하여 말없는 미소로 대신하는 듯했다.

“아이구, 한자리에 너무 오래 앉아 있었더니 허리가 다 뻐근하네그
려. 어? 이게 누군가? 추삼이가 여긴 웬일인가?”

‘어, 이게 누군가. 추삼이가 여긴 웬일인가? 하! 미치겠네.’

적반하장이라는 말은 이럴 때 쓰려고 생겨났나 보다.

“지 노선배님과 장 형이 아는 사이였어요? 이거 우연이네! 장 형도
실회조 소속입니다.”

“그것 잘됐군.”

하운의 설명을 듣고 고개를 한 번 끄덕인 지청완이 밖으로 나갔다.
모두의 시선이 장추삼에게 모아졌다.

“장 형, 장 형, 지 노선배랑 아는 사이였어요? 어떻게 아는 사이예
요?”

좌중을 대표하려는 듯 단사민이 호들갑을 떨었다. 지청완에 대해서
라면 말조차 꺼내기 싫었지만 도두의 시선에는 무서운 압박감이 담겨
있었다.

‘돌겠네······.’

특하나 두 눈을 번쩍이는 이대 방관자와 당소소를 무시할 담량이 그에게는 없었다.

“그냥 오가다 만났었어.”

“에이~”

“정말이야. 한 며칠 같이 다닌 것 빼면 나도 잘 모른다구.”

한 며칠 같이 다닌 것… 장추삼의 말실수였다. 비단 남자끼리 서로를 아는 데 술 한잔이면 족하고 주먹 한번을 나눠보면 아는 게 강호의 생리다. 그러니 며칠 간이나 붙어 다녔다면? 그것도 오가다 만난 사이끼리 뭐 볼 게 있다고 동행을 했다는 건가.

“어? 어? 왜들이래?”

스산한 살기, 위로는 고담에서부터 가장 어린 단사민까지 모두의 눈에 스멀스멀 안개 같은 기운이 어렸다.

“알았어, 알았다구. 젠장!”

말은 그렇게 했지만 막상 입을 열려니까 달리 할 말이 없다.

“노인이야.”

도둑 노인이라고 말하긴 미안하지 않은가. 그래서 있는 것 없는 것 생각나는 대로 주워삼켰다.

“끈질기기는 거머리보다 더하고 성격은 얍삽해. 삼류 사파 노인인 줄 알았는데 이제 보니 세력도 없는 것 같고 한곳에 오래 머물지 못하는 걸 보면 방랑벽이 있는 것 같아. 전직이 뭔지 지극히 의심스러운데 한 가지 참고로 삼을 건 달리기가 무지 빠르다는 거야.”

후반부에선 아예 눈을 지그시 감고 중언부언 떠드는 장추삼을 보며 북궁단야가 먼저 나갔고 그 뒤로 적괴, 당소소, 고담······.

"이쯤 하면 대충 어떤 사람인지 알겠지? 어쨌든 중요한 건 그 사람은 노인이라는 거… 어? 뭐야?"

대기전엔 한 사람만 남아 있었다.

기분이 흐릿한 날엔 친구밖에 없다. 도둑 노인은 어찌나 수완이 좋은지 십삼조의 아홉 번째 조원이 되었다. 이력서를 쓰지 않은 속내야 모르는 바 아니지만 표국주 이효는 무슨 생각으로 허우대와 달리기 빼고 쓸 곳이라곤 찾아볼 게 없는 노인을 받았는지 모를 일이다.

전생에 거대한 악연이 있었던 게야. 어쩜 그렇게 가는 곳마다 쫓아다니며 끼어들려고 하는지, 그렇다고 자신이 돈이 많거나 큰 권력이 있어서 같이 다니다 주워먹을 걸 바라는 건 아닐 텐데. 남색을 생각 안 해본 것도 아니지만 며칠 동안 면밀히 지켜본 결과 그건 지나친 억측임이 판명났다. 지청완이 새로 오고 사흘이 흘렀지만 실회조는 여전히 할 일이 없었고 따분했다.

그러던 차에 배금성의 방문은 무척 반가운 것이었다.

"무슨 바람이야? 요즘 농기구가 안 팔리는 거냐?"

"나 없다고 우리 대장간이 끄떡이나 하냐. 오랜만에 땡땡이 한 번 쳤다."

"땡땡이라… 나처럼 매일이 본의 아닌 땡땡이가 되면 어느새 감각이 무뎌져서 땡땡이가 본업 같고, 그것 하러 출근하는 것 같다."

"팔자 늘어진 소리 마라. 너, 약 올리는 거지?"

"오? 이제 알았어? 여전히 느리군."

둘이 떠나가라 웃으며 봉황루 주렴을 걷고 들어갔다.

"이게 누구야? 추삼이랑 금성이 아냐? 왜 이렇게 오랜만에 오는 거야? 어서 앉아, 앉으라고.”

노칠의 안색은 변해 있었다. 굳이 표현하자면 칠 년 전 장추삼이 길을 떠나기 전 그 모습 그대로라고 할까?

웅성웅성.

달라진 건 노칠뿐이 아니었다. 양손 가득 접시를 나르는 점소이들의 얼굴도, 먹고 마시며 토론하는 손님들의 태도에서도 얼마 전과는 다른 활기를 느낄 수 있었다.

“좋구나.”

밑도 끝도 없이 배금성이 한마디 던졌다.

“그래.”

장추삼이 화답했다.

우육교자와 안주를 곁들인 술상이 차려졌다.

“들어.”

술 한 잔을 따르며 배금성이 말했다.

“배 좀 채우고.”

교자에 젓가락을 올리며 장추삼이 반대 손으로 병을 뺏어 들었다. 우육교자는 일 인분이 세 개일 정도로 컸지만 장추삼은 일곱 개를 먹어치웠고 그사이 배금성이 죽엽청 한 병 반을 홀로 비웠다.

“여전하구나, 니 주량은.”

“술까지 없었다면 이 험한 세상에 무슨 낙이 있겠나.”

배금성은 술이 셌다. 세 명의 친구들이 연합을 해서 덤빈다고 해도 그 하나를 감당하기 어려울 정도였다. 그나마 대작 가능한 사람을 꼽으라면 그들 중 장추삼이지만 그건 어디까지나 입 안으로 털어 넣는 양의 조절에 의해 가능한 것이었다. 반 잔과 한 잔은 다를지언정 둘 사이엔 묵약처럼 비워내고 채워지는 술잔만이 존재했다. 누가 먼저 말을 꺼낼 것인지, 누가 먼저 안주에 젓가락을 옮길 것인지……

'뭔 일이 있었나 보군.'

노칠 영감에겐 그들의 이런 모습이 낯선 게 아니었다. 말이 좋아 네 명이지 실질적인 주도권은 장추삼과 배금성이 나눠지고 있었고—싸움 실력이 가장 떨어진다는 배금성의 무게감을 이해하기 어려웠지만—그중 우두머리 격인 장추삼이 집을 나서기 전엔 이런 술자리를 자주 보아왔던 터였다.

따르고 비우고, 따르고 비우고… 식어만 가는 안주.

장추삼은 느낄 수 있었다. 왠지 모르지만 의도적으로 자신과의 대화를 피하는 친구의 몸짓과 기운들. 아니면, 아니라면… 자신이 물어봐 주길 바라는 것을. 도대체 뭘 말인가?

친구 사이에 자존심은 하등 필요가 없지만 억지 또한 싫다.

"월영전대… 정말 네놈이 부순 거 맞아?"

억겁과도 같은 시간이 지난 것 같았다.

"말 한마디 꺼내기 어렵네. 그래, 그걸 묻자고 이렇게 폼 잡은 거냐?"

"대답해."

농담을 잘라 버리는 배금성이 서운했지만 어쩌겠는가, 친구인 것을.

"묵예갑은 기대를 저버린 일이 없지."

"그래, 정말 너였단 말이지… 너였어."

천장을 바라보며 몇 마디 웅얼거리고 배금성이 연거푸 술을 들이켰다.

장추삼은 모른다. 지금 이 순간 그의 마음이 얼마나 복잡한지를. 도망치고 싶은 순간 가출이라는 방법을 택하고 마치 아무 일도 없던 것처럼 돌아올 수 있는 친구의 자유를 부러워하는 그의 마음을 알 리 없다.

"전부터 뜸 들이는 습관은 알지만 오늘은 너무 긴 것 같다. 무슨 얘기를 하려는 거야?"

대꾸없이 술잔을 비우던 배금성이 술병에 남은 술이 없자 큰 소리로 한 병을 더 주문했다. 이럴 때는 잠자코 앉아 있는 것이 상책이다. 적어도 친구라면 하고 싶은 얘기를 하려고 불렀을 테고 그렇다면 언젠가는 할 테니까.

벌컥벌컥.

안주 한 점 집어먹지 않고 죽엽청 세 병을 혼자 비운 배금성의 눈가는 불그스레 취기가 올랐다.

"지루했지? 미안하다."

그 양을 들이켰거늘 발음 하나 삐치지 않는 건 용한 일이었다.

"됐네. 이제라도 보따리를 풀게나."

"후, 그래. 그럼 말하지. 나흘 전이 맞냐? 네가 월영전을 뒤엎은 날이 말이다."

비밀스러운 화제라 밀실 같은 곳에서 말해야 할 것 같지만 주위의 취객들은 자기들 담론에 바빠서 정신이 없었다.

"그래."

"어느 정도 무공을 익혔다고는 생각했지만 네가 마환장 모추를 격파한 건 솔직히 의외였다."

"……."

"그때 말이야……."

술잔을 빙글빙글 돌리던 배금성이 고개를 바로 세워 장추삼을 똑바로 직시했다. 그건 더 이상 친구의 눈빛이 아니었다.

"책 한 권 보지 못했니? 이건 중요한 얘기다."

순간 기분이 언짢아졌으나 꾹 참고 장추삼은 고개를 흔들었다.

"아니, 책 같은 건 본 적이 없어."

"잘 생각해 봐! 모추와 겨루었을 때 품에 뭔가 느껴지거나 하는 것 없었느냐 말이야. 아니면……."

"생각이고 뭐고, 책은커녕 종이 한 장 구경 못했다. 내가 뭐 하러 그 딴 걸 거짓말하겠어."

"그렇게 쉽게 얘기하지 말고 찬찬히 좀 생각해 보라구!"

장추삼은 모른다.

지금 이 순간 그의 마음이 얼마나 다급한지를. 정말 해서 안 될 생각이지만 생각 같아서는 눈앞의 친구를 거꾸로 매달아 매질이라도 해서 그날의 상황 일체를 듣고 싶다는 걸 말이다.

"친구 살리는 셈치고 다시 한 번 잘 생각해 봐. 아! 형태가 양피지일지도 몰라."

'후우.'

판관의 눈빛에서 구걸을 기다리는 새끼거지의 처량함으로 바뀐 친구의 하소연이 장추삼의 말문을 막았다. 그렇지만 어쩌겠는가, 나흘 전 그가 본 거라곤 서른 명의 바보와 마환장이라는 고수, 그리고… 도둑 노인!

꽝!

그걸 왜 생각 못했을까! 머릿속에 벼락 같은 울림이 왔다.

"혹시 그 책 말이야, 돈 되는 거냐?"

"……?"

"니가 찾는 것 말이다. 팔면 한몫 쥘 수 있는 희귀 고서 같은 거냐구?"

배금성의 눈이 반짝 빛났다.

"뭐 생각나는 거라도 있어?"

난감한 일이다. 비록 거추장스럽긴 해도, 악연도 인연이라고 했는데 그날의 사건을 있는 그대로 말한다면 도둑 노인은 청빈로에서의 삶이 끝장남은 물론 잘못하다간 큰 봉변마저 치르게 생겼으니.

"에에휴~ 그게, 음……."

오른손으로 턱을 괴고 장추삼을 바라보는 배금성의 표정은 온통 기대와 설렘으로 가득 차 있었다. 혀를 놀리지 않고도 얼굴 근육의 움직임만으로 '어서 말해' 하고 재촉하는 것 같아서 그로서는 여간 입을 열기 어려운 게 아니었다.

"그러니까… 그날… 나흘 전 말이야… 에, 또……."

"그래, 나흘 전!"

배에 힘을 꽉 주고 장추삼이 말을 막 꺼내려 할 때였다.

"오오옷! 추삼이! 예서 뭘 하고 있는가? 술 마시는 건가?"

'읔! 이 목소리는!'

장추삼과 배금성이 고개를 돌려 소리난 곳을 바라보았다. 아니나 다를까, 그곳엔 지청완이 있었다. 어떻게 꼬셨는지 모르지만 온화한 미소의 하운과 싸늘한 댕기를 풍기며 허공을 쏘아보는 북궁단야까지 끌고 왔는데 점소이들마저 접근하지 못하고 안절부절 어쩔 줄 몰라 하는 걸 보면 북궁단야는 아무것도 안 하고 그냥 서 있어도 그 자체가 공포인 것 같았다.

"아는 분들이냐?"

맥 풀린 음성으로 배금성이 물었다.

"직장 동료."

장추삼도 건성으로 대답했다. 그들이라고 폼 잡고 싶어서 서 있는 건 아니었다. 저녁 시간이라 봉황루의 탁자는 빈 곳이 한 군데도 없는 상태였기에 우두커니 서 있는 거었다.

"나갈까요?"

"무슨 말이야? 여기 음식 맛이 그렇게 괜찮다면서… 난 싫으이."

하운과 지청완의 대화를 그냥 듣고 있기엔 어딘가 찔리는 구석이 있었다.

"하고 많은 음식점 중에 어떻게 여길 들어와서 저래."

낮게 투덜거리는 장추삼과 배금성이 한숨 섞인 웃음을 보내주었다.

"오늘 여러모로 내가 실례가 많았다. 어째 얘길 이어갈 분위기가 아닌 듯싶어."

실회조원들은 계속 시끄러웠다.

"언제까지 서 있을 수는 없잖아요."

"누가 언제까지 서 있는다고 했나. 보아하니 구석탱이에 빈자리도 많구만."

그들을 바라보며 넌지시 한마디 던지는 도둑 노인이 얄미웠지만 친구 앞이라 발작은 자제했다.

아닌 게 아니라 그들이 앉은 탁자는 육 인석이었고 봉황루에선 넓은 자리에 속했다. 주위를 둘러봐도 탁자마다 빈자리가 한두 개밖에 남지 않은 걸 보면 대부분의 자리들은 합석을 강요당했음이 분명하다.

"이만 가볼게. 넌 교자밖에 별로 먹은 것이 없으니까 동료 분들 하고 한잔 더 해라."

“야, 금성. 그런 게 어딨어?”

의자에서 일어서는 배금성을 장추삼이 잡았다. 직장 동료들도 물론 중요하지만 오늘은 어디까지나 친구를 만나는 날이다.

“난 괜찮아. 이미 많이 마셨고…….”

“우리 땜에 그러시나?”

이형환위? 분명히 계산대 앞에서 주절거리던 지청완이었는데 어느새 그들의 탁자로 와서 참견을 했다.

‘굉장히 뻔뻔스런 노인네로군.’

그래서 친구는 유유상종일까? 배금성이 느낀 첫 감정이었다.

“그렇다고 뭘 일어나고 그러나. 그럼 우리가 괜히 미안해지지.”

‘아까부터 미안했다구. 이 노인네야!’

배금성만 없었다면, 사람 많은 음식점만 아니었다면 한마디 쏘아붙였을 것이다.

“아, 예, 저는 많이 먹어서…….”

“그래도 그런 법이 아니지. 예로부터 굴러온 돌이 박힌 돌을 빼면 욕 먹는다고 그랬다오. 자, 어서 앉게.”

이 노인만 보면 왜 그리 사자성어가 툭툭 튀어나올까?

‘주객전도도 유분수지…….’

친구에 대한 미안함과 노인에 대한 분노로 고개를 푹 숙이는 장추삼의 귀로 기운 찬 지청완의 음성이 들렸다.

“자리 났다!”

*　　*　　*

"죽마고우인 대장장이라고 해요."

어떤 모양새로든 합석이 이루어졌고 장추삼은 친구를 소개 안 할 수 없었다.

"배금성이라고 합니다. 여러분들과 만나게 되어 반갑습니다."

포권으로 그가 인사하자 호답이 왔다.

"오! 본래 배 소협이었구려. 느부는 지청완이라 하오. 그냥 떠돌이지."

"흥!"

장추삼이 고개를 모로 꼬며 무시했다.

하운은 특유의 부드러운 미소로 화답했고 북궁단야는… 그냥 북궁단야요, 했다. 잘 알고 있겠지만 다섯 명 이상이 술자리를 가지면 반드시 패가 갈라진다. 아무리 대화를 공유하려고 해도 최종 수용 인원은 넷이 넘지 않는 건 술좌석에서의 불문율과도 같은 법칙이다. 장추삼들은 세 패로 나뉘어 있었다. 묵묵히 술잔을 기울이는 배금성과 북궁단야, 이 얘기 저 얘기 늘어놓는 지청완의 옆에서 부지런히 잔을 채워주는 하운, 그리고 장추삼.

'아아… 심심해.'

다시 말하지만 장추삼은 이런 식의 자리를 매우 싫어한다. 억지로 만들어낸 듯한 자리, 전혀 융화되지 않고 뱅뱅 겉도는 군상들. 빠지려 해도 자신이 유일한 공통 분모 격이다. 이런 떨떠름한 좌석을 야기한 인물, 그는 후안무치하게도 다섯 중 가장 신나서 떠들고 마셔대는 것 아닌가.

'이대로는 못 참지.'

"아! 아까 하던 얘기 말인데……."

배금성이 깜짝 놀랐다. 누구보다 총명하고 눈치 빠른 장추삼이 이런 자리에서 조금 전 나누었던 얘기를 할 리 없을 텐데.

"그 왜 있잖아, 신비고수가 나타나서 청류장에 꿈틀거리던 버러지들을 날려 버린 것 말이야."

'신비고수?'

도무지 배금성은 정신을 차리지 못했다. 장추삼이 오른 눈을 찡긋거리기에 뭔가 수작이 있구나 하고 참고는 있지만 갸우뚱거려지는 고개를 진정시키기 어려웠다.

"여기 놀라운 분이 계시다네. 자! 직.접. 목격한 지 노선배님께 직.접. 듣는다면 더욱 재미있을 거야."

'캑!'

먹던 음식물이 기도로 들어가지 않았을 때 우리는 사레 걸렸다고 한다. 기분 좋게 술 한 잔을 들이키던 지청완은 충격적인 역공에 그만 살에 걸렸다.

'켈룩켈룩! 요놈이… 이런 식으로 반격을?!'

삼 일 전에 떠들어놓은 게 있기 때문에 부인하기는 어려운 말이다.

"그게 사실이야? 이 노선배께서 나흘 전 그곳에서 모든 걸 지켜보셨다는 거야?"

"글쎄 그렇다니까. 백설이 불여일문이라고. 직.접. 목격하신 분께 직.접. 듣게. 이분은 그 신비고수의 출현 전부터 장원에 계셨다고 하니까."

네 번에 걸친 직접의 위력은 실로 놀라웠다.

"초면에 실례합니다만 제게는 무척이나 중요한 일이라 감히 지 노선배님께 여쭙겠습니다."

"그, 그러시게."

어디에도 피할 구석은 없다.

"무슨 용무로 월영전에 가셨었는지는 모르겠지만 그 신비고수가 난입하기 전부터 계셨던 게 맞는지요?"

"맞네만……."

"그럼 말씀입니다, 혹시, 책 한 권 못 보셨나요?"

"책?"

하운의 얼굴에서 어이없어하는 빛이 스쳐 지나갔다. 거창한 사과말과 함께 시작된 질문의 결론으로 겨우 책 한 권의 행방이 전부라면 어딘가 싱거운 것이니까.

"책이라… 한 권이 아니라 많이 봤네. 어, 많았지."

'노인네가 금고라도 털려고 들어갔던 곳이 별채에 딸린 서재로 들어갔었구나.'

배금성의 미간이 좁혀졌다.

"제가 말하는 책은 귀한 거라서 그렇게 함부로 다룰 책이 아닙니다. 책이 많았다 함은 서재나 그런 곳 말씀하시는 것 같은데 거기에 특별히 분류해 놓은 책들이 없었습니까?"

"글쎄……."

"잘 생각해 보십시오! 중요한 일입니다."

지청완은 고개를 좌우로 갸우뚱거렸다.

"생각해 내실 거야."

장추삼이 끼어들었다.

"도둑고양이처럼 몰래 침입한 곳도 아닌데 그런 걸 기억 못하시겠어?"

　지청완을 바라보며 씨익 웃는 장추삼은 너무 통쾌해서 축배라도 한 잔하고 싶어졌다.

　"자, 자, 노선배의 청정한 기억의 반추를 방해하지 말고 우리끼리 한 잔하자고!"

　건배를 청하며 기분 좋게 한 잔 꺾는 장추삼이 지청완과 눈길이 마주치자 다시 한 번 웃었다.

　씨익.

　'도둑고양이? 청정한 기억의 반추? 이노옴……'

　생각 못해내면 있는 대로 다 까발리겠다는 협박 아닌가? 정면으론 기대에 찬 배금성, 옆에 보니 오른손을 의자에 척하니 올리고 빙글빙글 웃고 있는 장추삼.

　"이보게. 그건 너무 막연하지 않은가? 최소한 어떻게 생겨먹었는지, 제목은 뭔지 정도는 알아야 하지 않겠는가?"

　"후우~"

　땅이 꺼져라 한숨을 쉬고 배금성이 앞에 놓인 술을 쭉 들이켰다.

　"하, 저도 어떻게 생겼는지 알고 싶습니다. 제목은……"

　가느다란 전음성이 배금성이 귀로 파고들었다.

　"그렇게 무리할 것 없습니다. 어차피 확증은 없었던 일이었으니까요."

　"제목은… 사정상 말씀드리기 어렵겠군요. 죄송합니다."

　"어렵군."

　입을 쭉 내민 지청완이 주위를 쭉 돌아봤다.

　"제목은 말 못해, 생긴 건 몰라… 이런 걸 보고 경사가서 장 서방 찾기라고 하는 거 아닌가?"

지청완은 완전 부활했다.

"도움이 못 돼서 어떡하지? 에, 그런 의미에서 내가 책에 관한 재미있는 얘기 한 토막 해줌세. 자네들 혹여 파천이서라고 들어보았나?"

실망한 배금성이 장추삼에게 한 잔 따라주고 북궁단야는 천천히 홍소육 한 점을 씹어먹는 중이었다. 하운을 제외한 그 누구도 지청완의 옛날 얘기에 관심을 기울이지 않았다. 그의 다음 말이 나오기 전까지는…….

"달리 비천이서라고도 부른다고 하더군."

툭.

북궁단야가 들고 있던 젓가락을 놓쳤다.

콸콸.

배금성은 계속 따랐다. 술이 장추삼의 손등을 타고 탁자를 적실 때까지. 하운의 눈도 순간적으로 번쩍 빛났다.

"야, 야, 정신 차려!"

장추삼이 친구의 손에서 술병을 빼앗아 들었다. 태평한 건 오로지 그였다. 아는지 모르는지 지청완은 술술 이야기를 풀어갔다.

파천이서.

세간에 비천무서와 비천혈서라는 다른 이름으로 알려진 두 권의 책. 전에 고담이 한번 얘기해서 장추삼은 잘 알고 있는 비천무서가 그나마 실존 가능성이 있다고 생각되는 편인 데 반해, 피로 쓰여 있다는 것 밖에 정확한 이름도 알려져 있지 않은 비천혈서는 말 그대로 신비였다. 비천무서. 구대문파 지공이 수록되어 있다는 마흔 쪽의 무서. 애써 외면하는 구파의 인물들로도 그런 책의 존재가 인구에 회자되는 것만으로 여간 부담되는 게 아니다. 자연히 비구파의 인물들은 눈에 불을 켜고 찾으려 드는 책이고 말은 아니라고 하지만 구파 역시 암암리에 소재를 캐고 있다는 풍문이 돈다고 했다.

비천혈서. 이것의 존재 여부는 그 작성자와 신만이 알 거라는 신비의 책. 비천무서와는 달리 얼마 전부터 갑자기 대두된 이 시대 최고의 비밀. 어떤 가문이나 문파의 갑작스런 흉사 뒤에는 꼭 한 번은 언급되는 저주의 책이기도 하다. 도무지 알 수 없는 것이 책의 수록 내용에 대해 아는 사람이 한 명도 없으면서 왜 그런 평지풍파를 일으키는 것일까?

"거기엔 이런 일화가 따르지."

술병이 빈 것을 확인하고서 외눈으로 병 속을 들여다보며 지청완이 말을 끊자 북궁단야가 신속히 두 병을 추가시켰다.

"오늘 내 뱃속의 주충들이 아주 날을 만났구나!"

점소이의 손에서 낚아채듯 술병을 뺏어 들고 자작을 하고 지청완은 장추삼에게 한마디 건넸다.

"이봐, 추삼이. 자네 유하초자라는 인물에 대해 들어본 적 있나?"

물론 들어본 적 없다.

'내가 무림 사정에 문외한인 걸 잘 알면서……'

"유한초자라면 천하에서 가장 한가해서 여기저기 안 끼어드는 데가 없고, 소문이란 소문은 전부 퍼드리고 다닌다는 목양생이란 인물 아닙니까? 그 사람, 삼십 년 전부터 은거했다는 얘길 들은 것 같은데……"

"어떤 노완고(老頑固)랑은 다르게 자네는 역시 예의도 바르고 강호에 대한 식견도 풍부하구먼. 맞아. 그 유한초자를 말한 거야."

하운의 말에 대꾸하면서도 눈으로는 연신 장추삼을 쫓고 있었다. 마치 '아무리 그래도 그것도 모르냐'라는 표정으로.

노완고… 고집불통이라는 뜻이다.

'근데 이 노인네가……'

"그 유한초자가 말이야!"

기막힌 순간 포착으로 말머리를 돌린 지청완이 장추삼을 완전히 무시하며 본론으로 들어갔다.

"삼십 년 전에 은거했다고 알려져 있긴 하지만 정말로 그를 잘 아는 인물들은 하나같이 의문을 제시한다네. '왜?' 라고. 유한초자가 달리 유한초자이겠는가? 남의 일에 참견하고 이 얘기 저 얘기 듣고 옮기는 걸 세상 사는 낙으로 삼던 인물이 어느 순간에 개과천선이라도 한 듯 강호를 등진다는 건 어쩐지 부자연스런 일이라는 거지."

"그럼……"

배금성이 조심스레 끼어들었다.

"자네가 생각하는 게 맞을 거야. 자의에 의한 금분세수라기보다 타의에 의해 더 이상의 활동을 금제당했다는 거지. 왜 그런 추측이 나왔는고 하니……"

좌중은 잠시 침묵했다. 무언가 잡힐 듯도 싶은데…….

"나두 한마디 해도 되겠소?"

장추삼이 머리를 긁으며 웃었다. 어쨌든 따돌림당한 건 분명한데 성질 낸다고 먹힐 인물들이 아니니 유화적으로 나갈 수밖에.

"그, 뭐냐… 목양생이란 아저씨가 그렇게 남의 얘기, 소문을 좋아한다니까 생각나서 하는 말인데…….”

여기서 실수하면 그대로 나락이다.

“빨리 말해. 뭘 그리 뜸 들여?”

배금성이 재촉했다. 아까 장추삼이 자신에게 했던 말을 그대로 되돌려주면서.

“음… 그래서 말인데 혹시 비천혈서에 대해서 뭐라고 나불거리다 없어진 거 아냐?”

“반만 맞췄다.”

뭐가 좋은지 지청완은 킬킬거렸다.

“하기야 그 정도가 어디야… 반씩이나 맞추고!”

울컥.

이젠 정말 못 참는다.

“나머지 반을 말해 줌세. 삼십 년 전, 즉 반 갑자 전이란 시기는 유한초자의 실종 시기이기도 하지만 비천혈서의 등장 시기이기도 하네.”

“……!”

“우연치고는 너무 공교롭지 않은가? 그리고 이건 검증되지 않은 소문에 불과한데… 유한초자가 마지막으로 낸 소문이 있다네.”

“유한초자의 마지막 소문.”

북궁단야가 낮은 침음성을 흘렸다.

꿀깍.

누가 삼켰는지 침 삼키는 소리가 들렸다. 이 시끄러운 객잔에서 침 삼키는 소리가 들릴 정도로 장추삼들의 탁자는 적막에 휩싸여 있었다.

보았다면 잊거라, 들었다면 지우거라.
비천은 파천이고, 혈서는 유혈이니
안으로도 쫓기고 밖으로도 쫓기어
중원천하 십팔만 리, 몸둘 곳이 없어라.

◇ 제14장
구름 문양의 사내

구름 문양의 사내

쿵!

　비염극은 재빨리 떨어지는 찻잔을 잡았다. 제아무리 뜨거운 찻물이 손바닥에 흐른다 해도 철포삼으로 단련된 그의 신체에 여하한 충격을 주지도 못하거니와 만약 그것이 떨어져 깨지기라도 한다면 뒤따를 불호령이 끔찍했다. 사내는 서탁에 내려친 주먹을 고정시킨 채 어깨를 부들부들 떨고 있었다. 웬만한 사안이면 알아서 처리하라는 식으로 넘기는 그였지만 이번만큼은 끓어오르는 노기를 참기 어렵다는 듯 평정심을 잃고 있었고 비염극이 할 수 있는 일이라곤 그저 지켜보는 것밖에 별다른 도리가 없었다.

　"후우~"

　무엇이 좋은지 재잘대는 산새의 울음소리완 대조적으로 비염극의 입에서 낮은 한숨이 흘렀다. 사실 이곳의 정취는 퍽이나 아름다운 것이라 선계의 신선이라도 볼라치면 세를 달라고 덤빌 정도로 수려한 곳이다. 그렇지만 경관이 아무리 좋으면 무엇하겠는가. 즐길 사람이 마음을 먹지 않는다면 그것은 자연 그 이상도 아닌 것이 된다.

사내나 비염극이나 아름다움에의 예찬을 모를 정도로 무식하거나 메마른 사람들은 아니다. 보통의 그들이었다면 산록을 벗삼아 채소에 백주라도 한잔하며 당시를 읊조릴지도 모른다. 어쩌면 열아홉, 열아홉 삼백육십 일의 잡정에서 암석군(暗石群)과 명석군(明石群)을 들고 제갈량과 중달의 신산귀계라도 뽐내고 있을지도 모르고…….

"모른다?"

사내가 반문했다. 그러나 대상 없는 혼잣말처럼 고저없이 목구멍 속 깊숙이에서 끄집어 내온 듯한 울림이기에 묘한 압박감이 담긴 말이었다. 비염극은 고개를 조아릴 뿐 어떠한 행동도 취하지 않았다. 서탁 위에 놓인 이번 일의 모든 내용이 쓰여 있었으니 더 이상 불필요한 말은 늘어놓을 필요가 없었다. 고개를 들어 수림을 바라보는 사내의 눈에 때 이른 매미 한 마리가 잡혔다. 녀석은 제가 나올 시기를 잊은 듯 무엇이 그리 급했는지 흙 속을 뚫고 나와 홀로 울어대고 있었다.

사내의 손가락이 까닥거리자 무엇에 끌린 듯 소나무에 붙어 있던 매미가 그의 엄지와 검지 사이로 잡혀왔다.

"모른다?"

다시 한 번 사내가 반문했다. 이번에 말은 독백의 성격이 더욱 강해져 자조의 기마저 담겨 있었다. 이것이야말로 사내의 무서운 점이다. 하늘이 무너진다는 보고를 받는다 할지라도 순간적으로 충격은 받겠지만 금세 냉정함을 회복하고 그 다음 일의 생각에 골몰할 것이다. 물론 그 과정에서 발산되는 사내의 기운은 범인들로서는 상상조차 하기 어려운 것이지만 비염극인 이상 어떻게든 버텨낼 것이고 사내는 다음 말을 할 것이다.

맴맴맴…….

사내에게 잡힌 매미가 꽁지 부분을 실룩이며 미약한 발버둥을 쳤다. 그런 매미를 아무런 감정 없이 응시하는 사내가 어쩐지 불안해 보인 건 당연했다. 조금의 힘만 더해져도 산산이 터져 나갈 매미의 몸. 비염극은 알고 있었다. 사내의 손에 힘이 가해지면 몇 명의 문책은 감수해야만 한다. 물론 목숨으로 말이다. 매미를 놓아준다면?

부우웅.

타의에 의해 자유를 속박당했던 매미는 그 힘이 소멸됨과 동시에 기운차게 허공을 향해 날았다.

'후우.'

비염극의 입에서 또 한숨이 나왔다.

이번 것은 안도라는 이름으로. 잠시 동안 엄지와 검지의 공허감을 맛보던 사내가 절레절레 머리를 흔들었다.

"차가 없구나."

어디선가 유령과도 같이 한 인물이 나타났다. 머리부터 발끝까지 흑색 무복 차림새인 인물은 새 찻잔에 더운 김이 모락모락 피어나는 작설차를 따르고 조용히 꺼져 갔다.

비염극으로는 그의 신법을 도저히 잡아낼 수 없었다. 얼굴마저 검은 차양으로 가려 진면목을 본 적 없는 흑의 인물. 그래서 매번 나타날 때 먼젓번과 같은 인물인지 아닌지, 아니라면 그런 자가 몇이나 있는 지를 알지 못했다.

사내는 다도를 아주 잘 아는 듯했다. 찻잔을 들어 향을 음미하고 한 모금을 입에 머금은 후 꽤나 오랫동안 정성들여 입 안 전체에 맛을 퍼뜨리는 것이 예사 사람은 하지 않는 다도법 같았다.

포로롱. 포롱.

어느 야산의 중턱쯤 되는 것 같은데 이런 곳에 정자를 지은 걸 보면 사내의 성정이 본시 풍류를 알고 즐기는 인물임에 틀림없었으나 팔각으로 이루어진 정자의 편액은 섬뜩한 글이 쓰여 있었다. 보통 일 다경이라고 하면 일각 정도의 시간을 말함이니 뜨거운 차 한 잔을 마실 때 일반적으로 그 정도의 시간이 걸린다는 것이겠으나 사내는 무려 한 식경에 걸쳐 차를 마셨다.

스르륵.

검은 사내는 소리없이 나타나 빈 찻잔에 행굼물을 따르고 사라졌다. 그때까지도 비염극은 우두커니 선 채로 고개를 숙이고 있었다.

"앉지."

처음으로 사내가 비염극에게 말을 걸었다. 조심스레 앉는 비염극을 바라보는 그의 눈엔 아까의 분노 같은 건 찾아보기 어려웠다.

"입이 마를 텐데, 차 한잔할 텐가?"

"아니, 괜……."

흑의사내는 벌써 비염극의 앞에 찻잔을 내려놓고 차를 따르고 있었다. 이렇게 된 이상 싫든 좋든 앞에 놓인 차를 마셔야 얘기가 될 것이다. 아마도 사내로서는 최대한의 호의를 베푼 것이리라. 호의가 아니더라도 달라질 건 없지만.

다행히 비염극은 작설차를 좋아했다. 사내의 기분이 좋은 날이면 둘이서 서너 잔은 기본으로 마셨으니까. 비염극이 차를 마시는 동안 사내는 팔짱을 낀 상태에서 눈을 감고 있었다. 일견 조는 듯 보이지만 이럴 때야말로 사내의 머리가 가장 민활하게 돌아가고 있다는 걸 그를 아는 이들은 다 안다. 차를 다 마시자 흑의사내는 행굼물을 부어주었다.

번쩍.

사내가 눈을 뜨자 두 개의 불덩어리가 허공에 떠 있는 듯했다. 감히 안광을 마주하지 못하고 고개를 모로 틀며 비염극이 찻잔을 내려놓았다.

"소인의 혀가 또 호사를 누렸습니다."

"호사는. 차 한 잔 가지고……."

사내가 맑게 웃었다. 그의 미소는 흐르는 것처럼 여유로와 사람들로 하여금 청량감을 가지게 해주었다.

"자네가 내 옆에서 보필한 지 얼마나 됐지?"

"구 년이 조금 지났습니다."

"근 십 년이라 봐도 되겠군. 십 년이라……."

비염극은 정확히 구 년하고 십일 일을 사내와 지냈다. 삼천삼백 일이란 긴 시간 속에 크고 작은 일이 많았지만 오늘만큼 긴장한 적은 한 번도 없었다.

"자네와 나 사이에 꽤나 많은 일이 있었던 걸로 기억하네. 생각나지 않는가? 비발쌍부 때문에 골머리를 썩었던 일……."

어찌 잊을 수가 있겠는가? 비발쌍부 원재혁. 쌍도끼만 손에 들면 천하에 무서울 것이 없다 하여 '이구재래'란 별칭까지 얻었던 절정고수. 그자가 어떻게 알았는지 숙(宿)에 대한 비밀을 가지고 한밤에 야반도주를 감행했었다.

사내는 비염극에게 발견 즉시 주살령을 내렸지만 비발쌍부는 운정

대의 고수 열다섯을 도륙하며 추적권에서 벗어나고 있었다. 다행히 비염극은 그 일대 지리에 익숙했기에 배를 띄우려던 원재혁의 의도를 파악했고 강 어귀를 선점하여 그와 만나게 됐다. 그리고 싸움. 비염극 역시 고수라고 자처하고 있었지만 원재혁의 도끼는 그가 감당해 낼 수준의 것이 아니어서 오십 초가 흐르자 비세를 보이기 시작했고 백 초가 지나면서 패색이 완연했었다. 그때 사내가 나타났다.

"대인께서 보존해 주신 한 목숨 질기게 이어가고 있습니다."

"아니지. 그때 그자를 잡아두고 있지 않았더라면 닭 쫓던 개 신세가 될 뻔했었다네. 자넨 잘했었어."

오 년 전 일이었다.

"그뿐인가? 칠 년 전에 화산장문이 매화사수를 모조를 끌고 와서 여기저기 들쑤시고 다닐 때도 자네의 기지가 없었다면 큰 곤욕을 치를 뻔했었지. 그 외 열거하기조차 어려운 많은 일이 있었지만 자네가 날 실망시킨 적은 없었던 걸로 기억하네."

비염극의 눈동자가 흔들렸다. 사내는 이제 본론을 말하려는 것이다.

"아무리 생각해 봐도 이상해. 이번에 자네에게 맡긴 일은 이전의 여러 것들보다 쉬우면 쉬웠지 어려운 일이 아니라고 생각했었지만……."

고개를 갸우뚱거리던 사내가 서탁에 펼쳐져 있던 죽간을 집어 들었다.

"이걸 자네가 썼다고? 실패하고, 모르고… 이런 걸?"

탁.

"아닐 거야? 그렇지?"

사내가 빤히 비염극을 바라보았다. 온화한 눈빛이었으나 감당하기 어려운 무엇이 담겨 있는 눈빛으로 비염극의 뇌리 속을 파고들기라도 하려는 것 같았다.

"다시 한 번 기회를……."

"아니지?"

그렇다! 사내는 인정하고 싶지 않은 것이다. 비염극이 저지른 실패를. 나아가 자신이 실패라는 보고를 받았다는 사실에 대해.

또르륵.

어떤 행동을 취해야 할까? 비염극의 이마에서 한줄기 식은땀이 흘러내려 볼을 가로질렀다.

쏴아아.

제법 강한 봄바람에 나뭇가지들이 상면하며 수많은 이파리들로 서로의 안부를 물었다.

"이번엔 열심히……."

"아니지?"

번쩍.

사내의 눈에서 다시 화광이 솟구쳤다. 손에 쥐어진 죽간은 강한 힘에 못 이겨 삐걱거리는 마찰음을 내고 있었는데 그제야 비염극은 사내가 원하는 답변을 찾아내었다.

"대인, 손에 든 죽간은 무엇입니까?"

빠지직.

사내의 안광은 일순간 타오르는 용암처럼 분출되었다.

'잘못이었던가?'

어차피 엎질러진 물이다. 비염극은 체념을 하고 목을 쑤욱 뺐다. 한동안 고양이 쥐 잡을 듯 비염극을 노려보던 사내가 큭큭거리고 어깨를 들썩이며 웃었다. 웃음의 범의는 점점 커져 목울대를 지나 사내는 전신으로 양천광소를 터뜨렸다.

"크하하하핫!"

미친 듯이 고개를 젖히고 웃던 사내가 갑자기 웃음을 뚝 그쳤다.

"이것 말인가? 쓰레기 같은 거야."

치이익.

삼매진화로 죽간을 재로 만든 사내가 투덜거렸다.

"삼 년 동안이나 공을 들였던 과실주를 철모르는 원숭이 새끼가 망쳐 놓았다더구만. 단지를 깼는지 가져갔는지는 모른다고 써놨길래 기가 막혀서 재로 만들어 버렸지. 어이없지 않은가?"

"그렇군요."

비염극이 조심스레 맞장구쳤다.

"원숭이 따위가 대인의 삼 년 노공을 앗아간다는 건 있을 수도 없고 있어서도 안 되는 일입죠. 문제는……."

그의 마음속에 꼭 해야 할 말이 꿈틀거렸다. 이것을 확인하지 않고서는 앞으로 전개시켜야 할 일의 진행 방향과 인원, 그리고 조사의 각도를 어떤 식으로 잡아나가야 할지 설정하기 어렵다. 더불어 이 말을 한다면 사내의 기분이 안 좋아질 것도 알고는 있다.

"문제는?"

사내가 말을 받았다.

아랫입술을 윗이빨로 지그시 한 번 누르고 긴 콧숨을 내쉰 비염극이 조아린 두 손을 불끈 움켜쥐었다.

"문제는…그곳에 술 단지가… 있기는 있었느냐는……."

"허!"

사내는 어처구니없다는 표정으로 하늘을 바삐 수놓는 산새들을 쳐다보았다.

"이것보다 비각주, 그런 말을 하니까 자네가 나의 정보각주인지 내가 자네의 정보대인지 구별이 가지 않는구먼."

절절이 맞는 소리요 통렬한 지적이라고 하겠다. 그로서 사내에게 요구할 건 필요한 자금이나 인원 보충에 관한 문제나 일의 결제 따위이지 어떤 사건의 확인 같은 건 아니다. 그건 어디까지나 비각주인 그의 소관이다.

"자네도 웬간히 무뎌진 게 아니야. 에잉, 쯧쯧……."

이상하다. 사내는 의외로 차분했다. 그렇다면 이것은 두 가지 중 하나라는 얘기가 된다. 우선은 그가 알지 못하는 것이 당연하다는 것일 테고 두 번째의 경우라면… 단지는 그곳에 없었다는 거다. 부지런히 머리를 굴리고 있는 비염극을 내려다보며 사내가 허공에 대고 한마디 했다.

"가져와."

스륵.

흑의 인물이 죽간 하나를 공손히 바치고 사라졌다. 사내는 돌돌 말린 죽간을 펴서 일별하고는 비염극에게 던져줬다.

"뭡니까?"

"그자의 최근 행적과 전서구로 보낸 서신을 정리한 거야. 그걸 보고 알아서 판단해 봐."

품속에 죽간을 집어넣고 비염극이 일어서자 사내는 서탁에 놓은 책으로 눈을 가져갔다.

"그럼 이만……."

"원숭이는 어찌할 건가?"

고개를 숙인 채 지나가는 투로 사내가 물었다.

‘……!’

“술 단지가 있었든 없었든 남의 좋은 일을 망쳐 놨으니 응분의 보상을 치러야 하는 게 당연하잖나.”

“필요하다면 불러서 조사를 해야겠으나 그의 주위에 절대오존 중 일인인 치무환검존이 목격된 바, 일단 주의를…….”

“절대? 자네 내 앞에서 절대라는 표현을 썼나?”

‘실수다!’

사내가 고개를 들어 비염극을 올려봤다.

픽!

그의 코와 입에서 실핏줄이 터지며 비염극은 무너지듯 제자리에 앉았다.

어기상인.

사내는 기로써 상대에게 타격을 줄 만큼의 초고수였던 것이다. 집공맥에 어떤 변화도 없이 이러한 위력이 가능하다면 사내의 경지는 한 단계 높은 의형수형의 경지에 이르렀는지도 모른다.

의형수형.

뜻이 곧 행동이라는 전설상의 경지이니 일천 년 무림사에 이러한 고수가 몇이나 배출되었을까?

“죽을 죄를 지었습니다. 처분을 기다립니다.”

오체투지하고 머리를 정자에 찧는 비염극을 물끄러미 보던 사내가 귀찮다는 듯 손을 한 번 내젓자 비염극은 타의에 의해 자리에서 일어나게 되었다.

“다시 한 번 내 앞에서 그 딴 말을 쓰지 말게. 절대오존? 허허…….”

“명심하겠습니다. 필요하다면 누구라도 잡아서 족치겠습니다.”

“은밀하게, 은밀하게.”

“존명!”

“일 봐.”

정자를 내려서며 비염극은 쿵덕쿵덕 뛰는 가슴을 진정시키기 위해 무진 애를 쓰지 않으면 안 되었다. 변화무쌍한 사내의 성격에 견주어 비염극은 오늘 최소한 두세 번은 죽다 살아난 거나 다름없었다. 비염극의 모습이 정자에서 보이지 않을 정도로 멀어지자 사내가 다시 허공에 대고 말했다.

“그자는 아직 발견하지 못했나?”

“그렇습니다.”

“도대체 뭘 하는 거야, 자네들은!”

“…….”

“에이잇, 그런 인물 하나 제대로 처리하지 못하고서야…….”

허공과의 기이한 문답을 하다 짜증이 났는지 사내가 자리에서 벌떡 일어섰다. 뜻밖에도 그의 키는 육 척이 조금 넘는 정도였다. 비염극과 얘기할 때 거대하게 보였던 것은 사내가 발산하는 기 때문이었으리라. 특이한 건 사내의 의복에 수놓은 무늬인데 양어깨와 가슴 부위에 금방이라도 날아갈 것 같은 구름이 새겨져 있었다.

“파천혈서… 하기사 그렇게 쉽게 손에 넣을 수 있었다면 당금 무림의 최대 신비가 아니겠지.”

그래도 사내는 그것을 입수해야만 한다. 그리고 기필코 입수하고 말 것이다. 그의 모든 것을 다 걸고 말이다. 필요하다면…….

‘목숨을 바쳐서라도!’

아무리 생각해 봐도 진행되던 일을 망쳐 놓은 원숭이 놈이 괘씸하기 짝이 없다.

'장추삼이라고 했던가?'

촌티가 줄줄 흐르는 이름.

강호상에 꼭 이런 존재들이 있다. 제 딴엔 별일이 아니라고 한 건데 그게 사실은 쳐다봐서도 안 될 엄청난 힘이었기에 이리저리 흔들리다가 결국 찍소리도 못하고 눌려 죽는 파리보다 못한 존재들. 이런 놈들의 특징은 쓸데없는 일에 참견하는 공통점이 있다. 사내는 시류에 휩싸여 불쌍하게 죽어갈 원숭이의 이름을 다시 한 번 생각해 보았다.

'장추삼이라……'

멸천정(滅天庭)이라고 명명되어 있는 정자에서 사내는 붉은 저녁노을이 비껴올 때까지 그렇게 우두커니 서 있었다.

〈1권 끝〉

최고의 통신 조회수!

내가 주인공이다!

무협 독자에게 각인될 그 이름!!

사랑하는 아저씨를 여읜 소년, 소운! 하지만 홀로 서기 위해
눈물을 닦아야 한다. 당당한 사내로 거듭나려는 것일까.
소운은 두림맹 비룡단원 모집 광고를 보고 기꺼이 시험에 도전하는데…

도서출판 청어람의 '짱짱한 신무협 판타지' 대박 신화는 계속됩니다.

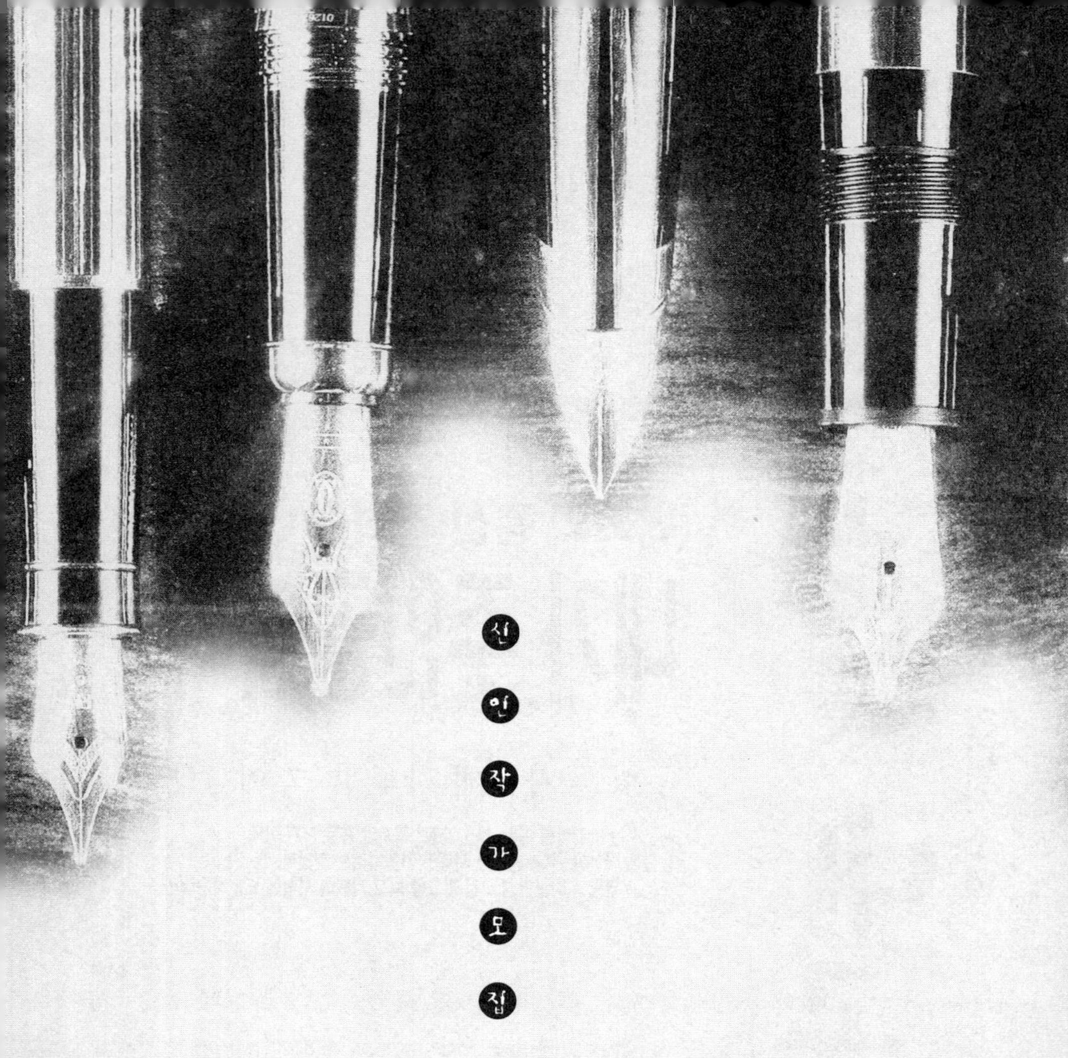

신
인
작
가
모
집

시작이 반이라고 했습니다.
작가의 길에 대한 보이지 않는 벽을 과감히 깨뜨리십시오!
청어람은 작가 지망생 여러분들의
멋진 방향타가 되어드리겠습니다.

저희 도서출판 청어람에서는
소설 신인 작가분들을 모집합니다.
판타지와 무협을 사랑하시는 분들의 많은 참여를 바랍니다.
소정의 원고(A4용지 150매)를 메일이나 우편으로 보내주시면
검토 후 출판 여부를 알려드리겠습니다.

주소:경기도 부천시 원미구 심곡1동 350-1 남성B/D 3F 우편번호420-011
TEL:032-656-4452 · FAX:032-656-4453
http://www.chungeoram.com
e-mail:chungeoram@chungeoram.com